Horst Prayon

Mit den Augen des Geistes

Edition Rheinische Bibliothek
Band 4

Horst Prayon

Mit den Augen des Geistes

Zisterzienser im Mittelalter

Roman

2018

BOUVIER

Unseren Enkeln

Liv
Nicolai
Grischa

ISBN 978-3-416-04026-6

Zur Einführung

Wir schauen in eine Zeit, da die Menschen gemeinhin noch nicht wohnlich eingerichtet waren sondern hausten, nicht regiert wurden sondern beherrscht, ihr Abendbrot bei Kerzenschein verzehrten, nicht im Licht der Lampen. Es galten noch das Ehrenwort, die Ehrfurcht vor Gott und die Vertrautheit mit der Natur. Morgens horchte man auf den Hahnenschrei, bei Tage auf die Hornsignale des Türmers und die Hufe der Pferde, des Nachts auf Klopfgeister und Dämonen.

Die alten Buchen auf den sieben Bergen am Rhein könnten wohl von jener Zeit erzählen – aber die heutigen Nachfahren nehmen die feste Straße durch die Dörfer und verstehen das Waldgeflüster nicht mehr. Sie bestaunen die Klosterruine in Heisterbach und wüssten so gerne um das frühere Treiben der Bauern, Burgherren und Mönche.

Wanderer haben noch Spuren gefunden und Erscheinungen gebannt, die sie uns Nachkommen anvertrauen wollen – zuweilen auch im Wortschatz des ausgehenden Mittelalters. So offenbart sich dem Leser die Waldlandschaft zwischen Rhein und Thomasberg nicht nur als erholsames Ausflugsziel, sondern auch als Raum kraftvollen geistigen Geschehens.

I

An der Burg Reitersdorf war ein hoher Gast aus der Kutsche gestiegen. Einen Chinesen wollte Bernhard erkannt haben. Er war noch außer Atem, als er das Gehöft am Möschbach erreichte, wo sein Schulfreund Thomas wohnte. Er sollte es als erster erfahren; wer hatte in Rommersdorf schon einen leibhaftigen Chinesen gesehen?
„Nun gut", meinte seine Mutter, „ich lass' dich gehen. Sei aber rechtzeitig zurück und vergiss deinen kleinen Bruder nicht. Du weißt ja – Onkel Jakob feiert heute seine Goldene Hochzeit. Und wenn wir zu ihm gehen, soll Micha nicht allein sein."
Thomas gab seiner Mutter noch einen Kuss, dann lief er mit Bernhard über die Viehweide den Hang hinunter zur Burg. Eine dunkelbraun lackierte Kutsche mit einem ungewöhnlich großen, an grünen Lederriemen aufgehängten Wagenkasten stand noch in der Auffahrt – nur der Gast war nicht zu sehen. Sie warteten eine Weile, aber niemand ließ sich blicken. „Komm", rief Thomas, „wir setzen uns drüben ans Ufer und halten die Burg im Auge". Bernhard nickte. In letzter Zeit hatten sie sich schon zweimal dort getroffen und die Schiffe auf dem Rhein beobachtet.
In der Flussenge bei Nonnenwerth staute sich der Schiffsverkehr: Hornsignale, die Geschäftigkeit der Besatzungen, fremdes Stimmengewirr – ein willkommenes Spektakel. Der Blick und die Gedanken folgten den glitzernden Wellenkämmen und dem Tanz treibender Äste. Der Strom lud zur Reise ein, zu Erlebnissen, zur Welterfahrung. Das Schulwissen hingegen füllte nur den Kopf, öffnete nicht das Herz. Und dunkel waren die Deutungen des Wahrsagers von Honnef, wenn er in der Dorfgasse die Bauern beschwor oder auf der Weide auch dem Vieh predigte. Man kannte ihn in Rommersdorf – ein lebhaftes Männlein mit listigen Augen, wilden Haaren und zitterndem Spitzbart. Kälter würde es bald über dem Rheintal und dunkler, verkündete er. Trübsal überkomme die Menschen – wie schon die Urväter: alle Warnun-

gen hätten sie damals überhört, ja das Beben der Erde nicht gespürt und den Einsturz der Hütten nicht wahrhaben wollen. Der Drache werde wiederkommen, der vor Zeiten aus dem aufgebrochenen Bergfelsen Menschenworte gefaucht habe und sich dann zur Abkühlung in den Strom stürzte. Auf seinem Buckel sei aus angeschwemmtem Schlamm die Insel bei Honnef entstanden. Nunmehr vollende sich die Zeit, zu der er wieder aus dem Strom steige – zu vertilgen die Sünder. Der Inselboden zeige bereits Risse. Thomas und Bernhard wollten das nicht abwarten; sie schmiedeten lieber erfreuliche Zukunftspläne.

„Nun ist es entschieden, Tom: im Herbst beginne ich die Lehre zum Kaufmann bei Neugebauers in Bondorf", verkündete Bernhard. „Und wenn ich die hinter mir habe, will ich fort." „Ach Bernd", erwiderte Thomas, „ich beneide dich! Ich habe keine Wahl; mein Vater verlangt, dass ich seine Uhrenwerkstatt weiter betreibe. Und kürzlich haben ihm Besucher von einem Schlosser in Nürnberg erzählt, der eine so kleine Uhr gebastelt hat, dass sie jeder in der Tasche tragen kann. Auch ich könnte doch, meinte Vater, so eine Erfindung machen, ja, und sogar berühmt dadurch werden." „Siehst du", fiel ihm Bernhard ins Wort, „das ist es ja gerade, was wir nicht tun sollten. Da sitzt du ein Leben lang an der Werkbank und verdirbst dir noch die Augen. Irgendwann kippst du in die Grube und das war dann, mit oder ohne neue Erfindungen, das Leben. Nun gut – im Dorf mögen sie deinen Vater. Und wenn er eines Tages gestorben ist, wird man noch sagen, er war doch ein guter Mann, der Max, und die von ihm reparierte Standuhr schlägt immer noch so pünktlich zur Stunde. Ein stilles Glücksgefühl für deine Mutter – bis zum Haustor. Nein Tom, das Leben erfüllt sich in weiten Reisen, in ungewöhnlichen Erlebnissen, im Zugewinn von Besitz." „Vorsicht", meinte Thomas nachdenklich, „so mancher Kaufmann ist dabei schon unter die Räuber gefallen. Einfacher also gründet man gleich eine Bande und legt sich am Handelsweg auf die Lauer. Dann schnappt man sich, was die Kaufleute mühsam herbeigeschafft

haben." „Eine Räuberbande", wandte Bernhard ein, „will doch nur den Sachgewinn. Die interessiert sich nicht für andere Menschen und Lebensbräuche. Und dann streiten die sich schon bei der Aufteilung der Beute. Nein, ich will die Welt sehen und meinen Seelenfrieden nicht verlieren. Schau doch mal – das Erfinden oder Herstellen von Gegenständen mag ja reizvoll sein. Dazu muss man aber Geschick und Glück haben. Wer hat das schon? Gewinn machst du leichter, wenn du die fertigen Waren nur abholen musst, wenn du selbst den höheren Preis bestimmen kannst und dann verkaufst. Bei euch zuhause macht Ihr nur das Scheunentor auf. Du sprichst die Leute an, die da vorbeikommen. Du hörst, was sie nötig haben und suchen, kannst ihnen das auch aufschwatzen. Dann gehst du wieder auf Reisen, kaufst günstig ein und verkaufst mit Gewinn."
Der Wind trug fremdes Stimmengewirr herüber. Hornsignale kamen plötzlich von der Burg. Tom und Bernd sprangen auf und liefen am Ackerrand zurück. Da fuhr schon die Kutsche an. Sie hörten noch die Schleifgeräusche der Bremskurbel, die Pferdehufe auf knirschendem Sand und sahen im Rückwandfenster einen großen Hut. Aufwirbelnder Staub versagte schließlich die erhoffte Begegnung. „Je nun", rief Thomas enttäuscht, „was machen wir denn jetzt? Den holen wir nicht ein. Nun musst du also deine erste Handelsreise nach China machen! Dazu brauchst du übrigens kein Schiff. Das kannst du auch auf dem Landweg – über die Jade- und die Seidenstraße der Mogule."
Schweigend stiegen sie den Berg hinauf zum Zehnthof, wo Bernhard zuhause war. Rommersdorf – das waren nicht viel mehr als zwanzig verwitterte Häuser und Gehöfte, weit verstreut am Südhang des Großen Breibergs. Von dort konnte man über das Rheintal bis hinunter nach Honnef schauen. Neben den wandernden Händlern gab es am Ortsausgang nach Bondorf einen ersten festen Verkaufsladen für Brot, Mehl, Zucker und Tabak. Den ganzen Tag stand dort die Tür auf – auch wenn die Besitzerin, die alte Maria Bleibtreu, nicht im Raum war. Nur selten trat

jemand ein. Eier, Milch und Geflügel hatten die Bauern ohnehin auf ihren Höfen. Verschlafen sollte der Ort auch wirken; so blieben die Händler, die Spieler und Sänger, die Abenteurer und Bettler unten am Fluss mit ihrem Lärm, ihren Nöten und Krankheiten. Keine fahlgelben Gesichter und lauernden Blicke ängstigten die Kinder.

Als Thomas das heimische Gartentor öffnete, sah er seinen Bruder nicht im Hof. Der hatte einen Wassereimer umgestoßen und mühte sich hinter einem Schuppen an der Wasserpumpe vergeblich, den schweren Hebel herunterzudrücken. „Das ist nichts für kleine Jungs", rief Thomas streng, zog ihn zur Seite, füllte Wasser in den Eimer und auch schon in einen Krug für die Schale in der Schlafkammer. In der Wohnküche fand er auf der Schiefertafel eine Nachricht der Mutter: „Tom – wir gehen früher hinüber zu Kühnes. Sollen bei der Vorbereitung der Feier helfen. Abendbrot liegt im Brotkasten. Pass gut auf Micha auf! Gute Nacht! – Mama."

Thomas nahm die fertigen Stullen aus dem Kasten, schenkte Apfelsaft in zwei Becher und spielte für seinen sechsjährigen Bruder den fürsorglichen Hausvater. Er wusch ihm die Hände, nahm ihm die Kleider vom Leib und zog ihm das Nachthemd über den Kopf. Dann zündete er auf dem Küchentisch die Kerze an, sprach das gewohnte Tischgebet – und beide kauten gedankenverloren ihr Brot.

Wenn die Stunde kam, zu der Michael ins Bett gehörte, hatte er stets mehrere Gründe, den Zeitpunkt hinauszuschieben. Heute lagen noch der Zeichenblock und die Buntstifte auf dem Boden. Ein Haus wollte er ausmalen und die Tiere im Stall. Sein Bruder sollte sich auch einmal den geröteten Oberarm anschauen; ein Tier, klagte er, habe ihn gestochen. Dann trug er den Würfelbecher in die Stube und forderte Thomas auf, einen gemütlichen Würfelabend mit ihm zu verbringen: unwiderstehlich seine funkelnden, bittenden Augen und der leidend zur Seite geneigte Kopf. Gefürchtet zugleich der Tobsuchtsanfall, wollte man ihn etwa

abweisen. So willigte der große Bruder ein und schob die Trinkbecher zur Seite. Geduldig ertrug er, wenn Michael die Würfel mit solchem Schwung auf den Tisch warf, dass sie über die Kante hinaus rollten. Kichernd kroch er dann unter die Küchenbank und reckte bald die geschlossene Faust wieder hoch. Thomas musste den Würfel aus der Umklammerung „befreien", zog Finger für Finger nach oben und hielt sie fest, damit sie nicht zurückschnellten. Sissa, die schwarze Hauskatze, hatte während des Spielabends Stubenverbot; sie hielt sich im Umgang mit den Würfeln schlichtweg nicht an die Spielregeln.
Bald nach Einbruch der Dunkelheit verließen Micha dann doch die Kräfte. Die Augen fielen ihm zu. Bereitwillig ließ er sich ins Bett tragen. Die Stille war ungewohnt; gemeinhin hörte man den Vater zu dieser Zeit noch hämmernd in der Werkstatt. Bernhard und seine Berufspläne gingen Thomas durch den Kopf. Wen hätte man im Dorf auch fragen können, der etwas über die Arbeitswelt da draußen wusste? Alle drängte es nur fort in die Städte und in die Welt. Dort wollten sie ihr Glück finden. Wahrscheinlicher schien ihm, dass die bunten Gestalten da unten am Strom sich das Glück nur gegenseitig stahlen. Für Abenteuer aber konnte er sich nicht erwärmen.
Geheimnisvoll und nicht sonderlich einladend erschien Thomas auch die Arbeitsstube des Vaters. Nicht nur die Uhren an den Wänden, in alten Truhen und auf der Werkbank lockten im Pendeltakt, mit schnarrenden Ketten, metallenem Glockenklang, ja tanzenden Schnitzfiguren. Verstaubte Stiche lagen da und fremde Schriften. Sparsam nur fiel das Licht herein und wanderte über Zeichnungen und Masken – wenn der Wind draußen durch die Zweige der Buche fuhr. Dann schienen sich auch die Augen einer bemalten Holzfigur zu bewegen, der Statue eines nepalesischen Königssohnes. Sie blickten wohl argwöhnisch auf den bunten Fellschurz eines arktischen Schamanen, besetzt mit Zähnen wilder Tiere und allerlei Zierrat aus Eisen und Messing. Nein – das sollte für das eigene Leben nun auch nicht die Welt sein, in der

sich Thomas heimisch fühlte. Unwillig blätterte er im alten Lehr- und Hausbuch seines Vaters, der Grammatica Philippi, und sehnte das Ende des Jahres herbei, das er noch in die Winkelschule zu gehen hatte.

II

Zumeist stand morgens die Mutter am Bett, zog die Decke hoch, öffnete das Fenster und füllte die Wasserschüssel. In der Dachkammer hörte man den sanften Schlag der Dielenuhr nicht. Das Licht aber holte Thomas aus dem Schlaf. Er schlich die Stufen hinunter zur Küche. Da lag noch das Malpapier neben dem Hocker. Die Mutter war nicht da – aber die Uhr zeigte schon die achte Stunde. Es mochte wohl sein, sagte er sich, dass die Eltern spät heimgekehrt waren und noch ausschlafen wollten. Er stieg die Treppe wieder nach oben und setzte sich auf die Bettkante. In der Tür dann erschien Michael, rieb sich schlaftrunken die Augen – und kroch hinter seinem Bruder unter die Decke. Thomas legte sich zurück und musterte das Lichtspiel an der Stubenwand. Das Haus blieb still.

„Von vielen weißen Katzenkindern habe ich geträumt, Tom. Kann die schwarze Sissa eigentlich weiße Kinder kriegen?" „Das kann ich dir nicht sagen, Micha", erwiderte Thomas, „vielleicht haben die schwarze und weiße Flecken." „Die weißen Hühner haben auch keine Flecken, Tom, und nur weiße Eier." „Der Hahn ist braun, Micha, und ich habe auch schon braune Eier gesehen, keine schwarzen." Beide schwiegen. Michael schien wieder zu träumen. Und das Haus blieb still.

Thomas stand vorsichtig auf und schlüpfte in die Kleider. Unten in der Küchenstube suchte er nach Brot. Der Kasten war leer. Im Korb lagen noch Äpfel. Er horchte an der Tür zur elterlichen Schlafkammer, drückte dann behutsam die Klinke. Nur einen Spalt breit wollte er die Tür öffnen, bevor sie knarrte. Die Eltern waren nicht da.

Das hatte Thomas noch nie erlebt. Ein mächtiges Unbehagen drückte ihn auf den Küchenhocker. Was konnte geschehen sein? Sollte er sich auf den Weg machen zum Oheim nach Bondorf? Aber seinen Bruder wollte er nicht allein zurück lassen. Er biss in einen der Äpfel und holte Luft auf dem Hof. Der Himmel, die Viehweide, das Gehöft – alles hüllte sich in Schweigen. Kein Unheil hatte er je meistern müssen. Keine Erfahrung und keinen Rat speicherte der Verstand. Sissa strich ihm mitfühlend um die Beine. Vergeblich hoffte er auf ein Zeichen.

Gegen Mittag pochte es am Tor. Der Großvater stand im Eingang – gebeugt, erschöpft, mit angstvollem Blick und dunkel gekleidet. „Ach Thomas", keuchte er, „ich habe dir Schreckliches zu sagen. Gib mir erst mal einen Schluck Wasser. Wir setzen uns in die Stube." Er trat ins Haus und lehnte sich ans Treppengeländer. Von oben rief Michael begeistert: „Großvater, Großvater – du musst mit mir spielen!" „Nicht jetzt, Micha, ich muss erst einmal Luft holen und euch auch etwas Ernstes mitteilen." Michael stürzte die Stufen herunter und umarmte den unerwarteten Besucher. Thomas holte einen Krug mit Wasser. Sie setzten sich auf die Küchenbank. Der Großvater nahm einen kräftigen Schluck aus dem Becher, hob Michael auf den Schoß und streichelte ihm über das Haar. „Ist was mit Vater und Mutter?", fragte Thomas ängstlich. „Leider ja! Ich wage es kaum, euch das zu sagen: sie liegen mit schweren Verbrennungen im Krankenhaus. Gestern fiel bei der Feier ein Kerzenleuchter um, die Tischdecke fing sofort Feuer, dann brannte das Kleid eurer Mutter. Vater wollte ihr helfen. Die ganze Gesellschaft schrie und drängte zur Tür. Kein Löschwasser war erreichbar. Aus der Küche kamen zu spät zwei Eimer. Onkel Jakob lief zu Doktor Ollig und holte die Krankenhelfer. Dunkler Rauch hat sofort die Sicht erschwert und die Bergung der Verletzten. Einige haben vor Schmerzen geschrien. Es gab auch nicht genug Salbe und saubere Tücher. Ich habe das alles vom anderen Tischende her gesehen, wurde hinausgezogen ins Freie, durfte nicht helfen." Mit der Hand wischte er Tränen beiseite. „Es tut mir herzlich leid für euch und eure lieben Eltern“, schluchzte er, „wir können nur beten.“ „Ja, wie ging das denn nun weiter?“, wollte Thomas wissen. „Ein Fuhrknecht hat eure Eltern mit Kühnes Wagen in die Krankenstation nach Honnef gebracht. Wir werden wohl erst morgen hören, wie es ihnen jetzt geht.“ Alle schwiegen. Michael schließlich bat seinen Großvater, nun endlich mit ihm zu spielen. „Ich denke nicht, lieber Micha“, meinte dieser, „dass mir jetzt danach zumute ist. Oh, dass ich es nur nicht vergesse: von eurer Großmutter soll ich liebe Grüße sagen und euch einen Korb mit Esssachen hier lassen, der noch am Tor steht. Und morgen komme ich zurück, wenn ich mehr weiß. Dann schauen wir weiter.“

Er erhob sich und schritt erleichtert zur Tür; die beiden hatten die Schreckensnachricht gefasster aufgenommen als er vermutete. Am Tor übergab er Thomas den Korb mit Brot, Schinken, Tomaten und Eiern. Dann legte er seinen Enkeln die Hand auf die Schulter, sagte feierlich „bis morgen, bleibt tapfer“ – und nahm den Weg zurück nach Bondorf.

Der Zugang zum Haus des Bandwirkers Jakob Kühne war mit roten Bändern gesperrt. Viele Dorfbewohner standen ratlos in der Gasse. Den letzten Brand hatte es 1512 gegeben, vor sieben Jahren also, in der Scheune bei Stegners. Zwei Arbeiter trugen verkohlte Möbelteile aus dem Hausflur. Schwarze Rauchspuren sah man deutlich an den offenen Fenstern und im ganzen Dorf hing Brandgeruch. Zuhause saß die Großmutter in der Küche mit verweinten Augen. Vor einer Stunde hatte man ihr die Nachricht überbracht, Tochter und Schwiegersohn seien an ihren schweren Brandverletzungen gestorben.

Eine Weile starrten beide vor sich hin. Morgen also mussten es auch Thomas und Michael erfahren. Wer sollte die beiden bei sich aufnehmen? Kühnes hatten genug Sorgen mit ihrem Brandschaden und sie selbst hatten nur eine freie Dachkammer. „Michael könnten wir wohl zu uns holen, nicht aber beide“, meinte der Großvater. Thomas war vor vier Wochen achtzehn Jahre alt

geworden. In zwei Monaten endete das Schuljahr. Über die weitere Ausbildung und seine Berufspläne hatte er nie gesprochen. „Kennst du nicht den Subprior von Heisterbach?“, fragte sie ihren Mann. „Thomas ist ein nachdenklicher Junge. Ich halte für möglich, dass er sich in solcher Klostergemeinschaft wohlfühlen könnte.“ Der Großvater schwieg. Aber der Gedanke ließ ihn nicht mehr los. Das war eine Welt für sich – die Zisterzienserabtei mit ihren Mönchen, Laien und Novizen. Da sollte wohl noch ein Platz sein für ihn. „Nun gut“, erwiderte er schließlich, „ich sollte das mal herausfinden – mit achtzehn Jahren nehmen sie dort junge Männer in den Klosterdienst auf.“
Früh am folgenden Tag ging er zu Jakob hinüber. Dieser hatte mehrere Pferde im Stall, auch einen gutartigen Wallach, mit dem er schon wiederholt ausgeritten war. Der hatte gerade eine Augenentzündung überstanden, war nun aber wieder munter. So entschied er sich zu dem gut zweistündigen Ritt nach Norden.

III

An den nördlichen Abhängen des Petersberges und vor dem Aufstieg zum Weilberg lag in Buchenwäldern das Kloster mit einer mächtigen Kirche: das monasterium valis S. Petri. Nur einigen Fuhrwerken mit Tuffbruchsteinen war der Großvater begegnet und kurz vor seinem Ziel auch Kindern, die Bucheckern und Brennholz sammelten. Angelehnt an die Klostermauer lag neben dem Torbogen ein niedriges Pfortenhaus, wo sich Händler, Pilger und Gäste einfanden. Zwei alte Männer saßen auf dem Rand der steinernen Pferdetränke nebenan. Dort auch band er seinen Wallach fest und betrat das Haus.
Es dauerte nur wenige Minuten, da kam mit weiten Schritten aus dem Klostergeviert der Subprior des Klosters, Stephan Basilius. Über seinem weißgrauen Gewand wehte im Wind ein schwarzes Skapulier. Als er seinen alten Studienfreund an der Pforte erkannte, hieß er ihn mit ausgebreiteten Armen herzlich willkommen

und führte ihn zu einer Bank vor den Kammern für durchreisende Ordensbrüder. Wer gedacht hätte, der nach Abt und Prior ranghöchste Geistliche sei gewiss ein hageres, blasses Mönchlein, der irrte sich gründlich: Basilius war von kräftiger Gestalt, hatte die wachen Augen, das sonnengebräunte Gesicht und die starken Hände eine Rheinschiffers. Er muss das Erstaunen wohl vermerkt haben, lachte und wies hinüber zu den Kräutergärten. „Ja, da drüben verbringe ich viele Stunden. Wir sind immer auch handfeste Arbeiter im Weinberg des Herrn."

Ohne Umschweife kam das Gespräch auf den Anlass des Besuchs. Das Geschehen von Bondorf war schnell erzählt und vorsichtig die Frage eingeschoben, ob Thomas hier in Heisterbach mit einer Aufnahme rechnen dürfe. „Was ist das für ein Mensch?" wollte Basilius wissen. „Sag' mir etwas mehr über deinen Enkel". „Er ist ein stiller, nachdenklicher Junge. Wenn wir dort zu Besuch waren, hat er immer Bücher gelesen. Da steckt etwas von seiner Großmutter in ihm – die Neigung zu Sagen und Märchen, zu Wahrsagerei und Kartenschlagen. Die Rommersdorfer reden nicht viel. Sie haben – wie sicherlich auch hier – etwas von der Rätselhaftigkeit der angrenzenden Wälder und Berge in sich. Man muss sie vorsichtig aufschließen."

Beide schwiegen eine Weile. „Du weißt", sagte dann Basilius, „die Genehmigung für die Aufnahme kann nur der Abt aussprechen – und der ist für einige Tage verreist. Erfahrungsgemäß folgt er aber auch meinem Rat. Wir haben hier dreizehn Novizen – inzwischen mehr einfache Bauernsöhne als Söhne von Adeligen; da ist noch Platz, allemal für junge Männer mit ordentlicher Schulbildung. Vielleicht schickt dich der Himmel – und es sollte für ihn so geschehen. Lesen wir doch schon bei Salomo: ‚*Des Menschen Herz denkt sich einen Weg; aber der Herr lenkt seinen Schritt.*' Bring' ihn her! Ich kenne dich und ich werde für ihn bürgen. Komm', wann du es einrichten kannst. Und jetzt erzähle mir von dir. Ich erinnere mich noch an deine Hochzeit. Das ist ja nun einige Jahrzehnte her."

Die Mittagssonne war es, die die beiden nach einer Stunde unbeschwerter Plauderei von der Bank vertrieb. Basilius begleitete seinen Gast zurück zur Pforte und schaute ihm nach, bis er hinter den Rotbuchen in den Schatten ritt und in gutem Trab im Wald verschwand.
Aus der Schulzeit kam dem Großvater die Geschichte des Sisyphos von Korinth in den Sinn, der immer neu einen Felsbrocken den Berg hinauf wälzen musste. Nun hatte er also die erhoffte Zusage seines alten Freundes – da lagen schon die nächsten Brocken auf der Seele: wie sollte er es anstellen, seinen Enkeln den Tod der Eltern mitzuteilen und was sollte er tun, wenn Thomas mit dem Gang nach Heisterbach nicht einverstanden war? Die Arbeit in der Landwirtschaft schien dem Jungen nicht zu liegen. Er müsste eine Lehre beginnen; nur eben zu den Meisterbetrieben in der Nachbarschaft hatte er keine Verbindungen.
Thomas und Michael standen erwartungsvoll im Hof, als er am späten Nachmittag das Gehöft erreichte. „Gebt dem Prachttier mal einen Eimer Wasser, den hat mein Freund jetzt wirklich verdient“, rief er den beiden zu. Während sie das Wasser holten und dem Hengst über Kamm und Mähne streichelten, klopfte sich der Großvater den Staub aus der Kleidung. „Ihr müsst jetzt sehr tapfer sein“, sagte er mit brüchiger Stimme, „ich kann euch leider nur noch sagen, dass eure Eltern die letzte Nacht nicht überlebt haben. Sie haben jetzt wenigstens keine Schmerzen mehr.“ Beide schauten ihren Großvater ungläubig an. Sie schwiegen. Als wollte er es nicht gehört haben, presste Thomas seine Handflächen gegen die Ohren und ging vor der Werkstatt auf und ab. „Das ist bestimmt nicht wahr … das ist bestimmt nicht war“, murmelte er vor sich hin.
Der Großvater wagte nicht, nun noch irgendeinen Gedanken über weitere Pläne zu äußern. Was sollte er tun? Bei den beiden zu übernachten, das war ausgeschlossen: Kühnes erwarteten ihren Hengst zurück und seine Frau bereitete sicher das Abendbrot. Thomas und Michael in dieser Verfassung allein zu lassen, das

war undenkbar. Er hatte keine Wahl. „Ich bitte euch“, sagte er dann sehr bestimmt, „macht euch fertig. Wir gehen jetzt zu Großmutter hinüber. Ihr bleibt die kommende Nacht bei uns.“

Die drei verließen wortlos den Hof. Der Großvater führte das Pferd an der Leine. In Bondorf brachten sie es zurück in den Stall und wechselten einige Worte mit dem Oheim. Die Großmutter zeigte sich nicht sonderlich überrascht, als sie die Enkel sah, umarmte sie herzlich und stellte zwei Teller mehr auf den Tisch. „Wir haben oben in der Kammer nur ein Bett. Glaubt ihr, dass ihr beide darin schlafen könnt?“ wollte der Großvater wissen. Sie nickten zustimmend, hatten jetzt unausgesprochen nur das Verlangen, ganz eng zusammenzuhalten. „Dann schaut euch da oben mal um, seid aber gleich zum Abendbrot wieder hier.“ Sie stiegen die Treppe hinauf und er nahm in der Küche die Gelegenheit, vom Besuch im Kloster zu berichten, schnell auch von der Reaktion der Kinder auf die Schreckensnachricht. „Wenn du dich bitte nachher um Michael kümmerst, muss ich noch mit Thomas sprechen. Er weiß bisher nichts über Heisterbach“, fügte er an. Da waren beide schon wieder zurück.

Gemeinhin ging es bei den Großeltern stets fröhlich zu. Großvater machte immer seine Späße und die Kinder durften plaudern. Sie hatten ihr Vergnügen daran, wenn die Großmutter ihren Mann streng ansah und ihn zur Ordnung rief. Heute aber war es still bei Tisch. Selbst Michael war nicht nach Unterhaltung zumute.

„Komm‘ Micha“, ermunterte deshalb die Großmutter schon bald ihren Enkel, „du hilfst mir, euer Bett zu decken. Und oben steht auch die Kiste mit den Spielsachen. Mit der alten Puppenküche kannst du natürlich nichts anfangen. Aber da ist ein Berg von Klötzen, mit denen du gleich ein schönes Schloss baust.“ „Ja, aber Tom soll mitkommen“, wandte er ein. „Lass‘ ihn mal hier! Tom kommt nach! Die beiden Männer haben noch etwas zu besprechen“ – und sie stieg dem Kleinen voraus hinauf zur Dachkammer.

Der Großvater schob seinen Stuhl zurück, stopfte bedächtig seine Pfeife und zog die Flamme von einem Holzspan in den Tabak. „Tom“, begann er vorsichtig, „du musst dich nun schneller als gedacht entscheiden, wie dein Lebensweg aussehen soll.“ Thomas schwieg verlegen. „Hast du dir schon mal Gedanken darüber gemacht?“ „Vater meinte, ich soll die Werkstatt übernehmen.“ „Wo könntest du denn dazu eine Lehre beginnen? Wer könnte für dich sorgen?“ Ihm lag daran, dass Thomas die Schwierigkeiten selbst bedachte; dieser sah sich hilflos in der Stube um – und schwieg. Der Großvater erhob sich, ging zum Herd hinüber und stocherte mit einem Eisen in der Glut. „Es gäbe da eine Möglichkeit“, wandte er sich Thomas wieder zu. „Ich habe gestern mit einem alten Freund im Kloster Heisterbach gesprochen. Auch die Kirche sucht immer wieder zuverlässige junge Männer für den geistlichen Dienst. Dieses Kloster ist eine Welt für sich – mit großem Wirtschaftsbetrieb, Gärten und Feldern, mit Bibliothek und Verwaltung, natürlich mit den Mönchen und einer Gruppe von Novizen. Wenn du so willst, sind die Novizen wie Lehrlinge in der Ausbildung. Sie erhalten Unterweisungen, essen und schlafen dort, gewinnen praktische Kenntnisse in Land- und Forstwirtschaft. Ist die Zeit der Einweisung und Selbstprüfung vorbei, können sie sich entscheiden: für kirchliche Dienste im Kloster oder anderswo im Erzbistum Köln, also auch für Pflegedienste, für Lehr- und Verwaltungsaufgaben. Man wäre einverstanden, dich dort aufzunehmen, Thomas, wenn du das willst. Schlafe eine Nacht darüber!“ „Danke, Großvater, das werde ich tun!“ Thomas erhob sich und ging nachdenklich die Treppe hinauf zu seinem Bruder. Der Großvater zog erleichtert an seiner Pfeife; der zweite Stein schien ihm von der Seele genommen.

Die Nacht im gemeinsamen Bett brachte beiden Brüdern nur wenig Erholung. Michael zog immer wieder die Decke zu sich herüber und Thomas grübelte stundenlang über seine Zukunft. Irgendwann war er dann doch eingeschlafen. Auf einem Schiff sah er seinen Freund Bernhard lachend auf sich zukommen: „Nanu", hörte er ihn rufen, „du willst also auch Handelskaufmann werden? Aber die Dosenuhren von diesem Henlein, die will ich selbst verkaufen!" ... Die Wellen stiegen hoch und plötzlich legte sich das Schiff auf die Seite. Eine ganze Ladung Uhren rutschte ins Wasser und – Thomas war wieder wach. Einen Teil der Bettdecke holte er sich zurück und versuchte, an nichts mehr zu denken. Die Ungewissheit quälte. Großvater meinte es gut mit ihm. Und er sehnte sich nach Geborgenheit. Vor seinen Augen öffnete sich jetzt das Portal einer mächtigen Schutzburg. Er durchschritt das Tor und blickte in blühende Gärten. Einem Steinbrunnen näherte er sich, in den über einen ausgehölten Baumstamm frisches Quellwasser lief – und neben dem Bett goss die Großmutter Wasser in eine Schale. „So, ihr beiden Schlafmützen", sagte sie energisch, „es ist Zeit, aufzustehen". Das also war schon die ganze Nacht. Thomas fühlte sich gerädert. Die beiden schütteten sich aus der Waschschüssel das kalte Wasser ins Gesicht und waren schlagartig zurück in der Wirklichkeit.

Großvater stapelte Holzscheite neben dem Küchenherd und schaute verstohlen hinüber zu seinem großen Enkel, der mit Michael bald darauf beim Morgenbrot saß. Er hätte gerne gewusst, was Thomas nun dachte. Ganz unerwartet rückte er dann selbst damit heraus: „Großvater – was du mir gestern erzählt hast, das ist mir natürlich durch den Kopf gegangen. Diese Klosterwelt interessiert mich. Du sagst ja auch, dass ich mich nach der Ausbildung dort immer noch anders entscheiden kann. Ich möchte es also versuchen!" Der Großvater wollte sich die Erleichterung nicht anmerken lassen. Nur zu oft kam doch nach dem Zuspruch irgendeine Einschränkung, ein Vorbehalt. „Ja", sagte er lediglich, „das finde ich klug!" Thomas sollte das Gefühl haben, er entscheide allein über seinen weiteren Weg. „Wenn ihr wollt", meinte er dann, „könnt ihr draußen Ball spielen. Und drüben wohnt auch noch ein Junge, Micha, der ist so alt wie du. Den könnt ihr fragen, ob er mitspielen will." Sie waren einverstanden und liefen hinüber zum Nachbarn.

Die Großeltern verständigten sich, Thomas davon zu überzeugen, schon nach dem Mittagessen zum Kloster aufzubrechen. Am Großen Breiberg vorbei führte ein Waldweg westlich des Kucksteins nach Norden zu einem Wasserfall, dann unterhalb des Stenzelberges weiter nach Nordwesten bis in das Peterstal. Gute fünf Stunden musste man für diese Wanderung vorsehen. Die Unterbringung im Kloster für die Nacht, so hatte der Subprior versprochen, sei in einer Kammer für Pilger möglich.
Es klopfte an die Tür. Jakob Kühne trat in die Stube und berichtete, die Beseitigung des Brandschadens sei aufwendiger als zunächst vermutet und übersteige die Ersparnisse der Familie bei weitem. Etwas ratlos setzten sich die drei an den Küchentisch. „Ihr könnt doch umziehen in den Hof in Rommersdorf, wenigstens eine Weile", riet die Großmutter. Erstaunt sahen die Männer auf; daran hatte bisher niemand gedacht. „Und vielleicht könnte sogar Michael zurück in das Haus. Er hat Euch gern und wäre wieder in der gewohnten Umgebung." Die beiden Jungen stürmten herein und löschten ihren Durst. Jakob Kühne erhob sich und meinte: „Wir sollten öfter auf den Rat unserer Frauen hören! Ich muss darüber aber erst einmal in Ruhe nachdenken und den Familienrat einberufen."
„Thomas", fragte der Großvater nach der Rückkehr seines Enkels, „was hältst du davon, wenn wir beide heute Nachmittag zum Peterstal wandern? Dann bist du noch heute in deiner neuen Klosterwelt." Thomas wagte nicht, zu widersprechen. Es musste ja ohnehin geschehen – warum also nicht jetzt. Die Vorstellung, das Bett noch einmal mit seinem Bruder teilen zu müssen, bestärkte ihn, einzuwilligen. Am frühen Nachmittag stopfte die Großmutter einige Äpfel in einen Leinenbeutel, auch zwei Schinkenstullen, und verabschiedete die beiden flüchtig – damit keine Wehleidigkeit aufkam. Michael hatte sich schon mit seinem neuen Freund verabredet. Erst beim Abendbrot eröffnete ihm seine Großmutter, dass der große Bruder fortgegangen war; für ihn sei die Schulzeit nun abgeschlossen.

Am Fuße des Geisberges legten die beiden Wanderer eine Rast ein, verzehrten alle eingepackten Äpfel und erreichten noch vor dem Untergang der Sonne die Klosterpforte. Dort war man über die Besucher offenkundig unterrichtet: ein junger Mann wurde herbeigerufen, begrüßte den Großvater mit freundlicher Verbeugung und Thomas mit neugierigem Blick. Er führte die Gäste zu ihren Kammern. Thomas erhielt eine Tunika für die Nacht und einen schlichten Arbeitskittel für den folgenden Tag. Nun möge er sich verabschieden, wurde ihm bedeutet. Er umarmte seinen Großvater. Dieser legte ihm seine Hände auf das Haar und sagte ernst: „Bleib‘ tapfer, mein Junge, und Gott behüte dich!" Morgen – sehr früh – würde er abgeholt und eingeführt. Die Kammertür fiel ins Schloss. Eine helle Glocke rief aus der Ferne zum Gebet. Von der Kammer aus sah er im Obergeschoss des Nebengebäudes Kerzenschein und eine hohe Wand mit Büchern. Dann merkte er, dass er sehr allein war.

IV

Die Nachtliege war hart. Aber Thomas musste sie nicht mehr mit seinem Bruder teilen. Einen Becher heißen Tee hatte man ihm am nächsten Morgen vor die Kammertür gestellt und eine Schale mit Brot. In seinem neuen Kittel wartete er darauf, abgeholt zu werden. Es war der gleiche junge Mann, ein Konverse, der ihn gestern hierher gebracht hatte. Er führte ihn nun zum Mönchsflügel, der sich unmittelbar an den südlichen Teil der Abteikirche anschloss. Die Tür zum Raum des Novizenmeisters stand offen. Sie traten ein und warteten. Auf den alten Eichentisch vor dem Fenster stützte sich eine hagere Gestalt in weißgrauer Kukulle, Pater Aloysius. Er wandte sich den beiden zu und musterte Thomas nachdenklich. „Ich grüße dich, mein Freund! ... du hast deine Eltern verloren, hat man mir berichtet. Mein Gott, ... der Herr sei bei dir und gebe dir Kraft. Sei uns nun willkommen hier in Heisterbach. Ich werde dich deinen neuen Brüdern vorstellen. Sie sitzen schon zur Unterweisung zusammen.“ Der Novizenmeister gab Thomas die Hand und forderte ihn auf, zu folgen.

In einer Schreibstube unterhalb der Bibliothek waren die Novizen versammelt. Pater Aloysius betrat den Unterrichtsraum, die Schüler erhoben sich ehrfürchtig. „Bruder Antonius“, entschuldigte er sich zum Pult hinüber, „ich will euch nur eben einen neuen Mitbruder zuführen. Gestern hatte ich ihn ja schon angekündigt. Thomas hat sehr schwere Tage hinter sich. Sei nun also“ – schaute er ihn an – „in dieser Gemeinschaft herzlich willkommen. Stephan – du wirst es übernehmen, ihn in die Klausur und in die Regula Sancti Benedicti einzuweisen.“ Der Novize verbeugte sich zustimmend. Thomas wirkte in seiner neuen Tracht recht unbeholfen, musterte scheu die Gesichter, spürte dann aber dankbar, dass sie ihn freundlich anschauten. Pater Aloysius verließ die Versammelten. Pater Antonius wies Thomas einen Platz vorne auf der ersten Bank zu und nahm die Unterweisung wieder auf:

„Die Apostel, hatte ich vorhin gesagt, waren Diener des Wortes. Gemeint war damit, die Texte der Heiligen Schrift verständlich darzulegen und in ihrem Geist zu leben. Damit sind wir einerseits bei der Sprache, andererseits bei dem entsprechenden Lebenswandel. Keine Sprache hat mehr Präzision als die lateinische. Nur wird sie außerhalb Roms immer seltener verstanden. Deshalb übersetzen wir die Texte in die Gebrauchssprachen. Die Sprache indes ist mehr als das Ausgesagte. Worte sind zunächst einmal Bausteine des Denkens. Wer die Sprache vernachlässigt, beeinträchtigt deshalb auch die Denkfähigkeit. Schon das Wort „begreifen“ leitet Denker auf Abwege – bezieht es sich doch auf alles Gegenständliche, versagt es in dem, was nicht betrachtet, nicht berührt werden kann. Wir können nicht sagen, ob das Unberührbare vielleicht bedeutsamer ist als das Erfassbare, das Vorgestellte. Geist entzieht sich der „Darstellung“. Wir haben wohl den Begriff, können Geist aber nicht „begreifen“. Der heilige Benedikt hat uns in seiner sechsten Regel Achtsamkeit aufgegeben, damit wir uns mit unserer Zunge nicht verfehlen: <Ich stellte eine Wache vor

meinen Mund, ich verstummte, demütigte mich und schwieg sogar vom Guten>. Es wird euch schon aufgefallen sein, dass wir uns unter den Brüdern oft mit Zeichen verständigen. Der Redende erkennt nicht. Dem Schweigenden und Schauenden nur offenbaren sich alle wirkenden Kräfte. Den Wortreichtum für das Denken gewinnt man nicht durch das Reden, sondern durch das Lesen." Pater Antonius griff zur Tischglocke und läutete – das Zeichen für eine Unterrichtspause. Die Novizen erhoben sich und verließen schweigend den Raum. Draußen aber umringten sie Thomas. Jeder gab ihm die Hand und nannte seinen Namen. Stephan schien der älteste unter ihnen zu sein und wohl auch deshalb beauftragt, Thomas später durch das gesamte Anwesen zu führen. Schon rief die Tischglocke alle zurück in den Raum.
„Die Sprache", nahm Pater Antonius seinen letzten Gedanken wieder auf, „erreicht nur den Kopf und, wie Ihr inzwischen an euch selbst erfahren habt, der Gesang erfüllt auch Seele und Gemüt. Ein Halleluja wirkt nicht durch das gesprochene Wort; nur gesungen verwandelt es sich zum erhebenden Gotteslob. Zur Besinnung und inneren Festigung pflegen wir deshalb den Chorgesang. Es ist der Versuch, gegen vielerlei weltliche Trostlosigkeit einen Zugang zur himmlischen Harmonie zu öffnen. Diesem Ziel dient alle Kirchenmusik. Ich möchte euch also ermuntern, auch mit ganzem Herzen zu singen. Damit verleiht ihr dem Wort die angemessene Erhöhung."
Hugo, einer der jüngeren Novizen, meldete sich: „Gilt das nicht in gleicher Weise für die Malerei? Hat nicht Leonardo da Vinci wundervoll den Hochaltar einer Klosterkirche in Florenz gemalt? Warum aber sind hier bei uns alle Wände kahl und weiß, warum die Fenster ohne farbige Figuren? Warum – so hört man – werden aus einigen Kirchen die Bilder entfernt, ja sogar zerstört?"
„Die Texte und die Gesänge lenken unsere Aufmerksamkeit allein auf Gott", erwiderte Pater Antonius. „Betrachtest du hingegen ein Gemälde, kann es dich nur zu leicht ablenken. Deine Gedanken verlieren sich in den Gestalten, in der Farbgebung, verleiten zu

weltlicher Gefallsucht. Manche beten die Bilder gar an. Deshalb lassen wir die Wände weiß. Von Gott, diesem großen Weltgeist, sollen und können wir uns ohnehin kein Bild machen. Nun gibt es aber Kirchbesucher, die nicht lesen und schreiben können, die über die Betrachtung eines Gemäldes zur Nachdenklichkeit und zum Gebet finden. Das wollen wir achten – und jede Bilderstürmerei ohnehin nicht billigen. Der Glaube an Gott hat Bedeutung! Und im Gebet teilt sich das Göttliche zunächst unmerklich mit, schenkt es dann ein stets tieferes Gefühl von Geborgenheit und Kraft spendendem Vertrauen! Das führt mich noch zu einer Frage für die nächste Unterweisung: unserem Novizenmeister liegt nach verschiedenen Gesprächen mit euch daran, über eure Gottesvorstellungen nachzudenken. Er möchte das wieder in der Form eines Streitgesprächs gestalten. Dazu müsste einer die Meinung vertreten, es gebe Gott und ein zweiter das Gegenteil behaupten und begründen. Wer will sich dafür melden?" „Ich möchte gerne begründen", meldete sich Armin, „dass es ihn nicht gibt." Zögerlich meldete sich Christian: „Ich würde dann begründen, dass es ihn gibt!" „Nun", schloss Pater Antonius, „das haben wir ja schnell erledigt – also Armin dagegen und Christian dafür." Einen Augenblick schaute er nachdenklich zu Thomas hinüber und schloss eine Erklärung an: „Lasst mich wegen unseres neuen Mitbruders noch einige Worte zum Leben der Mönche hier im Peterstal anfügen: Die Klostergemeinschaft müht sich um ein umfassendes Verständnis des Lebens. Gemeinhin hat jeder von uns gewisse eigene Erfahrungen – wohltuende und schmerzliche, gute und böse, kurzum eine Lebensvorstellung in Gegensätzen. So meint man, das Leben auch recht verstanden zu haben. Diese Betrachtungsweise beschert uns jedoch immer neue Konflikte. Zisterzienser denken ganzheitlich, sehen die Zusammenhänge, wollen Widersprüchliches versöhnlich überwinden. Sie schenken Zuneigung. Sie lassen nicht andere für sich arbeiten, halten sich keine Knechte, sondern arbeiten selbst – auf den Feldern, im Forst, in Werkstätten und Ställen, auch im Handel auf den Märkten. Und sie denken und beten, im Chorgebet auch wieder gemeinsam. Die Arbeit und die Gebete bilden eine Einheit. Beide gewährleisten die Persönlichkeitsentwicklung. Arbeit fordert und bildet. Sie bereichert die eigenen Fähigkeiten. Bernhard von Clairvaux wird die Geschichte zugeschrieben, dass er zur Getreideernte ausrief: ‚Herr, gib mir die Gnade, mähen zu können'. Hier zeigt sich zugleich die eigene Schwachheit, die zur Demut anhält. Ich wünsche und hoffe, dass ihr euch von solchem Geiste leiten lasst."

Pater Antonius klopfte an die Tischglocke und entließ die Schüler. In Doppelreihe, paarweise nebeneinander, zogen sie entlang der Nordwand am Eingang der Kirche vorbei zu ihrer Unterkunft, einem schlichten Steinbau mit kleiner Küche, Aufenthaltsraum, Schlafsaal im Obergeschoss und – erst kürzlich neu erstellt – einer Badekammer. Das war ein wohltuender Fortschritt: bisher hatten sie sich nach dem Wecken und vor der Nachtruhe draußen am Brunnen stets flüchtig drei Hände voll Wasser ins Gesicht geschüttet. Sie waren dann schon fertig gekleidet. Die Tunika wurde nur selten gewaschen. Alle Räume hatten auch deshalb ihre eigenen, stickigen Gerüche, ihre Fliegen und so manches Kleingetier.

Im Haus wagten die Novizen leise wieder miteinander zu sprechen. Sie zeigten Thomas im Schlafsaal sein Bett – eine Matte lag auf dem Holzrost, abgedeckt mit einem graubraunen Tuch, darauf eine Wolldecke und ein Kopfkissen. Stephan brannte darauf, den Neuling herumzuführen. Am südlichen Ende des Klostergeländes hatte man einen guten Überblick über das von Buchen, Kastanien und Lerchensporn umschlossene Peterstal. Zwischen Apfel- und Nussbäumen rann ein Bach quirlig zu Tale. Sie stiegen den Hang hinauf und schauten über weite Gärten mit Gemüse, Kräutern, Beerensträuchern und Weinstöcken. „Beginnen wir mal mit der Wirtschaft", begann Stephan lachend, „auch Mönche leben nicht vom Wort allein. Links neben der Klausur da unten siehst du zunächst noch das Haus des Abtes. Es steht wohl nicht

zufällig auf der Grenze zwischen Wirtschaftshof und den Gebäuden vor dem Kreuzgarten. Der Abt hat viel auch mit auswärtigen Gästen zu tun, die das Geschehen in der Klausur nicht stören sollen. Das große Haus dahinter ist das Haupthaus der Werkleute. Die Handwerker wohnen dort mit ihren Familien, auch Lohnarbeiter. Daneben siehst Du Stallungen, ein Mühl- und Brauhaus, die Kornscheune, eine Backstube und die Schmiede. Nicht zu sehen sind der Wein- und die Lagerkeller. Die Ländereien hier sind teilweise Schenkungen. Einige gehören dem Erzbischof von Köln; er hat das Tal dem Orden seinerzeit zur Verfügung gestellt und viele Flächen verpachtet. Ein Teil der Pacht kommt dem Kloster zugute. Vor etwa fünfzig Jahren gab es eine territoriale Neuaufteilung; das Siebengebirge wechselte zum Herzogtum Berg. Ein Wunderwerk nun ist das Bewässerungssystem: Zisterzienser haben ihre Klöster stets dort gebaut, wo Wasserquellen und ertragreiche Böden vorhanden sind: Vom Wald her fließt hier ein Bach durch das Tal. Zusätzliche Quellen füllen dort drüben drei abgestufte Fischteiche und über Leitungen aus Tonrohren fließt Wasser durch einen gemauerten Gang sowohl zum Wirtschaftshof als auch in die Klosterbrunnen sowie durch ein Langbecken in der Küche, zum Abfluss schließlich noch in einen Schacht unterhalb der Latrinen. Wir schauen uns jetzt den Hauptteil an, die Klosteranlage selbst." Sie gingen hinunter in die Klausur.
„Die Abteikirche", erklärte Stephan weiter, „steht dort nun bald 300 Jahre. Was den Stil betrifft, zeigt sie Übergänge vom Romanischen zum Gotischen. Das siehst du an den mächtigen Mauern und den Rundbögen der Fenster, zugleich aber auch anders durch die sehr schmalen und hohen Fenster und das gotische Strebewerk. Die Zisterzienser haben keine Kirchtürme mit mehreren Glocken, sondern einen Dachreiter mit einer kleinen Glocke. Sie wird zu den Gebetszeiten geläutet – auch für die Mönche draußen auf den Feldern und im Wirtschaftshof. Sie unterbrechen dann dort ihre Arbeit zum Gebet. Dem Langhaus vorgelagert sind westlich des Kreuzgartens der Wohnbereich der Laien, Kammern für

Pilger, durchreisende Ordensbrüder und für uns Novizen. Auf der anderen Seite liegt der Mönchsflügel mit Kapitelsaal und Dormitorium. Er schließt an das südliche Querschiff an. Den Namen hat der Saal, weil dort jede Woche ein Kapitel aus der Heiligen Schrift vorgelesen wird; dann sind nicht nur die Mönche versammelt, sondern hinter den Säulen auch die Konversen. Und der Name Kapitel bezeichnet seither das Kollegium der Mönche. Eine Treppe führt vom Schlafsaal – wegen der nächtlichen Gebete – unmittelbar zur Kirche. Wir Novizen haben da keinen Zutritt. Im Süden des Kreuzgartens siehst du schließlich das Refektorium, also den Speisesaal, und vor dem Eingang einen großen Laufbrunnen, wo sich die Mönche vor den Mahlzeiten die Hände waschen, jede Woche einmal auch rituell die Füße. Von hier aus siehst du nicht die Bibliothek auf dem Nordflügel, das Pilger- und Armenhaus, den Krankentrakt und auch nicht die Grabstätte drüben am Wald – aber das soll jetzt auch genug sein. Ich habe soviel geredet, dass ich nun eigentlich zwei Wochen schweigen müsste."
Eine Weile saßen sie auf der Bank und schwiegen. Die Stille tat gut. Die Glocke schlug zur Stunde – und zum Gebet.

V

Das neue Zuhause war kalt – kein warmer Küchenherd, keine mütterliche Umarmung, vielmehr schweigsame Gestalten im großen Schlafsaal und draußen am Brunnen. Über Tal und Wäldern wollte der Morgennebel nicht weichen.
Es mochte vielleicht einen guten Grund geben, mehr auf sein Seelenheil zu achten als auf das körperliche Wohl; aber ein Frierender entwickelte nun mal keine erhebenden Gedanken. Es sei auch unziemlich, hatte man Thomas bedeutet, sich vor den anderen teilweise zu entblößen. Er verstand das nicht. Thomas wollte sich nur wärmer angezogen haben und für die Nacht eine zweite

Decke. Den tieferen Zusammenhang werde er bedenken, sagte er, wenn er nicht mehr fror.
Nach der Messe geleiteten der Prior und die Novizen eine Schar von Pilgern und Armen zum Brunnenhaus vor dem Refektorium und wuschen ihnen die Füße. Täglich waren Vormittags einige Stunden mit dem Lesen von Texten der Heiligen Schrift gefüllt. Bei Zeichen- und Schreibarbeiten fiel Thomas dem Novizenmeister durch besondere Gewissenhaftigkeit auf. Jeweils einer der Schüler wurde bestimmt, sich auf die Tischlesung vorzubereiten. Nach dem Mittagessen zog die Gemeinschaft hinüber in die Gärten; nicht nur der Geist sollte gefordert werden, sondern durch nützliche Handarbeiten auch der Körper. Mit Ausnahme der hohen kirchlichen Feiertage gab es zu den Mahlzeiten Brot und abwechselnd Eier, Käse, Gemüse, häufig auch Fisch. Als Getränke galten Wasser sowie eigens angebauter und gekelterter Wein.
So sah nun für Thomas das Klosterleben aus. In der Schulzeit hatte er von Klöstern in Italien, Frankreich und England gehört, von weltlichen und geistlichen Machtkämpfen, von Eremiten und Dämonen, Blütezeiten und Sittenverfall. Einer der Ordensgründer, erinnerte er sich, war Benedikt von Nursia, Sohn einer angesehenen italienischen Adelsfamilie. Eben dieser sah auch unter den Mönchen manche Lockerung der Klosterzucht. Seine strenge Verhaltensvorschrift für das Leben im Kloster, die Regula Benedicti, haben die Zisterzienser zur Leitlinie erhoben. Stephan zählte sie auf: „Gehorsam gegenüber Gottes Geboten, Armut, Demut, Selbstüberwindung, Schweigsamkeit, Keuschheit und Nächstenliebe". Streng war jeder Tagesablauf geregelt; zur Sünde sollte keine Zeit verleiten. Wachsam beobachtete Thomas in diesem Geiste jetzt seine Mitschüler, die Mönche und die Laienbrüder in ihren Äußerungen und ihrem Verhalten, insbesondere aber sich selbst. Sollte es Gottes Wille sein, dann wollte er auch frieren.
Nur schweigen wollte er nicht. Das gesprochene Wort sollte gewiss bedacht sein und nicht verletzen. Aber es war auch Ausdruck menschlicher Zuwendung. Die Mehrheit der Mitmenschen wuss-

te nicht zu lesen und zu schreiben. War es dann nicht ein Zeichen von Hochmut, für sich zu denken und zu schweigen? Zwischen Schwatzhaftigkeit und Schweigsamkeit gab es kein Wort für einen verständlichen Mittelweg. Und so suchte Thomas von Wort zu Wort vergeblich das Maßvolle: zwischen Armut und Reichtum, Demut und Hochmut, Wollust und Keuschheit, Selbstsucht und Nächstenliebe. Was half die Rede eines Weisen von der Ganzheitlichkeit, wenn das wirkliche Leben so sehr von Gegensätzen bestimmt wurde? Das größte Mysterium war die Liebe. Sie war nicht in der Rede. Sie war in der Fürsorge der Mutter, in jeder Hilfe, in freundlichen Augen, in jedem uneigennützigen Werk. Sie war im wärmenden Licht. Keine Macht war stärker als die Liebe. In ihr nur wollte Thomas auch schweigen.

Am frühen Abend wurde er gerufen und zum Kapitelsaal im Mönchsflügel geleitet. Petrus Heidermann, der Abt von Heisterbach, war von seiner Reise zurückgekehrt. Subprior und Novizenmeister hatten ihn über das Geschehen der letzten Tage ins Bild gesetzt. Der Abt stand im Gespräch vor dem Eingang zum Saal und wollte Thomas vor Versammlungsbeginn des Konvents noch willkommen heißen. Er begrüßte ihn freundlich und nahm ihn wegen der eintretenden Mönche zur Seite. „Mein lieber junger Bruder“, sprach er, „ein sehr schwerer Schicksalsschlag hat dich getroffen. Ich hoffe und wünsche, dass du mit der Hilfe des Herrn die Bitterkeit überwinden kannst und recht bald wieder zuversichtlich nach vorne schaust. Wer ernsthaft Glaubenserkenntnis sucht und den selbstlosen Dienst an den Nächsten, der ist uns von Herzen willkommen. Nicht aus Enttäuschung bist du hoffentlich hierher gekommen, sonder mit Gottvertrauen. Suche ihn also, und du wirst ihn finden. Ich halte ein Auge auf dich! Der Herr sei mit dir!“

Thomas verbeugte sich und der Abt schritt zum Konvent.

VI

Wer des Weges kam und das Klosterleben nicht kannte, empfand die mächtigen Mauern von Heisterbach als Zeichen und Bollwerk gegen alles weltliche Ungemach. Selbst hier jedoch entwickelten sich Richtungskämpfe zu Glaubensfragen und Kirchenbräuchen, zu Ketzerei und Wetterzauber, zum Umgang mit Hexen und Zinsgeschäften. Landesherren nahmen sich allenthalben das Recht, Geistliche nach ihren persönlichen Wünschen einzusetzen. Durchreisende Mönche berichteten von einem Bruder des Augustinerordens, der vor zwei Jahren eigenwillig Thesen veröffentlicht hatte und der Kirche vorwarf, sie habe sich von ihrer eigentlichen Aufgabe entfernt. Man sorge sich dort mehr um Kirchenschätze als um das Seelenheil der Gläubigen, sollte besser „die Christen lehren, dass, der dem Armen gibt oder leihet dem Dürftigen, besser tut, denn dass er Ablass lösete".
Die Novizen wollten ihren Meister versuchen. Pater Aloysius, mit 84 Jahren der älteste der Mönche, war trotz seines Alters wohl der fortschrittlichste Mönch in Heisterbach. Er war ein Anhänger der Lehren des Petrus Abaelard und pflegte zur Wahrheitsfindung den Weg des Streitgesprächs. Seine Amtsvorgänger hielten noch das Zuhören für bedeutsamer, suchten – dem ersten Novizenmeister Caesarius folgend – die Aufmerksamkeit ihrer Zöglinge in der Erzählung von Geschichten. Pater Aloysius hingegen bevorzugte die freimütige Darlegung gegensätzlicher Überzeugungen: „In den Texten der Schrift" meinte er, „findet man auch manche nur flüchtig gehörte Überlieferung; nicht alle Verfasser waren Augenzeugen. Der Glaube bleibt deshalb für jeden von euch ein gutes Stück Arbeit. Um ihn müsst ihr ringen – ich sage auch: vernunftgemäß streiten." Bevor er aber die Unterweisung heute beginnen konnte, meldete sich wieder einmal Hugo: „Wir haben vorhin über die Frage gesprochen, ob Mönche heiraten sollten oder nicht. Wir fragen uns, warum die Kirche diesen Gedanken so streng zurückweist." „Es bedrückt mich", antwortete

Pater Aloysius mit sorgenvoll wiegendem Kopf, „dass Ihr wieder einmal mit weltlichen Ablenkungen unser bedeutsames Unterrichtsthema verdrängen wollt. Aber in der Jugend hüpfen noch die Gefühle und Gedanken. In der Heiligen Schrift, das müsst ihr doch wissen, findet sich auch ein Rat zur Ehe – im siebten Kapitel der Epistel Pauli an die Korinther: < Wer ledig ist, der sorget, wie er dem Herrn gefalle. Wer aber freiet, der sorget, was der Welt angehöret. Demnach: welcher verheiratet, der thut wohl, welcher aber nicht verheiratet, der thut besser.> Und so bleiben wir unverheiratet. Anders haben sich beispielsweise die Jakobsritter in Spanien oder die Benediktiner in Ettal entschieden mit der Anweisung

> ‚*die munich sullen iren orden und die ritter und fruwen ir ee recht und redlich halten*'.

Dem Ettaler Kloster steht ja nicht der Papst vor oder der Bischof, sondern der Landesherr aus dem Hause Wittelsbach. Die dortigen Mönche geloben,

> *im ‚fridlichen und ainmuticklichen miteinander' zu leben sowie ‚wollgezogenlich ze Kirchen stan und allezit züchtig sin' zu wollen.*

Schwierig bleibt jedoch die Erziehung der Kinder; für sie ist im Kloster kein Platz. Zweifellos sind verheiratete Mönche auch in der dortigen Gegend ungewöhnlich. Der Name Ettal entstammt übrigens dem Gerede der dortigen Bauern vom Ehetal." Eine Weile schwieg Pater Aloysius nun und schaute nachdenklich vor sich hin. „Auch ich hatte als junger Mann da so meine eigenen Erfahrungen … nicht zuletzt zu den weiblichen Verführungskünsten! Es gibt eine Zeit des Findens, lesen wir in den Sprüchen Salomos: <wer eine Ehefrau findet, der findet etwas Gutes und kann guter Dinge sein im Herrn>. In Prediger 7 aber wird zugleich gewarnt: <dass bitterer sei denn der Tod ein Weib, des Herz Netz und Strick ist. Wer Gott gefällt, der wird ihr entrinnen>. Ich bin – wie ihr seht – der ganzen misslichen Angelegenheit entkommen – dem Herrn sei Dank! Nun aber zurück zum

Thema der heutigen Unterweisung. Für unser Weltverständnis, für unsere Haltung zum Leben ist die wirklich alles entscheidende Frage: Gibt es Gott oder gibt es ihn nicht. Armin hat sich – wie mir Pater Antonius sagte – darauf vorbereitet, die Frage zu verneinen, und Christian hält danach die Gegenrede. Nun also medias in res." Er winkte Armin nach vorne zum Pult.
Armin schien es vergnüglich zu finden, im ehrwürdigen Kloster Ungeheuerliches zu verkünden. Triumphierend schaute er in die Runde und erklärte: „Gott gibt es nicht!" Pater Aloysius hob beschwörend die Hand: „Etwas mehr Demut, mein Freund, stünde dir wohl an! Eitlen Schein noch offenbart deine Rede!" „Gott", begann Armin geübt mit niedergeschlagenem Blick noch einmal von vorne, „der Herr möge mir gnädig sein – man hört es in ungebildeten Kreisen – Gott könne es nicht geben". „So ist's recht, Brüderchen", nickte der Pater zustimmend und wieder milde gestimmt, „so entwickelt sich Erkenntnis!"
„Wir können ja nur begreifen, was in der Welt erscheint", wagte sich Armin nun wieder vor. „Da war einmal eine Stimme aus einem Dornbusch. Die Stimme mahnte die Menschen, sich kein Bild von Gott zu machen noch irgendein Gleichnis. Eine Stimme also gab es – nur eben keinen Gott. Auch am Berge Horeb erhielt Mose nur den Hinweis: ‚ich werde sein, der ich sein werde'. Was sich da ankündigte, das durfte und konnte niemand sehen. Und bis heute hat es sich nicht gezeigt. Ein allmächtiger Weltgeist, wie wir uns ihn in Gedanken vorstellen, schaffte nur Vollkommenes. Niemand wagte zu denken, er machte auch Fehler oder seine Schöpfung hätte Mängel. Wer sich nun aber hier auf der Erde umschaut – lassen wir die leblose Sternenwelt mal unbeachtet – der findet eine endlose Kette von Unfertigem: Krankheiten, Hungersnöte, Unwetter, Dürren, Streit und Krieg. Unter den Menschen gibt es Sehschwächen, Gehörprobleme, Gehbehinderte, Dummköpfe. Wäre ich Gott – der Herr, wenn er denn doch erscheint, bleibe mir gnädig – ich hätte das nie zugelassen. Nun aber ist solche Trostlosigkeit um und in uns und schließlich auch

noch die größte davon vor uns, der Tod. Daraus folgere ich: es gibt ihn nicht. Wer von uns käme als Schöpfer auf den Gedanken, die Menschen alt, grau und gebrechlich werden zu lassen und dafür auch noch einen Himmel einzurichten? Wäre ich Gott, ich machte es umgekehrt! Die Menschen würden immer ansehnlicher und die schönsten kämen zu mir in den Himmel. Nun aber ein Himmel als Altenheim? Nein, das ist unvorstellbar. Gäbe es Gott, er sendete andere Zeichen. Auf die biblischen Bilder sollte man sich nicht einlassen – und das rät uns ja auch die Stimme am Berg Horeb.“ Armin verbeugte sich artig vor Pater Aloysius und seinen betroffen schweigenden Zuhörern. Er setzte sich wieder und war sichtlich froh, diese unliebsame Aufgabe hinter sich gebracht zu haben.

„Nun“, ermunterte Pater Aloysius die Gruppe, „hören wir doch gleich die Gegenrede. Christian, du hast das Wort“. „Eine tief in mir sitzende Überzeugung“, so begann der gemeinhin stille Novize aus der letzten Bankreihe, „drängt mich zu sagen, der Anfang der Welt begann mit hoher Intelligenz! <Nichts kommt aus dem Nichts>, lehrte Parmenides von Elea; nur aus Vorhandenem konnte ‚Etwas‘ geschaffen werden. Und das je Hervorgebrachte konnte wieder zerfallen, sterben – nicht aber zu ‚Nichts‘ werden. Etwas war da und blieb. So außergewöhnlich komplizierte Lebewesen wie Tiere und Menschen können kein Zufallsergebnis sein. Ich denke, wer das lebendige Dasein anschaut, erkennt eine Schönheit, eine Kraft, einen lebendigen Sinnzusammenhang, der ohne kluge Lenkung nicht gedacht werden kann. Das wird auch der Grund dafür sein, dass eine unfasslich große Zahl von Menschen auf der ganzen Erde – Christen, Juden, Moslems, Hindus – an einen Schöpfergott glauben, dass sie das Weltgeschehen, die Natur und die Mitmenschen gemeinhin für berechenbar und vertrauenswürdig halten, dass sie ihr Leben trotz aller Mühen bejahen, dass sie vielmehr Aufgaben darin sehen, die sie meistern sollen und ja auch wollen – an denen sie sich bewähren, mit denen sie wachsen. Kurzum: meine Gewissheit, mein Vertrauen in die Sinnhaftigkeit und in die Existenz eines klugen Weltgeistes ist deutlich höher als die Annahme, alles habe sich nur zufällig so ergeben, könne jeden Tag auch ganz anders kommen. In den Zufall hätte ich kein Vertrauen, da könnte ich keine Geborgenheit finden. Ich hätte keinen Halt, mir bliebe nur die Angst. Alle Jahrhunderte hindurch erfahren Menschen sogar in großem Leid eine unerklärliche Kraft und Ermutigung, ihr Schicksal zu meistern – ohne eine bildhafte Vorstellung der Weltvernunft zu benötigen. Nehmen wir einmal an, wir lebten – wie die Engel – unter dem nahen Einfluss des Allmächtigen: wir folgten doch nur seinem Willen, entwickelten kein eigenes Denkvermögen, keine eigene Persönlichkeit. Wie erfreuen sich doch Eltern an der Eigenwilligkeit ihrer Kinder! Solch ein lebendiges Gegenüber, denke ich, bereichert – nicht etwa Gaukelpuppen. So darf wohl gesagt werden: es gibt ihn, aber er hält sich aus gutem Grund verborgen. Es lässt mich auch nicht los, was Pater Aloysius uns eingeschärft hat: Gott wählt andere Wege, sich uns zu offenbaren – in der Stimme des Gewissens, in uns eingegebenen, hilfreichen Gedanken. Er lässt seine Geschöpfe nicht allein. Wir aber meinen, alle Gedanken wären eigene. Die Mängel, Sorgen und Unfertigkeiten, von denen Armin vorhin sprach, sind uns gewiss zur Aufgabe und Bewährung gestellt. Unser Tun hat Bedeutung, nicht unsere Anschauung, nicht eine bildhafte Vorstellung Gottes!" Christian verbeugte sich und nahm wieder seinen Platz ein.

„Hat jemand von euch Einwände oder Ergänzungen zu dem Vorgetragenen?" Pater Aloysius blickte in die Runde, lehnte sich an das Stehpult und verbarg seine Hände in den weiten Ärmeln der Kukulle. Niemand wollte sich melden.

„Immer neu streben wir nach fertigen Bildern", fuhr er fort, „tragen aber nur einige Mosaiksteine zusammen. Einen Verstand haben wir nun, der das Geschehen um uns herum aufnimmt. Und was er da speichert, das steckt voller Gegensätze und Widersprüche. Es ist eine Plage! Deshalb soll euch ein feiner Sensor helfen, das Schädliche und das Nützliche zu erkennen – die Vernunft. Ihr habt sie zur Steuerung eures andernfalls nur triebhaften Wollens. Ich komme zurück auf unsere Gottesvorstellungen. Die kann der Verstand nicht fassen. Der Altenheim-Himmel von Armin ist natürlich dumpfes Hirngebräu. Habt ihr in der Verkündigung des Paradieses etwas über humpelnde Alte gelesen? Der Himmel ist der Inbegriff beglückender Schönheit! Selbst aber große Denker haben die abwegigsten Vorstellungen geäußert: der römische Denker Boethius beispielsweise nannte Gott das vollkommen Gute. Und dieser Gott könne nicht das Böse tun. Da er das nicht könne – und man ihm die Allmacht nicht absprechen dürfe – sei zu folgern, dass es das Böse gar nicht gibt. Ein zweites: im letzten Jahrhundert erklärte Nicolaus von Cues, Gott sei ‚die absolute Unendlichkeit', die mit dem begrenzten Wissen nicht zu beschreiben ist. Daraus sei zu schließen, dass man zu Gott nur durch das ‚Wissen des Nichtwissens' gelange, dem Nichts näher als dem Etwas. Ihr seht: mit dem Verstand allein und abwägender Vernunft kommen wir nicht zu besserer Erkenntnis. Gott ist nicht Teil der Welt, nicht nach Raum und Zeit zu ergründen, nicht mit Worten zu beschreiben; er ist grenzenlos darüber! Immer wieder aber wird er als Person gedacht. Schon Augustinus verwarf solche Anschauung. Die Welt jedoch will ihn begreifbar. So erschien er der Welt denn auch in Menschengestalt: Christus, der aus Gott gesandte und wieder in Gott zurückgekehrte, sprach vom Herrn als liebendem Vater, lehrte selbst im Geiste der Wahrheit, gab Rat zur rechten Lebensführung und verheißungsvolle Zeichen. Der eine Gott vermittelte sich den Menschen in dreifacher Wesenheit. Bleiben wir deshalb bei unserem eigenen Versuch bescheiden: machen wir uns kein Bild des Allmächtigen – halten wir aber alle Sinne offen für das weite Wirken des Geistes1 Ihr fragt natürlich, wie es geschehen soll, dass man einen so fernen Gott lieben kann; wir vermögen doch nicht zu lieben, was wir nicht kennen. Ich rate euch, ihn mehr mit dem Herzen zu suchen, so seinem Wesen auf die Spur zu kommen. Christus offenbarte ihn der Welt zunächst durch die Lehre. Gott jedoch wirkt für uns unmerklich allezeit auch in vielerlei Zeichen und Hilfen. Dem Aufmerksamen wird dieses Wirken mit den Jahren zur Gewissheit. Er verliert seine Lebensängste, fühlt sich kraftvoll geborgen. Und in dieser Geborgenheit keimt und wächst die Liebe! Im aufmerksamen Erspüren liegt tiefere Erkenntnis als im Wissen! Es überzeugt, was einleuchtet! Dächten sich die Menschen diese Welt wirklich ohne Gott – keinen Halt mehr gäbe es für Streit, Hass, Rache, Diebstahl und Mord. Viele hält nun wenigstens die Sorge von Untaten ab, eines Tages stünden sie vielleicht doch vor dem Richter."

Die Novizen erhoben sich nach einer Handbewegung zum Gebet und verließen dann schweigend den Raum. Einzeln nur – wie die Mönche – suchten sie nach der täglichen Unterweisung die Gärten auf und den umliegenden Wald. Selbst Im Lichtspiel der Baumkronen ahnten sie Zeichen des Himmels und lauschten sie dem dortigen Geflüster.

VII

Thomas hatte bald das Gefühl, schon immer hier gewesen zu sein. Im Gleichmaß der Tage mit ihren Lesungen, Unterweisungen, Gartenarbeiten und Gebeten verlor der Zeitablauf jede Bedeutung. Um so mehr Aufmerksamkeit richtete sich auf das Treiben im Wirtschaftshof und alle Nachrichten von Pilgern und fremden Gästen. Wieder sprach man über den Augustinermönch Martin Luther und seinen Auftritt auf der Leipziger Disputation, nun aber auch über den Leutpriester von Maria-Einsiedeln, Ulrich Zwingli, und dessen Schrift gegen das Fastengebot. Welche Ungeheuerlichkeit, dachte Thomas: Einzelne nahmen sich das Recht heraus, die machtvolle römische Kirche mit ihren seit Jahrhunderten gepflegten Überzeugungen und Zeremonien infrage zu stellen.

Am Südrand der Klostermauer, oberhalb der Fischteiche, erreichte man über neun steinerne Stufen eine Pforte, den einzigen Durchlass zum Wald. Täglich nun zog es Thomas in diese Abgeschiedenheit. Dort hörte man auch die Hammerschläge der Schmiede nicht mehr und keine unheilvollen Nachrichten. Die Sage geht, in diesem Wald habe schon bei der Gründung des Klosters ein Bruder namens Markus jedes Zeitgefühl verloren. Dieser Mönch nun hatte seine Schwierigkeit mit dem Verständnis des Wortes der Schrift, ein Tag sei vor dem Herrn wie tausend Jahre und tausend Jahre wie ein Tag. Luther und Zwingli waren nicht die ersten Zweifler. Nein, hier in Heisterbach hatten die Zisterzienser ihren eigenen Sünder: Markus also sei im Wald grübelnd in den Schlaf gesunken, habe irgendwann wieder einmal das Leuten der Klosterglocke gehört und sei eilig zum Refektorium zurückgekehrt. Dort erschienen ihm nicht nur die Mitbrüder fremd und die Einrichtung des Speisesaals; auch die anderen schienen ihn nicht zu kennen. Man habe ihn nach seinem Namen gefragt und bei der Prüfung in der Klosterchronik einen erst vor sechs Jahren eingetragenen Vermerk gefunden: ein Bruder Markus sei Anfang des 13. Jahrhunderts durch die Pforte in den Wald gegangen und nicht wieder zurückgekommen. Markus sei ob dieser Nachricht zutiefst erschrocken, in wenigen Minuten steingrau gealtert und auf der Stelle verstorben. Thomas nahm sich die Sage sehr zu Herzen und bemühte sich fortan, an den Texten der Schrift nicht zu zweifeln.
Zwei Jahre war er Lernender im Noviziat, als ihm eröffnet wurde, die Lehrzeit für ihn und neun andere Aspiranten gehe zu Ende. Der Tag war gekommen, an dem er sich entscheiden sollte: blieb er im Dienst des Klosters oder kehrte er zurück in sein Dorf? So sehr hatte Thomas seine Gedanken nach innen gerichtet, dass ihn die aufdringliche Geschäftigkeit der Welt da draußen verschreckte. Wollte er sich ihr aber nur auf bequeme Weise entziehen? Wie sah sie denn aus, die Leistung der Mönche im Dienst an der Welt, da sie selbst doch im Kloster so umfassend versorgt waren?

Thomas bat Pater Aloysius um Rat. „Es ist recht, mein Bruder", gab er zur Antwort, „dass du dir die Entscheidung nicht leicht machst. Das tägliche Treiben der Welt lenkt ab vom Wesentlichen – und das ist der Geist. Die Welt sorgt sich zu sehr um Unbedeutendes. Der Mönch will dem Geist nahe und dienlich bleiben; zunächst also entsagt er deshalb allem weltlichen Besitz. Gleichwohl sorgt er sich um das tägliche Brot und um die natürlichen Bedürfnisse seiner Mitmenschen. Er öffnet sich für die Speisung der Armen, die Aufnahme bei Notfällen in Armenhaus und Krankenstation, die Unterstützung aus der Almosenkasse, die Betreuung von Witwen und Waisen, die Aufnahme von Flüchtlingen. Er übernimmt mancherlei Fürbitten und liest Seelenmessen für die Verstorbenen. Die Not kommt an kein Ende – und der Ruf nach Samaritern auch nicht. Der Mönch wirkt in der ständigen Glaubensgewissheit, das Erdendasein ist nur eine Vorbereitung für das eigentliche, das geistige Leben." „Dann habe ich mich entschieden", bedankte sich Thomas, „ich bleibe in solchem Dienst!" „Das freut mich herzlich", fügte Pater Aloysius hinzu, „wenn es denn soweit ist, dann wünschte ich mir, du wolltest dich für eine Tätigkeit in der Klosterbibliothek entscheiden. Wir sprechen noch darüber."
Ihren Entschluss zum Dienst als Mönch im Kloster Heisterbach bestätigten sie einen Tag vor der Weihe schriftlich – in der so genannten Profess-Urkunde. Nach dem Morgengebet übten sie sich noch eine Stunde im Chorgesang, dann wechselten sie ihre Kleidung. Auch Thomas holte sein unter dem Bett abgelegtes altes Hemd und die braune Hose hervor. Bei allem feierlichen Ernst der Stunde freuten sie sich, wieder einmal in bürgerlicher Kleidung zu erscheinen. Im unteren Versammlungsraum des Noviziats legten sie dann aber – zum Zeichen des Abschieds von den bisherigen Gewohnheiten und Bindungen – ihre persönlichen Kleidungsstücke wieder ab und empfingen aus der Hand von Abt Petrus Heidermann ihr neues Obergewand, die weißgraue Kukulle der Zisterzienser. Draußen vor dem Haus wurden

sie von der großen Schar der Mönche schweigend empfangen, stellten sich in Doppelreihe auf und schritten dann feierlich durch den Kreuzgang zur Kirche – vorne die Novizen, dahinter die Mönche, der Prior, die Konversen und schließlich der Abt mit Kreuzeskette. Am Portal der Kirche erhielt jeder der Novizen eine Kerze. Pater Aloysius hatte seine Kerze bereits angezündet und gab seinen Schülern gewissermaßen ein letztes Mal das Licht. Die Schar zog weiter nach vorne zum Altar; mancher konnte es nicht unterlassen, einen Blick auch auf die Bänke im Langschiff zu werfen, wo – zu ihrer Überraschung – eine große Zahl von bürgerlichen Gästen den Einzug stehend betrachtete.
Von Gesang begleitet rief Abt Petrus die zehn Anwärter einzeln vor den Altar und ließ sie ihren Willen zu Demut und Gehorsam geloben. Sie legten sich dazu flach auf den Boden – und wurden vom Abt wieder aufgehoben. Nunmehr waren sie in den Konvent der Mönche aufgenommen und tauschten mit den anderen Brüdern den Willkommenskuss. Mächtiger Chorgesang beendete die Zeremonie.
Beide Flügel des Westportals wurden geöffnet. Mönche, Konversen und Gäste strömten hinaus auf den Vorplatz. Thomas blickte unsicher in das grelle Sonnenlicht – da stürzte Michael auf ihn zu, umschlang seinen Bruder und weinte vor Aufregung. Nun drängten sich auch die Großeltern heran, gratulierten fast ehrfürchtig, waren aber in allem Stimmengewirr kaum zu verstehen. Sie schoben sich seitlich durch die Versammelten in einen Winkel des Kreuzgangs. Dort war es ruhiger und Thomas erfuhr, dass die Großeltern zu dieser Feier eine Einladung des Subpriors erhalten hatten. Aus einem Korb nahm Großmutter mehrere Becher und eine Kanne mit Traubensaft, auch frisch gebackenes Brot. Sie hatten so viele Fragen zum Tagesablauf und zu den klösterlichen Lebensverhältnissen, dass Thomas keine Gelegenheit fand, auch selbst etwas über die Entwicklung in Rommersdorf zu hören. Michael bestaunte das weite Mönchsgewand seines Bruders und die Kapuze, den schattigen Kreuzgang um den Garten im Son-

nenlicht, die Säulen und Kapitelle, die mächtige Abteikirche – da wurden die jungen Brüder schon wieder in einem Raum zusammengerufen. Schnell mussten sie Abschied nehmen. Ohnehin hatten die Großeltern noch einen weiten Rückweg. Zur Weihe gehörte als äußeres Zeichen der Aufnahme in die Mönchsgemeinschaft nun auch die Kranz-Tonsur; der Reihe nach scherte man ihnen das Haupthaar.

Später, zum Gebet, betrat Thomas erstmals das Chorgestühl. Verstohlen schaute er zu seinen Nachbarn, um keine Fehler zu begehen. Anschließend nahm man ihn mit in den neuen Schlafsaal und zum abendlichen Mahl in das Refektorium. Wie hart das neue Bett war, das spürte er nicht mehr. Er fiel sofort in einen tiefen Schlaf. Gnadenlos holte ihn die Glocke zum nächtlichen Stundengebet wieder vom Lager. Er torkelte die Treppe hinunter, hielt mühsam die Augen offen, murmelte einen auswendig gelernten Text, folgte den anderen Brüdern über die Treppe zurück ins Dormitorium und bat den Herrn mit letzter Kraft, ihn doch bitte so schnell wie möglich zu sich zu holen – in den ewigen Schlaf. Klug war das nicht. Das sollte er noch lernen: der heilige Bernard hatte seine Brüder aufgefordert, mit innerer Sammlung zu beten. Und hierzu gehörte nicht nur der geeignete Ort, sondern auch die rechte Zeit. Es sollte eine Zeit der Ruhe sein; keine tiefere Ruhe gab es als die der Nacht. „Die Nacht“, so Saint Bernard, „ist klar und friedlich. Kein Lärm stört, keine irdische Sorge, keine ablenkende Schmeichelei eines Beobachters. Du betest nicht aufmerksam, wenn du etwas anderes suchst als das rechte Wort. Erhebe dich also in der Nacht und schütte ohne Ablenkung dein Herz aus vor deinem Gott – auf dass es rein werde.“ Ein schlechtes Gewissen hatte Thomas, weil er das Chorgebet nicht wach in gemeinschaftlichem Bewusstsein leistete, sondern gedankenverloren murmelte. Künftig wollte er aufmerksamer beten.

VIII

In der Morgendämmerung ging schon wieder die Glocke – der Herr hatte kein Erbarmen. Thomas sprang also aus dem Bett und folgte seinen Brüdern zum Brunnen am Kreuzgang. Sie wuschen sich Hände und Gesicht, sangen Psalmen und feierten die morgendliche Messe in der Kirche. Dann zogen sie zur Versammlung in den Kapitelsaal. Auf hölzernen Bänken entlang der Wände nahmen die Mönche Platz, auf einem Sitz inmitten des Saales neben einem Lesepult der Abt.

Petrus Heidermann begrüßte nach dem Eingangsgebet die neu aufgenommenen Brüder und sprach in der Nachbetrachtung des gestrigen Tages eine ernste Missbilligung aus: „Die Wertschätzung dieses Klosters im gesamten Bistum ist hoch – durch unseren geistlichen Rat, durch die Klugheit und Demut der Brüder im Umgang mit den Pächtern, Handwerkern, Händlern und Bauern aus der Nachbarschaft, durch unsere Speisung der Armen. Wie wir aber schon aus der Chronik unseres Klosters ersehen können, ist das nicht immer so gewesen. Es ist mir auferlegt, euch zu mahnen, wenn die Regula Benedicti nicht befolgt wird. Bruder Ludwig, trete vor! Du hast dich gestern mit einer dir unbekannten Frau ungebührlich lange unterhalten und zweimal laut gelacht, so laut, dass sich andere Gäste umgesehen haben. Diese werden in ihren Berichten über uns sagen, wir hätten uns zwar der Demut, dem Schweigegebot und der Selbstüberwindung verschrieben, hielten uns aber nicht daran. Nichts könnte uns in den Augen unserer Nachbarn mehr schaden als der Verlust unserer Glaubwürdigkeit und unseres Ansehens." „Ehrwürdiger Vater", erwiderte Bruder Ludwig, „ich bereue und bitte um Vergebung!" „Drei Schläge mit dem Rutenbündel sollen dich zur Einkehr bringen." Bruder Ludwig legte sein Obergewand ab, streckte sich auf den kalten Steinboden und wurde mit drei Schlägen der Rute gezüchtigt. „Erhebe dich und sündige nicht mehr!", schloss Abt

Petrus die Bestrafung und wies ihn an, den weiteren Verlauf der Kapitelversammlung neben der Bank stehend zu verbringen.
Die Tagesordnung umfasste nunmehr die Bekanntgabe der Namen von sieben Novizen, die heute eintreffen würden, ferner einen Hinweis zu den besonderen Gästen der nächsten Tage, verschiedene zu billigende Einkäufe des Wirtschaftshofes sowie die Einrichtung der Stelle eines Scriptors in der Bibliothek. Pater Aloysius trug in Vertretung des erkrankten Bibliothekars zum letzten Punkt vor, man habe dort einiges aufzuholen: „die Chronik ist nicht auf dem neuesten Stand. Verschiedene Neuzugänge von Büchern und Schriftrollen sind nicht registriert und von einem aus Clairvaux seit längerem entliehenen Evangelienbuch muss eine Abschrift gefertigt werden. Unser Kloster hat nur einen Kopisten, keinen Scriptor und keinen Maler. Durch die nun geweihten Brüder ergibt sich eine günstige Gelegenheit zur Erweiterung. Ich habe auch schon im Sinn, wen ich dafür vorschlagen möchte – und hier schaute er zu Thomas hinüber – aber zunächst bitte ich um die Zustimmung des Konvents.“ Da sich niemand zur Aussprache meldete, ließ Abt Petrus abstimmen. Die Kapitelversammlung stimmte ohne Gegenstimme zu. „Dann ist es so beschlossen!“ Der Konvent erhob sich und verließ nach kurzem Gebet den Saal, um in der Stille – jeder für sich – bis zum Mittagsmahl Texte des Evangeliums zu lesen.
Gemeinsam traf man sich danach wieder am Brunnenhaus. In der starken Mittelsäule des Laufbrunnens gelangt durch eine Druckleitung Wasser in die kleine obere Schale und von dort über sieben Durchlässe zurück in die große untere Schale, in der die Mönche auch barfuß ihre Runde drehen können. Sie wuschen sich die Hände und gingen dann zum Essen hinüber in das Refektorium. Stets begann das Mahl mit einer Tischlesung. Die Mönche saßen schweigend an drei langen Holztischen und bedachten den vorgelesenen Text – heute das Gleichnis vom ungerechten Haushalter im Evangelium des Lucas – und viele dachten an die Meinungsverschiedenheiten zwischen Abt und Kämmerer im

eigenen Kloster. Der Kämmerer sah auf höhere Einnahmen, der Abt auf gnädigen Nachlass gegenüber den Schuldnern. Still aber war es nicht im Saal: die Mönche schmatzten und lärmten mit ihren Löffeln, Tonschalen und Kesseln, bis man sich zum Dankgebet erhob und das Mahl beendete.

Am Tor zum Kreuzgarten stand Pater Aloysius und bat Thomas mit einem Wink zum Rundgang. „Du wirst schon wissen, Bruder Thomas, was ich dich fragen will: mit unserem Bibliothekar, Pater Winfried, habe ich gestern Abend in der Krankenstation gesprochen und er bittet dich – falls der Konvent zustimmt – die Aufgabe des Scriptors zu übernehmen. Das Einverständnis des Konvents haben wir ja nun.“ Thomas hatte das insgeheim schon erhofft. Kein Ort war erhabener als diese Bücherwelt mit ihrer Stille, ihrem Geruch von alten Folianten, Tinte und Farben. Oft erinnerte er sich an jenen ersten Abend nach der Ankunft, als er allein in seiner Kammer am Fenster stand und oben im Nachbarhaus die hohe Bücherwand sah, geheimnisvoll im Kerzenschein. Nun war er diesem ehrwürdigen Klosterschatz so nah wie nur Pater Winfried – und dem Zugang zu Niederschriften berühmter Denker. „Herzlich gerne möchte ich diese Aufgabe übernehmen, Bruder Aloysius“, gab er zur Antwort, „und ich danke euch für euer Vertrauen!“

Pater Aloysius war sichtlich erfreut. „Nun“, schlug er vor, „dann sollten wir uns deinen neuen Arbeitsraum doch gleich einmal anschauen.“ Erwartungsvoll folgte Thomas seinem alten Meister zur Eingangstür des Hauses, in dem er als Novize so viele Unterweisungen erhalten hatte, nun aber die breite Treppe hinauf zu dem Raum, den er bisher nie betreten durfte. Wie sich das für einen solchen Ort ziemte, knarrten alle Dielenbretter und die Eichentür zum Saal. Drinnen war es wärmer als in den anderen Räumen. Pater Aloysius öffnete die inneren holzgetäfelten Fensterläden, die gegen das Sonnenlicht schützten. Nunmehr konnte man den ganzen Raum betrachten: vor dem Fenster mit Blick auf die Kirche stand ein einfacher Tisch, der Arbeitsbereich des Bibliothekars, und in der Saalmitte ein mächtiger Lesetisch mit lederbezogenen Stühlen. Durch eine niedrige Tür traten sie in die Schreibkammer. „Dieses hier", zeigte Pater Aloysius auf eines von zwei Schreibpulten, „ist dein neuer Arbeitsplatz und an dem anderen Pult sitzt Frater Engelbert, der Kopist. Du musst etwas aufpassen: er hat wohl sein Schullatein, im Griechischen aber nur Anfangskenntnisse. Bei den Abschriften arbeitet er gewissenhaft; es schleichen sich dennoch Fehler ein, wo er die Worte nicht versteht." Auf den Pulten lagen Federn, Kerzenstummel und Schnitzmesser, in eine Vertiefung eingelassen waren Schalen für Tinte und Farben.

Thomas zeigte aber mehr Interesse an den Büchern. Sie gingen deshalb zurück in den Saal und Pater Aloysius erklärte: „Einen beträchtlichen Teil der Werke haben wir immer wieder aus Himmerod erhalten: ausnahmslos lateinische und griechische Texte, einige mit wertvoller Ornamentik. Einen besonderen Platz hat dort oben das Schriftenbündel von Caesarius, dem ersten Novizenmeister in Heisterbach, dabei sein Dialogus miraculorum – eines der wenigen gedruckten Bücher hier; Ulrich Zell in Köln hat es gedruckt. Viele andere Klöster haben diese Texte inzwischen. Das hat Heisterbach zu beachtlichem Ansehen verholfen: erbauliche wie belehrende Texte findest du da – die ‚Homilien' und die ‚Sermones', verfasst in Dialogform zwischen fragenden Novizen und antwortendem Lehrmeister. Zu klösterlichen Verhaltensvorschriften zählen hier links die Charta caritatis des Abtes Stephan Harding aus dem Jahr 1119, die Regula Benedicti und die Clementina von 1289 sowie das Drachenfels-Missale. Zwei liturgische Textbücher aus Fulda sind mir sehr ans Herz gewachsen und dort eine Abschrift des ‚Dialogo', der einzigen Schrift einer Frau, der heiligen Katharina von Siena; es hat meine Neigung zu Streitgesprächen begründet. Da drüben stehen Bände der Medizin und Abschriften von Seneca, Cicero, Vergil, Platon, ein Traktat des Dominikanermönchs Meister Eckhart „Vom wahren Gehorsam" – und selbstverständlich von Augustin das liber confessionum. Die Codices haben feste Einbände; viele sind mit Metallbeschlägen versehen und mit seidenen Schließbändern." Ehrfürchtig öffnete Pater Aloysius einen der Prachtbände und erläuterte die Kunst des Bücherbindens: „Dieser Band hier wurde mit braunem geglätteten Kalbsleder überzogen. Die Ornamentsleisten vorne und die Verzierungen auf dem Einbandrücken hat man mit Messingstempeln in das Leder eingedruckt – großblättrige Zweige, Lilien, Rosen, Anker, Sterne, Kreuze. Zur Schonung haben die Bücher verstärkte Kanten. Alle Bände tragen jetzt auf der ersten Innenseite ein eingedrucktes Besitzzeichen. Früher nahmen die Brüder manche Bücher einfach mit und gaben sie nicht zurück." Thomas zeigte fragend auf den handschriftlichen Eintrag ‚wilhelmus abbas' neben dem Besitzzeichen. „Gehörte das Buch einem Abt?", wollte er wissen. „Nein", erläuterte Aloysius, „dieser Band wurde dem Kloster 1493 zugeeignet, in der Zeit des Abbatiats Wilhelms von Rychwinstein. Nun aber weiter mit unserem Rundgang: In den großen Schubladen bewahren wir bedeutende Briefe und Pergamentrollen, einige Totenbücher und Rechtsdokumente zu Stiftungen und Schenkungen an das Kloster – wohl mehr als vierhundert, sogar eine Zeichnung von Hieronymus Bosch, eine Studie zur ‚Versuchung des hl. Antonius'. Links neben der Eingangstür stehen die Bände unserer Klosterchronik. Ein kleines Traktat gibt es hier auch von mir über den Leitsatz der Zisterzienser, zu beten und zu arbeiten." Aloysius schwieg eine Weile, schaute über die Bücherwand und meinte besorgt: „Ich rede zu viel! Deshalb ziehe ich es immer vor, zu lesen und zu schreiben. Das ist gründlicher bedacht und drängt sich nicht auf. Einen Rat noch: Suche einmal den Gerber im Wirtschaftshof auf. Die Pergamentrollen für deine künftigen Abschriften kommen von ihm. Er wäscht und gerbt, glättet und spannt die Tierhäute von Schafen und Ziegen. Schau es dir mal an. Ja – und zwei Lohnarbeiter gibt es dort auch, die Tinte herstellen und Farben für die Ausschmückung der Bücher. Wer nicht lesen und schreiben kann, dem hilft schon die Betrachtung der ausgemalten Initialen. Auch Bilder können viel erzählen, senden ganze Geschichten, manchmal sogar verschlüsselte Botschaften."

Thomas entschied sich, nun den kranken Bruder Winfried an seinem Bett aufzusuchen. Sie schlossen die Fensterläden und trennten sich unten an der Tür.

IX

Neidvoll schauten manche Handwerker des Wirtschaftshofes auf die Mönche. Bis an ihr Lebensende erhielten diese ihr tägliches Brot, hatten ihre Schlafstätte und ihre Kleidung. Sie wandelten durch Gärten und Kreuzgang – arbeiteten wohl auch, saßen aber doch immer wieder auf den Gartenbänken und gaben vor, zu denken. Handwerker mussten schließlich ebenfalls denken, dann aber auch noch hart arbeiten. Das Denken der Mönche war nicht auf Zwecke und selten auf die Arbeit gerichtet, sondern auf Sinnhaftigkeit. Wo der Schreiner die Fertigung eines Schranks bedachte, der Gerber die Behandlung von Tierhäuten, wo sie sich alle über tägliche Lebensbedürfnisse den Kopf zerbrachen, da bedachten die Mönche den Weltengang. Der Tod und aller Verfall der Dinge drängten zur Sinnsuche.

Thomas also bedachte das Denken. Für die Mönche, die einsamen, erschloss es die Welt. Es war die kostbarste Gabe, die Gott für die Erdlinge bereithielt. Gott selbst wusste und wollte, er musste nicht denken. Die Gottesdiener nun, hinter ihren Schleiern des Nichtwissens, erfüllten sich in Gedanken alle Wünsche und spürten den himmlischen Hauch der Glückseligkeit. Keine Sperren gab es, keine Zwänge, keine Wächter und Abrechnungen. Die Zelle wurde zum Festsaal. Der Denker rief und schaute und nahm sich, wonach das Herz sich sehnte. Niemand konnte ihn ja hören. Niemand raubte ihm sein Wunschgebilde. Im täglichen Getriebe der Welt indes war zu viel Ablenkung; so dachte Thomas bei aller Demut, waren Mönche deshalb eine irdische Notwendigkeit. Aber die Gedanken selbst – sie flogen auch die Mönche an; dafür

konnten sie doch nicht in die Verantwortung genommen werden. Und die sündhaften und schädlichen waren besonders zäh, kamen immer wieder um die Ecke, ließen sich erst in der Nachbetrachtung verdrängen. Das schien wohl der Grund dafür zu sein, dass man im Kloster sieben Mal am Tag zum Gebet gerufen wurde. Die einfallenden Gedanken – so mahnte wiederholt Pater Aloysius – wurden erst zu eigenen, wenn man sie gewähren, wenn man den Körper teilhaben ließ. Niemand wisse, fügte er hinzu, welche davon eingegeben würden – von himmlischen wie von höllischen Gestalten – und welche man selbst entwickelte. Auch zu allen Gedanken also sollte man auf der Hut bleiben.
Fragend schaute Thomas ins Kerzenlicht. Die Flamme gab kein Zeichen. Unmerklich zehrte sie vom Wachs und fraß sich hinunter zum Sockel des Zinntellers. Wenn das Ende kam – wo blieben Wachs und Flamme und Gedanken? Eine Ahnung stellte sich ein: es gab das Nichts! So schmerzlich aber durfte kein Ende gedacht werden. Thomas schloss die Augen und horchte in die Stille. Da stellten sie sich wieder ein – neue, ermutigende Gedanken.

Das Werk lag in der Schreibkammer. Thomas kehrte zurück und schnitt Pergamente zurecht. Mit einem Stift zog er auf ihnen feine Linien, damit die Zeilen gleiche Abstände hatten und die Buchstaben gerade standen. Zu Beginn der Textabschrift ließ er für den Anfangsbuchstaben D der Breite nach vierzig Buchstaben, der Höhe nach zwölf Zeilen frei. Das D von Deus sollte erst ausgestaltet und bemalt werden, wenn die ganze Textseite geschrieben war. Bei der gebotenen Sorgfalt kam die Arbeit nur langsam voran. In gebeugter Haltung am Pult schmerzte bald der Rücken, ermüdeten die Augen und im flackernden Kerzenschein tanzten die Buchstaben. War schließlich eine Seite geschrieben und die Tinte getrocknet, hatte Thomas gleichwohl ein ungekanntes Glücksgefühl: hier entstand ein Kunstwerk, das zum Lobe Gottes in den klösterlichen Buchregalen hunderte von Jahren bewahrt und gelesen würde.

Stets im gleichen Rhythmus verliefen die Tage. Die Glocke rief zu Gebeten und Mahlzeiten. Die Mönche strömten zusammen und schwiegen. Sie verteilten und verloren sich wieder in Klostergängen und Kammern. Wenn die Kälte kam, schlichen sie sich ins Calefactorium, die Wärmekammer für Kranke, wechselten aber nur flüchtige Blicke und Zeichen. Was die Weltmenschen bedrückt hätte, das beglückte die Mönche: nichts störte ihren Gedankengang. Nachts jedoch lag Thomas manche Stunde wach – da gab es im Schlafsaal viele Geräusche. Wo das Mondlicht den Raum erhellte, wanderte der Blick an den Strebepfeilern nach oben zur Gewölbedecke und hilfesuchend über Chorwangen und Schlusssteine. Welchen Grund mochte es geben, gemeinsam zu schlafen? Die Heilige Schrift mahnte wohl zur Wachsamkeit, nicht aber zu gemeinschaftlichem Schlaf. Die Regeln der Zisterzienser gaben auch vor, dass der Mönch nicht frieren sollte. In diesem Kloster jedoch gab es nur einen Wärmeraum für die Kranken. Thomas träumte von einer eigenen Schlafkammer und Öfen in allen Räumen. Dann plagte ihn ob solcher Ichbezogenheit wieder das Gewissen – und verlängerte die Schlaflosigkeit. Der Kopf war schwer und leichtfüßig waren die Gedanken. Der Kopf war Erde, die Gedanken Geist. Der Kopf suchte den Schlaf, die Gedanken gaben keine Ruhe. Wem gehörten und gehorchten sie, dachte Thomas, und was mochten sie wohl bewirken? Da war er unter die Mönche geraten, vom Schicksal mehr genötigt als gewollt: wohl versorgt als Mensch in der Kutte, verdeckt aller Eigenwille. Die Gedanken drängten zur Freiheit, der Körper zum täglichen Brot. Kein Zeichen sandte die Welt zur Rast oder zur Wanderschaft; ein Dasein zwar in fortwährender Erwartung besserer Verhältnisse – täglich neu aber legte sich ein machtvoller Schleier über alles Lebendige und gebot Einhalt. Die Erde verlangte viel Schlaf.

Früher als es dem Körper lieb war, rief die Glocke wieder zum Tagwerk. Als nach Abschrift von drei Kapiteln die Tinte verbraucht war, suchte Thomas die Handwerker im Wirtschaftshof auf, um dort Tinte und für die Ausmalung der Initialen auch Farben zu bestellen. Schon von weitem konnte man die Kessel zur Farbherstellung riechen, den Sud aus Blüten, Kräutern, Beeren, Dornen und mineralischen Grundstoffen – mehrfach ausgekocht, angereichert oder verdünnt. Der Gerber war überrascht, den neuen Scriptor im Hof zu sehen; gemeinhin wurden Bestellungen nur durch Boten überbracht. Er freute sich über das Interesse – auch zu den harten Arbeits- und Lebensbedingungen, die wiederholt für Unruhe gesorgt hatten. Thomas versprach, wiederzukommen.

Pater Winfried war inzwischen in die Bibliothek zurückgekehrt. Das Gerücht verstummte nicht, dieser kräftige, stets gut gelaunte Bruder sei gar nicht ernsthaft krank gewesen. Er habe sich nur gescheut, in der Kapitelversammlung die Bewilligung der Stelle eines Scriptors zu begründen. Pater Aloysius hingegen, das wusste er, hätte niemand die Zustimmung versagt. Die Abschrift des Evangelienbuchs aus Clairvaux galt als letzte Gelegenheit, noch einen Mitarbeiter für die Bibliothek zu gewinnen. Seit der Erfindung des Buchdrucks wurden Scriptoren kaum noch gebraucht. Jetzt gab es schnell und preiswert Gedrucktes in großer Auflage – auch in den verschiedensten Sprachen. Pater Winfried hatte also nur die Abstimmung des Konvents abgewartet und nunmehr – nach Caesarius‘ Dialogus miraculorum – selbst weitere gedruckte Werke für die Bibliothek in Heisterbach eingekauft: mehrere Heiligenlegenden und Beichtbücher.
Thomas brachte die Klosterchronik auf einen aktuellen Stand und vertiefte sich mehr und mehr in die vorhandene Textsammlung zu den theologischen und philosophischen Auseinandersetzungen der letzten hundert Jahre. Da gab es machtvolle Streitgespräche zwischen Wissenschaftlern und Bischöfen zum Gebrauch der Vernunft, zu Rückschlüssen aus der Naturbetrachtung und Glaubensüberzeugungen. Das Dasein Gottes war nicht zu beweisen. Die wissenschaftlichen Untersuchungen sollten ohnehin von allen

„klerikalen Vorgaben" gelöst werden. Unbegreiflich war das irdische Treiben; bösartige und lasterhafte Menschen lebten ungestraft im Wohlstand. Die Pest hatte ebenso die Gutwilligen wie die Betrüger hinweggerafft. Dürren mehrten die Armut. Zwei Jahre währte ein Bauernkrieg. Thomas geriet in Zweifel, ob die Kirche noch die rechte Deutung dafür fand: wenigstens den trostbringenden Verweis auf ein seliges Weiterleben nach dem Tod und ein jüngstes Gericht, das schließlich doch Gerechtigkeit herstellen würde. Da gab es immerhin die Dialoge des Lorenzo Valla in De voluptate und dessen Hoffnung auf ein jenseitiges Glück sowie mancherlei kritische Anmerkungen zur Bibelübersetzung der Vulgata. Die Buchdrucker verbreiteten zahlreiche Schriften mit revolutionären Gedanken, und niemand wehrte sich gegen solche Verwirrung der Gemüter. Einzelne verwarfen, häufig aus Ruhmsucht, was große Gemeinschaften spirituell über Jahrhunderte hinweg zusammengehalten hatte. Neugierig griff man nach Texten aus anderen Weltregionen, vornehmlich nach persischen – und hier nach denen des großen Dichters Moscharref od-Din Ibn Moßleh Sa'di.
Geheimnisvolle Texte lagen auf dem Tisch des Bibliothekars. Für die Predigten übergab Pater Winfried dem Abt zuweilen Textauszüge aus Weissagungen, die auf junge Mönche nur verstörend wirken konnten. Ein Johann von Winterthur mahnte zur Besserung der Kirche: Priester und Mönche, las Thomas dort, hielten sich nicht an die gebotene bescheidene Lebensführung. Sie würden bald aber so heftig verfolgt, dass sie ihre Tonsuren lieber mit Kuhmist verdeckten, um nur nicht als Mönche erkannt und gestraft zu werden. Mehrere Weissagungen gab es zum Vordringen der Türken an den Rhein: Johann von Winterthur warnte, es werde

> *„der Türck bei Cöln uff der Agripischen erden erschlagen werden (...).*
> *Dann würt das gülten alter und die gülden zeit erfült und herfür kommen."*

Also las Thomas auch bei Johannes Lichtenberger den Verweis, die Türken würden „Städte und Reiche umkehren und die Priester in den geweiheten Stätten erwürgen". Daneben hatte Pater Winfried notiert: „Seien wir also auf der Hut! Lichtenberger gibt den Rat, „vom Zehenten zu leben und vom Opfer, ab zu lassen von jedem Gepränge der Kleider, von Tänzen und Weltliedern".
Die Gebildeten des 16. Jahrhunderts hielten die Zeit für gekommen, ihr Schicksal nun selbst zu bestimmen. Sie schauten auf Niccolò Machiavelli, nicht mehr auf Papst und Kaiser, auf die Entwicklung der Städte, auf neue Seewege und weltweiten Handel, auf handfeste Werte, nicht auf lebensfernen Moralismus. Das Geschehen wirkte auf Thomas wie eine neue Sintflut, das Kloster wie ein führerloses Boot in hohem Wellengang.
So manchen der Brüder quälte die Schlaflosigkeit. Auch Pater Winfried wälzte sich wieder im Bette. Die Streitgespräche im Kapitelsaal um das Gottesbild wirkten nach – den Gott der Liebe, der doch Pest und Teufel duldete. Ein Fingerzeig hätte genügt, meinte er, um das Elend zu beenden. Aber der Erhabene des Himmels schwieg.
Schon öfter hatte sich eine Stimme in Winfrieds Träume geschlichen und ihm die Sehe geöffnet für fernes Geschehen. Gesichter erschienen über ihm und lachten und lockten. Mephir, ihr Anführer und der Schönste von allen, spiegelte sich bei untergehender Sonne lustvoll im See, und seine Gesellen feierten den Anbruch der Nacht. Dann kam für die Lichtscheuen die Stunde der Versuchung an den Menschen. Der Herr wollte es dulden: Lernen sollten die Erdlinge, auf die Beine zu kommen, eigenständig unnützen Verführungen zu widerstehen. „Am Anfang", hörte Winfried eine Stimme, „da war die Vollkommenheit. Und der Erhabene gebot Abwechslung. Gegen die Eintönigkeit übten sich die Engel zunächst in vielstimmigem Chorgesang. Das fand sein Wohlgefallen und ermunterte zu weiteren Plänen. Aus dem aufgerissenen Himmel vernahmen alle Diener des Herrn die Botschaft an den schönen Mephir: ‚Mein Freund, die Welt ist dunkel und leer. Es ist

mein Wille, dass sie bunt und lebendig wird. Wähle dir einige Gleichgesinnte und lass' dir da unten etwas einfallen'!"
Im Schlafsaal schnarchten die Brüder. Pater Winfried drehte sich auf die andere Seite und ward fortgezogen in neue Traumbilder. Mephir war wieder da, am Ufer eines Bergsees. Tatendurstig schaute er auf das stille Wasser und rief: „Schluss mit dieser langweiligen Ruhe – komm' jetzt mal auf mich zu!" Und das Wasser wellte sich und kam ihm nahe. „Und jetzt wieder zurück mit dir!" Und das Wasser zog sich rauschend zurück. Dieses Hin-und-wieder-Her war das erste Merkmal des Irdischen – und blieb es in jeder Tat. Da rief die Glocke zum Nachtgebet; die Brüder drängten verschlafen zur Treppe.

X

Frater Engelbert war ein begnadeter Zeichner – und mit dieser Gabe von Pater Winfried als Konverse eingestellt worden. Vier Jahre saß er schon als Kopist in der Schreibkammer. Er mochte wohl im gleichen Alter sein wie Thomas. Zuweilen hatten die beiden über Mahltechnik und die Auswahl korrespondierender Farben gesprochen; sonst aber vertiefte sich jeder in seine Arbeit. Eines morgens, schon bald nach der Terz – dem dritten Chorgebet der Mönche – kam er zu Thomas und legte ihm verlegen lächelnd eine Skizze auf das Schreibpult: Thomas – gezeichnet über seinen Pergamenten. Wortlos verließ er die Stube.
Thomas hatte wohl am Vortage gespürt, dass Engelbert verträumt zu ihm herüberschaute, sich aber nichts dabei gedacht. Die Skizze war ausdrucksoll – nachdenklich fragend der Blick. Wer wurde in seinem Leben schon einmal gezeichnet, wenn er nicht Fürst oder Bischof war? Demut gebot indes, sich nicht erkennbar darüber zu freuen. So fand er nach der Rückkehr von Engelbert anerkennende Worte zu dessen Begabung und bat darum, die Zeichnung behalten zu dürfen. Vergeblich wollte er sich in einen neuen Text einlesen; immer wieder ging sein Blick nun hinüber zum anderen

Pult. Engelbert hingen die kräftigen dunkelbraunen Haare wild und ungeschnitten herunter. Seine Augen blieben verdeckt. Die braune Kutte verbarg den schlanken Leib bis zu seinen ausgetretenen Sandalen. Warum nur, dachte Thomas beim Anblick der Haare, werden die Mönche nach der Ablegung des Ordensgelübdes geschoren? An der Kranz-Tonsur konnte Gott doch keinen Gefallen finden. Engelbert muss gespürt haben, dass er beobachtet wurde. Plötzlich schaute er zu Thomas herüber. Diese sanften, großen, bittenden Augen und dieses scheue Lächeln: bei Gott, er war schön – und stets auch so liebenswert freundlich! Thomas erfasste ein machtvolles Verlangen, ihn an sich ziehen zu wollen. Die Scham über die Entdeckung seiner zweifellos sündigen Gedanken schoss ihm ins Gesicht. Verwirrt blickte er zur Tür, sprang auf, eilte die Treppe hinunter, vorbei an den eintretenden Novizen, durch den Kreuzgang zum Brunnenhaus. Dort schüttete er sich kaltes Wasser ins Gesicht, bis das lodernde Brandgefühl im Körper gelöscht war. In der Mittagsstunde, zur Sext, bat er den Herrn in innigem Gebet um Vergebung.

Die Kapitelversammlung nach dem Mahl brachte ihn zurück in die züchtige Klosterwelt. Der Kämmerer unterbreitete Pläne zum Einbau von Kachelöfen im Refektorium wie auch im Kapitelsaal. So sehr die Mönche auf solche Modernisierung auch gewartet hatten – ihre Gedanken waren bei Pater Aloysius, der am Morgen mit schmerzhaften Magenbeschwerden zur Krankenstation geleitet wurde. Der Abt bestimmte Bruder Stephan zur Vertretung des Novizenmeisters und dieser wiederum bat auch Thomas um Mithilfe bei den Unterweisungen.

Thomas übernahm die von den Novizen erbetene Darlegung zum Wormser Reichstag und der über Luther verhängten Reichsacht. Der Augustinermönch saß inzwischen in Gefangenschaft auf der Wartburg. Die ganze christliche Glaubenswelt war in Aufruhr geraten. Ulrich Zwingli wetterte gegen das Fastengebot, verlangte die Abschaffung des Orgelspiels und die Beschränkung der Feiertage, hatte als Pfarrer und Leutpriester aber keine Scheu, selbst zu

heiraten. Martin Luther beklagte viele Fehlentwicklungen der römischen Kirche und forderte die Rückbesinnung allein auf die Schrift und den Glauben. Einige Auffassungen Zwinglis wiederum hielt er für Verirrungen, ebenso die humanistischen Vorstellungen des Erasmus von Rotterdam – dessen Gedanken über den freien menschlichen Willen, aber auch dessen Zurückhaltung im Streit mit der Kirche. Erasmus seinerseits kritisierte Luthers derbe Vorwürfe gegen den Aufstand der Bauern und seine Geringschätzung der menschlichen Vernunft. Mehrere Reichsfürsten witterten in dieser Auseinandersetzung die Gelegenheit zur eigenen Machterweiterung: sie zogen Kloster- und Kirchengüter ein. In Schweden finanzierte der König auf diese Weise den Aufbau der Flotte. In England erklärte sich Heinrich VIII. zum Oberhaupt der anglikanischen Staatskirche.
Die Verwirrung der Novizen war nicht zu übersehen. Der Glaube, das Wissen und die Vernunft – sie ließen sich nicht fassen und fügen. Was nur ging den Menschen durch den Kopf: sie stritten über die Frage, ob der Herr des Himmels vielleicht eine Frau sei. Thomas beruhigte mit der Belehrung des Honorius, Gott sei geistige Substanz. Sie stritten über das Verlangen der Hildegard von Bingen, Priester und Mönche mit körperlichen Gebrechen dürften zum Altardienst nicht zugelassen werden. Sie erhitzten sich an der Forderung des Augustinus, Ärzten das Sezieren von Leichen zu verbieten. Solche Neugier, meinte dieser, zieme sich nicht für Christen. In Bologna aber wagte das der Anatom Andreas Vesalius in aller Öffentlichkeit. Ruhmsucht und Spektakel behaupteten sich vor der Gottesfurcht. Thomas erlebte einen unter den Klosterschülern ungewohnten Eifer – bis auf einen Novizen vorne in der ersten Bank, jenem Platz, auf dem er selbst vor Jahren gesessen hatte. David hieß er. Ernst und reglos hatte er die Unterweisungen verfolgt. Thomas verstand sehr wohl, dass sich die Novizen erregten – aber solchen Mangel an Selbstbeherrschung durfte er nicht dulden. So beendete er die Unterweisung vorzeitig und verordnete für die nächsten zwei Stunden Textlesungen. Schwei-

gend verließen sie den Raum, David als letzter. Gedankenverloren schaute er der Gruppe nach. David strahlte eine von innerer Gewissheit getragene Ruhe aus, die in seinem Alter ungewöhnlich war. In dieser Welt, in der soviel geschwiegen wurde, hatte Thomas gelernt, aus den Augen zu lesen und die Augen sprechen zu lassen. David fesselte ihn.

Der Gesundheitszustand von Pater Aloysius verschlechterte sich. Konstantin, der Prior, eilte nun täglich in den Krankentrakt. Stark geschwächt wurde der Novizenmeister noch einmal zur Kapitelversammlung geführt; die Teilnahme gehörte auch für Kranke zur Pflicht. Schließlich aber bat er den Prior um die Sterbesakramente. Abt Petrus nahm ihm die Beichte ab und eine Gruppe der Brüder sang das Miserere. Mit geweihtem Öl erhielt er das Zeichen des Kreuzes und der Abt bat Gott um Vergebung für die Sünden. Pater Stephan hielt am Bett die Wache. Noch vor Anbruch des nächsten Tages wurden die Brüder wieder herüber gerufen: Pater Aloysius hatte für immer die Augen geschlossen. Die Mönche beteten für seine Seele und sangen die Totenvesper. Über Heisterbach läutete die Glocke, als er unter dem Geleit der Brüder – und diesmal auch der Novizen – in die Kirche getragen wurde. Der Altarraum blieb dunkel; nur drei Kerzen gaben Licht und jeweils zwei Brüder hielten abwechselnd die Wache bis zum folgenden Tage – auch zur Beobachtung, ob er sich etwa noch regte. Zum letzten Mal versammelte sich der Konvent zum Gebet. Dreimal schlug die Glocke – dann nähte man ihn ein in sein Obergewand, trug ihn hinaus zu einer Grube auf dem Grabfeld und gab ihn der Erde zurück. Eine Nachricht ging an die Klöster des Ordens, Pater Aloysius sei seliglich zum Herrn gefahren. Jeden Tag der folgenden Woche wurde zur Erinnerung an den Verstorbenen eine Totenmesse gesungen.

XI

Es war die Aufgabe des Scriptors, den Namen des Verstorbenen und seinen Todestag im Memoriale einzutragen und die Abschriften zu fertigen, die an die anderen Klöster gesandt wurden. Thomas und Engelbert waren damit zwei Tage befasst. Pater Winfried wurde wiederholt zum Abt gerufen. Er deutete an, es gehe um die Frage der Nachfolge des Novizenmeisters; Pater Aloysius habe in einem der letzten Gespräche mit Prior Konstantin auch Thomas für diese Aufgabe empfohlen. Thomas erschrak und bat inständig, davon abzusehen. Pater Winfried nahm das erleichtert zur Kenntnis; er wollte seinen Scriptor nicht schon wieder verlieren.

Thomas jedoch hatte ganz andere Bedenken. Ihm war der gebotene Abstand zu den Novizen verloren gegangen. Seit Tagen hatte er unruhig geschlafen. Nicht nur die Streitgespräche um Lehrinhalte der römischen Kirche setzten ihm zu und Glaubenszweifel; nein – Gefühle tobten sich in ihm aus, die er nicht mehr zu zügeln wusste. Hatte er doch sogar in der Heiligen Schrift von der Versuchung des Fleisches und schändlichen Gelüsten gelesen: „Desselbigen gleichen", schrieb da Paulus in seiner Epistel an die Römer, „haben auch die Männer verlassen den natürlichen Brauch des Weibes, und sind aneinander erhitzet in ihren Lüsten, und haben Mann mit Mann Schande getrieben." Ein schlechtes Gewissen hatte er wieder, weil er seine Gefühle gewähren ließ, ja nachts süchtig einlud. Gierige Hände streichelten da immer wieder über den nackten Leib und verlangende Augen zogen ihn an. David schien es gewesen zu sein. Dann aber flogen die Haare nach hinten – und Engelbert schaute ihn an. Thomas wich aus, erwachte, sah hilfesuchend zur Gewölbedecke und fiel ins Gebet. Allmählich gewann die Vernunft wieder die Oberhand – in der Demut, der Keuschheit und im Gehorsam auf rechtem Weg wandeln zu wollen. Ein wenig Selbstüberwindung durfte der Herr da oben von seinen Geschöpfen wohl fordern – und die Zuwendung zu den anderen, den helfenden Händen, die Not wendeten. Erschöpft drehte er sich auf die Seite. Wollte ihn der Satan versuchen? Es hätte ihm auffallen müssen, dass dieser immer des Nachts erschien, nicht bei Licht. In die Geldgeschäfte kroch er und unter die Bettdecken. Die Schuld war dann doch bei ihm, nicht bei den Verführten. Thomas wollte es sich nicht so leicht machen. Seine Begierde hatte mit Liebe nichts zu tun. Er wollte sich nur selbst verwöhnen; Liebe meinte das Wohlsein der Anderen.

Am nächsten Tag war die Entscheidung gefallen: Abt Petrus Heidermann bestimmte Pater Gregor, den Kämmerer des Klosters, zum Novizenmeister. Er war einer der besten Kenner der Evangelien und der Kirchengeschichte, beherrschte die griechische wie die lateinische Sprache und besaß Grundkenntnisse des Hebräischen. Bruder Gregor hatte wiederholt um die Rückkehr in den geistlichen Dienst gebeten; der weltliche Umgang mit Händlern und Geldgeschäften lag ihm nicht. Wechsel in verschiedene Dienstleistungen des Klosters waren den Mönchen vertraut. In dieser engen Gemeinschaft kannte man sehr bald die Begabungen und Interessen der Mitbrüder und sorgte für die erforderliche Anleitung, sobald sich eine Nachfolge abzeichnete. Nur bei den Aufgaben des Kämmerers gelang das nicht. Abt Petrus stand also vor der Frage, wer Pater Gregor nachfolgen könnte. Sie trafen sich zu einem Rundgang durch die Gärten und den Wirtschaftshof, berieten die dort anstehenden Veränderungen und hofften auf eine Eingebung. Erst kürzlich war es zu Unruhen gekommen, als Pater Gregor die Erhöhung der Pachten angekündigt hatte.

Das Kloster war einer der einflussreichsten Arbeitgeber im Bistum Köln. Das war kein Widerspruch zur Verpflichtung der Mönche, arm zu bleiben: nur mit Zehnt, Zinsen und Pachteinnahmen von den Bauern und Forstmeistern glaubten die Mönche, ihre geistlichen Aufgaben erfüllen, Barmherzigkeit üben, Arme speisen und beherbergen zu können.

Im Wirtschaftshof stiegen sie – Pater Gregor voraus – eine Steintreppe hinunter in den Weinkeller und beobachteten den Kellermeister bei Anweisungen an seinen Holzküfer; der trat mit den Füßen gerade die Trauben zu Maische. Auf ein Gespräch aber wollten sie sich bei der Kälte dort nicht einlassen. Mit einem freundlichen Wink verließen sie das Gemäuer und trafen oben in der Sonne kurz darauf den Gerber vor dem Schafstall. Er berichtete ihnen erfreut, wie oft Pater Thomas schon herübergekommen sei und Interesse an der Farb- und Pergamentherstellung gezeigt habe. In Heisterbach war nicht verborgen geblieben, dass seit einigen Jahren Tinte, Farben und nun auch Papier in den Städten hergestellt und günstiger eingekauft werden konnten. In einer Werkstatt nebenan wurde gesägt und gehämmert. Pater Gregor hatte Bruder Gisilbert, den Schreiner, vor zwei Wochen gebeten, für das Chorgestühl Rückenstützen zu fertigen. Die Glocke rief zum Gebet; sie hatten die Zeit nicht beachtet. Abt Petrus, Pater Gregor und Pater Gisilbert verharrten eine Weile in regloser Stille. Der Bibliothekar hatte Engelbert um Prüfung gebeten, ob eine durch Ausleihe stark fleckig gewordene Schrift, die Gloria in Excelsis, gereinigt und einige darin gelöste Seiten wieder eingenäht werden konnten. Thomas war beruhigt, dass in der Schreibstube die gewohnte Sachlichkeit zurückkehrte – doch er irrte sich! Pater Winfried hatte die Bibliothek kaum verlassen, da kam Engelbert von seinem Schreibpult herüber, ging mit der Schrift einige Male in der Stube auf und ab und ließ recht zufällig ein darin eingelegtes Blatt zu Boden fallen. Thomas hob es auf: eine neue Zeichnung war es – Jünglinge am Strand, nackt wie der Herrgott sie geschaffen hatte. Thomas wurde rot; da meldete sich schon wieder dieses mächtige körperliche Verlangen. Engelbert drehte sich um und schaute ihn erwartungsvoll an. „Warum nur tust du das?“, fragte Thomas verlegen. „Findest du es nicht schön?“, fragte Engelbert zurück und ging auf ihn zu. „Oh mein lieber Bruder“, flüsterte Thomas – und sein Herz pochte bis zum Hals, „ich darf dir nicht sagen, wie oft ich bei Nacht in Gedanken schon bei dir

war. Ich darf dir nicht sagen, wie oft ich dich dann umarmt und verschlungen habe. Aber du weißt, dass wir uns nicht verführen sollen. Schau mich nie wieder so an! Ich bitte dich inständig: lassen wir davon ab – und bleiben wir Freunde!" „Es tut mir herzlich leid, Thomas, ich konnte nicht mehr anders. Es trieb mich! Verzeih mir!" Engelbert umarmte Thomas, gab ihm einen Kuss auf die Stirn, flüsterte ‚Salomo 24 Vers 26' – und lief hinaus.
Zwischen Vesper und Komplet trafen sich zur Beratung der Abt, der Prior und der Subprior. Zum Nachtgebet erst wurde das Licht gelöscht.

XII

In der Schreibstube herrschte wieder der reine Geist. Thomas hatte sich in die Gedankenwelt des Aristoteles vertieft und Engelbert in eine Abschrift des Augustinus von der Erbsünde. Aristoteles soll die Meinung vertreten haben, der Geist sei im Herzen zuhause, nicht im Gehirn. Das schien durchaus vernünftig, weil es nur dort eine verträgliche Abstimmung mit den Gefühlen geben konnte, nicht im Kopf. Und der Erfahrung nach bescherte wachsende Erkenntnis zugleich ein ungekanntes Glücksgefühl. Thomas nahm sich vor, jegliche Leidenschaft künftig denkend zu meistern. Im Herzen sollte eine körperliche Aufwallung durch den Geist abgekühlt und zu freundlicher Zuwendung umgestimmt werden. So erreicht der von der Natur getriebene Mensch sein hiesiges Ziel, Vernunftwesen auch wirklich zu sein und eine dem Himmel ähnliche Harmonie zu wahren; so bleibt der verkörperte Geist in der Liebe.
Der Ruf von Pater Winfried holte Thomas jäh zurück in die Wirklichkeit. Abt Petrus wollte ihn sprechen. Zum ersten Mal machte er sich auf zum Haus des Abtes – einem zweistöckigen, weiß gestrichenen Gebäude mit dunkelgrünem Eingangsportal und ebensolchen Fensterläden. Pater Christian empfing ihn mit

gedämpfter Stimme im Eingang. Thomas war überrascht, ihn dort wiederzusehen. Sie hatten doch gemeinsam das Ordensgelübde abgelegt und sich danach aus den Augen verloren. Während man im Kloster nur kahle Wände kannte, hingen hier in der Diele zwei goldgerahmte Gemälde: der Erzbischof von Köln und – Thomas war sich nicht sicher – wohl der Generalabt des Zisterzienserordens. Pater Christian klopfte vorsichtig an die mittlere Tür und ließ den erwarteten Besucher eintreten. Thomas grüßte im Eingang mit leichter Verbeugung. Abt Petrus empfing ihn mit ausgebreiteten Armen und wies ihn auf einen mit dunkelbraunem Leder bezogenen Stuhl. Er selbst nahm hinter seinem breiten Schreibtisch Platz und schaute Thomas prüfend an. „Wir beide müssen über die Nachfolge von Pater Gregor sprechen", begann er ohne jede behutsame Einleitung. „Du bist mir dazu von zwei Mitbrüdern vorgeschlagen worden. Gemeinhin sind für das Amt des Kämmerers bisher stets ältere Brüder ausgewählt worden. In dieser schillernden Ansammlung von Pächtern, Händlern und Handwerkern war der natürliche Respekt vor dem Alter hilfreich. Das hat sich aber inzwischen gründlich geändert. Die Pächter stiften wegen steigender Abgaben Unruhe. Die Handwerker fürchten Entlassungen. Sorgen bereitet der Rückgang unserer Vorräte. Dringend nötig sind auch verschiedene Baumaßnahmen. Ich will das Amt nun einem jüngeren Bruder übertragen, der es auch für einen längeren Zeitraum ausüben kann. Bruder Thomas, du hast – wie mir selbst berichtet wurde – im Wirtschaftshof einen guten Ruf. Es würde uns allen helfen, wenn du das Amt übernehmen wolltest."

„Hochwürdiger Abt", nahm Thomas nach einigen Minuten des Schweigens das Wort, „ich bedanke mich sehr für das Vertrauen! Zweifellos hätte ich Zeit für die Einarbeitung nötig. Deshalb wäre ich dankbar, Pater Gregor könnte mir noch einige Wochen über die Schulter sehen. Unbehagen bereitet mir jede Buchhaltung; so etwas habe ich nicht gelernt. Insgesamt aber scheint mir diese Aufgabe eine große Herausforderung zu sein. Ich bin deshalb –

so ich Ihren Segen habe – dazu bereit." „Das freut mich, lieber Bruder", erwiderte Abt Petrus. „Ich werde den Wechsel nun durch einige weitere Gespräche vorbereiten. Du bewahrst bitte Stillschweigen, bis ich die Entscheidung in der Kapitelversammlung bekannt gegeben habe." Sie erhoben sich. Abt Petrus begleitete Thomas zur Tür, legte ihm zum Abschied die rechte Hand auf die Schulter und sagte bedeutungsvoll, er hoffe nicht nur auf einen zuverlässigen Verwalter, sondern auch auf ideenreiche Gestaltung, auf kluge Beratung und – wenn es denn erforderlich sei – auf hilfreiche Schlichtung in Streitfällen.

Pater Christian erwartete Thomas am Hauseingang und ging einen Teil des Weges mit ihm zurück in die Klausur. Der Zweck des Besuchs schien ihm offenkundig unbekannt, er freute sich einfach über das Wiedersehen. „Ich denke manchmal zurück an die Unterweisungen", sagte Thomas und zeigte hinüber zur Bibliothek. Dort standen im Hauseingang wieder die Novizen. „Ich sehe dich noch vor uns, wie du so eindrucksvoll versucht hast, die Existenz Gottes zu begründen. Diese Frage lässt uns wohl nie los." Christian schwieg. Am Kreuzgang verbeugten sie sich zum Abschied. „Wenn du willst", gab er zur Antwort, „dann komme morgen zu einer kleinen Abendrunde. Hugo ist auch dabei. Ich lade dich ein. Mehr will ich nicht sagen. Um sieben Uhr in der Kammer hinter dem Refektorium. Es war schön, dich wiederzusehen!" Christian kehrte zurück ins Abtshaus, Thomas in seine Schreibstube. Vom Wald her klangen Jagdhörner. Sie kündeten vom gesellschaftlichen Treiben des Grafen.

Pater Winfried sah fragend auf, als Thomas die Bibliothek betrat. Nun konnte er nicht einfach schweigen, schaute unruhig an ihm vorbei zur Schreibkammer und meinte so beiläufig wie möglich, Abt Petrus habe ihm einige Fragen gestellt. Pater Winfried hatte so seine Befürchtungen, blickte aber wieder in die vor ihm liegende Pergamentrolle und schwieg. Auf dem Schreibpult lagen noch die Notizen über Aristoteles. Thomas legte sie zur Seite. Die neue Aufgabe ging ihm nicht aus dem Kopf. Er war besorgt, ihr nicht gewachsen zu sein. Hätte er aber eine Wahl gehabt? Durfte ein Mönch der Bitte seines Abtes widersprechen? In den vergangenen Jahren war in ihm die Überzeugung gewachsen, die klösterliche Abgeschiedenheit von der Welt, die reine Innerlichkeit sei neben aller Dienstleistung an den Mitmenschen der rechte Weg zum Seelenheil. Nun aber warf man ihn in eben dieses weltliche Treiben zurück – in den Handel und die Geldgeschäfte, in den Lärm der Handwerker und Fuhrwerke, auf den Hof mit all den schlechten Gerüchen aus Stallmist, Farbkesseln und gegerbten Tierhäuten. Einer der Brüder aber musste diese Aufgabe doch übernehmen. Es war vielleicht angenehmer, sich aus solchen Belastungen und Gefährdungen herauszuhalten – war es auch gottgefällig? Schaute der Herr freundlicher auf Philosophen und Geistliche als auf Händler und Pächter?

In den Augen der Gläubigen veränderten die inzwischen überall käuflichen Bücher und Druckschriften das Bild von der römischen Kirche nachhaltig. Wer zu lesen vermochte, erfuhr nun von der Macht- und Geldgier des Papstes und mancher Bischöfe und Äbte. Vergeblich hoffte der Klerus, den Dammbruch des Glaubens vermeiden zu können, indem er die kirchenkritischen Schriften verbat und wegschloss. Das galt insbesondere für die Kritik Lorenzo Vallas' an der „Konstantinischen Schenkung". In seiner Schrift „De falso credita et ementita Constantini donatione" hatte Valla aufgedeckt, dass sich die Schenkung an den Papst auf gefälschte Dokumente stützte. Kaufen konnte man inzwischen auch „Das Newe Testament Deutzsch" Martin Luthers. Pater Winfried hatte nicht nur Zweifel, ob man eine Schrift dieses aufsässigen Mönches in die Bibliothek stellen dürfe – die Schrift von Lorenzo Valla jedenfalls blieb in Heisterbach unter Verschluss – sondern auch solche zur Richtigkeit der Übersetzung. Er erinnerte sich an ein lebhaftes Streitgespräch mit Pater Aloysius zum Verständnis biblischer Textstellen. Zunächst ging es um die Worte Geist und Seele, um die Unterscheidung von Substanzen, die man nicht sehen, begreifen, gar trennen konnte – die dem

Körper nun aber Lebenskraft und Denkvermögen verliehen. Wo kamen sie her und wo blieben sie im Tode? Einverständnis gab es nur dazu, dem lebendigen Körper Unsichtbares hinzuzudenken. Vergleichbar war der Disput um Himmel und Erde. Man dachte sich das Göttliche irgendwo über den Wolken; Himmelsboten und Geister jedoch umgeben die Menschen nach kirchlicher Lehre auch im alltäglichen Dasein. Widersprüchlich schien die Aussage Jesu in Bethanien zu Martha: „Wer an mich glaubet, der wird leben, ob er gleich stürbe". Am Grab des Auferstandenen auch fragte ein Engel Suchende: „Was sucht ihr den Lebenden unter den Toten?" Wer konnte das verstehen? Hier lagen die Zweifel von Pater Winfried zu vielen Textübersetzungen: Im Griechischen hatte man für Leben zwei Worte: für das natürliche Dasein das Wort bios, für das geistige das Wort zoä. Andere Sprachen kennen solche Differenzierungen weniger, bergen indes andere Fehldeutungen: im Hebräischen beispielsweise wird für eine junge Frau das Wort almáh gebraucht und nun – etwa in den Prophezeiungen Jesajas' – mit „Jungfrau" übersetzt. Auch der Dominikaner Meister Eckhart wählte dieses Wort, wenn er vom verheirateten Weib sprach und damit die Jungfräulichkeit ihrer Seele meinte – und in diesem Sinne von der Mutter Christi die Rede war. Schnell entstehen Missverständnisse. Nicht die Sinne, nicht die Sprache offenbaren schließlich die Wahrheit – allein der Glaube.

Zur Nacht lag Pater Winfried wieder unruhig auf seinem Bett. Sobald er nur die Augen schloss, waren Mephir und die dunklen Gesellen wieder um ihn. Vergnügt schlüpften sie in die Körper der Menschen. Reizvoll war diese enge, kleinteilige Welt – für die Himmelsgeister eine völlig neue Erfahrung. Wenn sie nur mit den Händen die glatte Haut streichelten, dann durchströmte sie ein machtvolles Verlangen, nicht mehr aufzuhören. Öfter stieg auch Mephir deshalb von seinem Hügel und fuhr nach Belieben in diesen oder jenen Leib. Man badete im Sumpf bei den Schlangen. Auch diese schmiegten sich um die Nackten und unter streichelnde Hände, züngelten verlangend im Schlamm, lockten gefällig mit Mandelaugen. Der Herr hingegen, hörte Pater Winfried in spöttischem Geflüster, wirkte da oben als enthaltsamer Weltgeist in der Weite seiner Schöpfung. Was wusste der Geist von den Reizen der Welt? Da wollten sie toben! Wohl hatte der Herr zu züchtigem Verhalten geraten, zugleich aber auch die völlige Willensfreiheit gewährt. Bei jedem Körperbesuch vermisste Mephir den Himmel weniger, wollte vergessen dürfen, wollte fühlen, in wohliger Nähe nur noch fühlen. So suchte er immer wieder die Enge, den Sumpf und das Versteck. „Eigentlich wurden wir doch gesandt, um die Menschen in ihrer Willenskraft und Klugheit versuchend zu stärken", meinte Mephir kichernd, „und nun sind wir selbst Gefangene". Erschrocken schoss Pater Winfried hoch von seinem Nachtlager und schüttelte die dunklen Traumgestalten heftig aus dem Nachtkittel.

XIII

Thomas sah es als glückliche Fügung an, dass das aus Clairvaux entliehene Evangelienbuch inzwischen nahezu abgeschrieben war. Engelbert hatte unermüdlich daran mitgearbeitet. Nun waren noch vierzig Seiten zu schreiben und mehrere Initialen auszumalen. Der Tag verging für ihn zwischen den Stundengebeten mit Textlesungen und einer Einführung der Novizen in den Bibliotheksbestand an Büchern und Schriftrollen sowie deren Ausleihe. In der Kapitelversammlung fiel kein Wort zur Nachfolge von Pater Gregor.

Nach dem abendlichen Mahl schaute er hinter dem Refektorium nach der Kammer, in die ihn Pater Christian eingeladen hatte. Sie war noch dunkel und leer. So ging er weiter den Hügel hinauf und setzte sich auf die Sprosse einer Leiter, die an einen Apfelbaum gelehnt war. Ein Grünspecht hüpfte über den Weg und züngelte zwischen den Baumwurzeln nach Ameisen. Im warmen Licht der untergehenden Sonne schloss Thomas die Augen, wollte doch hören, was die Bäume, der nahe Wald und der Bach einander zuflüsterten. Hatte das Zwitschern und Plätschern, das Summen und Rauschen der Natur ihm etwas mitzuteilen? Warum war das Geschaffene so vergänglich? Den Menschen überkam ein Glücksgefühl, wenn er gestalten konnte und sein Werk Bestand hatte. Nie wäre ihm in den Sinn gekommen, den Verfall schon gleich mit einzuplanen. Was hatte den Schöpfer der Erde wohl bewogen, der Buche nach wenigen Jahrzehnten wieder eine neue Buche, dem Hirsch wieder einen neuen Hirschen folgen zu lassen. Drängte sich bei solcher Kurzlebigkeit nicht auch der Gedanke auf, alles einzelne Dasein gehe nur auf den Tod zu und sei ohne Sinn? Von Ewigkeit zu Ewigkeit eine Wiederkehr des Gleichen, und dann auch noch diese zweibeinigen Wesen, die verschmutzten, verbrauchten und zerstörten, was da geschaffen war und vorgaben, sie hätten sich etwas dabei gedacht – nein, schlimmer noch: die sich für die Krone der Schöpfung hielten. Thomas schaute fragend hinüber zu seinem hüpfenden Freund. Den Vögeln fühlten sich Mönche von jeher besonders verbunden. Ein Rabe war es, der zu Benedikt von Nursia auf den Mittagstisch flog und das vergiftete Brot im Schnabel davontrug, das ein neidischer Bruder ihm zugedacht hatte. An die Legende vom heiligen Franziskus erinnerte er sich, der den Vögeln gepredigt hatte. Wie Franziskus also sprach er zu ihm: „Lieber Bruder Specht! Der Herrgott hat dir alles gegeben, was du zum Leben benötigst. Du bist nicht nackt wie wir Menschen. Du musst nicht sähen, ernten, kochen und dich kleiden wie wir. Du hast es leicht, kannst über Hindernisse einfach hinweg fliegen. Nun sing dem Herrn dafür auch mal ein Lied!“ Bei Franziskus hatten die Vögel aufmerksam zugehört und ihre Hälse nach ihm gestreckt. Dieser Specht aber drehte Thomas den Rücken zu, schnappte sich noch eine Ameise und flog grußlos in die Abendsonne.

Hinter dem Speisesaal stieg Pater Hugo gerade die Stufen zur Kammer im Untergeschoss hinab, als Thomas zurückkehrte. Sie begrüßten sich erfreut. Hugo war nicht überrascht, also offenkundig über die Teilnahme seines alten Mitschülers schon in Kenntnis gesetzt. Er nahm Thomas beiseite und fragte im Flüsterton: „Verrate mir mal, wie ich das verstehen soll: Prior Konstantin hat mich heute gefragt, ob ich bereit wäre, als Scriptor in die Bibliothek zu wechseln." Thomas fasste ihn erschrocken an der Schulter und gab zu verstehen, darüber jetzt nicht sprechen zu wollen. Unten in der Stube, einem früheren Vorratsraum der Klosterküche, kam ihnen Christian zum Gruß entgegen. Er hatte auf dem Tisch eine Pergamentrolle ausgebreitet, die von vier schweren Kerzenleuchtern auf den Ecken gehalten wurde. Gemeinsam traten nun der Almosenmeister des Klosters, Pater Johannes, und Pater Caspar ein. Caspar – nach dem Tod von Pater Aloysius der älteste unter den Brüdern – hütete als Küster in der Sakristei den Kirchenschatz: kostbare Gewänder, Kelche aus Gold und Bernstein, Silberleuchter und Hostienschalen. Er tastete sich zu einem der Stühle; seit Jahren war er nahezu blind. Christian zündete die Kerzen an sowie in einer kleinen Rauchpfanne eine Mischung aus Olibanum, Myrrhe und getrockneten Lavendelblüten. Es verbreitete sich ein balsamisch-narkotischer Duft. Im Schein der Kerzen leuchteten die ernsten Gesichter der fünf schweigenden Gestalten und Caspars mächtiger, weißsilbriger Haarkranz.

„Seid mir gegrüßt, liebe Brüder", sprach Christian, „und heute in unserer Mitte auch Bruder Thomas. Wir dürfen wissen, dass die Boten des Herrn um uns sind und sich demütigen Suchern auch mitteilen." Christian blickte zu Thomas und erläuterte kurz die auf dem ausgelegten Pergament – der Planchette – um ein aufgemaltes Kreuz herum angeordneten Schriftzeichen und Buchstaben. Auch ein dünnes Holzbrett mit eingeschnitztem Pfeil legte er auf die Planchette; es war mit gleitenden Rollen versehen und leicht zu bewegen. Gemeinsam beteten sie das Vaterunser. Pater Caspar und Christian berührten vorsichtig das Holzbrett und warteten. Mit einer aus den Händen gewonnenen Kraft glitt das Brett langsam über das Pergament zum Zeichen des Kreuzes:

„Gott zum Gruß“, sprach Christian das Angezeigte für alle hörbar aus. „Gott zum Gruß“ erwiderte die Runde. Nun glitt der Pfeil über die Buchstaben und Zeichen, bildete Worte und Sätze. Thomas stockte der Atem. Wollte man ihn zum Narren halten? War hier nicht der Teufel im Spiel? Der Kreis – das waren doch vertrauenswürdige Mitbrüder; Gebet und das Zeichen des Kreuzes stießen böswillige Geister bekanntlich zurück. Der Ernst der Versammelten war glaubwürdig. „Euer Bruder ist voller Zweifel“, hörte er Christian lesen – und der Pfeil zeigte am Rand der Planchette auf Thomas. „Hier ist ein Freund, der gerade von euch gegangen ist: Aloysius. Und er grüßt euch herzlich!“ Wieder zeigte der Pfeil auf Thomas: „Dein Weg ist vorgezeichnet! Du übernimmst eine neue Aufgabe. Aloysius hat Freude. Wir werden bei dir sein!“ Das konnte doch keiner hier am Tisch wissen. Thomas war das Geschehen zutiefst unheimlich. Verschiedene Geistwesen berichteten nun von bedrohlichen Entwicklungen: von mehreren Hexenprozessen, von der Verfolgung der Hugenotten in Frankreich, vom Glaubensabfall, von fremden Truppen im Rheinland. „Auch bei euch“, sagte ein Geist, der sich mit dem Namen Raimundus meldete, „sehe ich schwarzen Rauch und Plünderungen“. Niemand aber hatte dazu Nachfragen. Etwa eine Stunde war man schon zusammen, da beendete Christian mit einem Gebet die Sitzung. Pater Johannes öffnete die Tür. Ein kalter Luftzug vertrieb den schweren Geruch von Kerzen und Weihrauch aus der Kellerstube. Hugo stützte Pater Caspar im Aufgang zum Refektorium. Schweigend gab man sich die Hand. Christian sah Thomas an, wie sehr ihn das Erlebte beschäftigte. Sie umarmten sich flüchtig. Thomas dankte nochmals dafür, dass er zu dieser Runde eingeladen worden war. Später sah man sich wieder im Dormitorium und nickte einander verstehend zu.

XIV

So einsam das Kloster im Peterstal auch lag, die Zahl der Armen, Bettler und Landstreicher auf dem nahen Pilgerweg hatte in den letzten Jahren erheblich zugenommen. An der Klosterpforte baten sie um Almosen, um ein warmes Essen, um Kleidungsstücke und ärztliche Hilfe. Viele zog es nach den Schrecken der Pest, nach Dürren und Missernten vom Lande in die Städte unten am Rhein. Dort erhofften sie eine Bleibe auf Strohlagern in Scheunen und Ställen, notfalls auch unter Brücken – oft aber blieb ihnen nur der blanke Boden neben ausgestoßenen Leprakranken. Franziskanermönche, Wanderprediger und die Laiengemeinschaft der Beginen sorgten sich um die Elenden. In Heisterbach zeigten die Zisterzienser ihre Barmherzigkeit durch Betreuung in einem Pilger- und Armenhaus mit eigener Küche und einem großen Raum zur Beherbergung. Einige Zünfte der Handwerker sahen die ganze Entwicklung mit Argwohn – wurden doch durch solchen Hilfseinsatz ihre eigenen Erwerbsmöglichkeiten geschmälert.

Die Landesherren und die wohlhabenden Stände hielten die ungleichen Besitzverhältnisse weiterhin für gottgewollt. Hier und da plagte Einzelne angesichts des Elends wohl das schlechte Gewissen. Diese trennten sich – wie etwa Elisabeth, die Frau des Landgrafen von Thüringen – von ihrem Wohlstand und sorgten sich persönlich um die Betreuung der Armen, die Pflege der Kranken und das Totengeleit Verstorbener. Über das Leben der Landgräfin bewahrt die Klosterbibliothek deshalb noch einen Predigttext von Caesarius mit dem Titel Vita s.Elizabeth landgrafie. Gemeinhin aber war die Rettung des Seelenheils im Einvernehmen mit der Kirche durch Spenden und Stiftungen, durch Mitgliedschaft in frommen Laienbewegungen oder in der Bekämpfung von Ketzern ordentlich geregelt. In den Städten entwickelte sich ein unabhängiges, frei denkendes Bürgertum. Und nicht mehr Latein war die Schriftsprache, sondern die jeweilige ländliche Gebrauchssprache.

Thomas blätterte an seinem Schreibpult in einer Schrift von Papst Julius II. über das Exil von Avignon, als Pater Winfried in die Bibliothek zurückkehrte und ihn zu sich bat. „Nun bin ich gerade von Abt Petrus Heidermann darüber unterrichtet worden, dass er dich zum Nachfolger von Pater Gregor bestimmt hat. Das ist für dich ein großer Vertrauensbeweis, aber eben auch eine schwierige Aufgabe!" In einer Offenheit, die Thomas bei diesem in sich gekehrten Bruder nicht vermutet hatte, erläuterte er seine Bedenken:

„Wer sein Leben dem geistlichen Dienst gewidmet hat, will in dieser unwirtlichen Welt Notleidenden helfen, Hoffnung stärken, Vertrauen bilden. Unser Orden ist der Nächstenliebe und Barmherzigkeit verpflichtet. Wer geben will, muss aber zunächst einmal haben. Wir haben unseren Glauben an die Allmacht Gottes und die Erfahrung seiner Hilfe; wir spüren die Kraft des Gebets. Die Gaben fallen aber nicht vom Himmel. Wir selbst benötigen ja diese Häuser hier, die Gärten und Felder, die Mittel zum Leben. Das alles muss angelegt, in Ordnung gehalten, bestellt und geerntet werden – um auf dieser Grundlage dann auch Barmherzigkeit üben zu können. Begünstigt ist das durch großzügige Stiftungen und Schenkungen. Denke nur nicht, Bruder Thomas, das sei selbstlos geschehen. Nein, wir stehen in einem Geschäft auf Gegenseitigkeit. Wir sagen den Stiftern zu, hier und später nach ihrem Tode, für ihr Seelenheil zu beten. Wir sind weltliche Händler – zwingen die Bauern zu Abgaben für die ihnen überlassenen Felder und Viehweiden. Mönche und Konversen des Klosters gehen auf die Märkte und verkaufen, was wir nicht selbst verbrauchen – Obst, Gemüse, Fisch, Wein. Bei solchem Geschäft hast du immer ungute Gefühle, ob du nun Gewinn verbuchst oder betrogen wirst. Kommst du dann hierher zurück in die Klausur, möchtest dir vielleicht die Last von der Seele reden, hast du zu schweigen. Reden kannst du nur im Gebet zu Gott, den Engeln und Heiligen. Wie dir künftig auch immer zumute sein mag – diese Tür dort steht für dich immer offen. Manchmal hilft ja schon, sich nur einen Blick zuzuwerfen! Ich wünsche dir viel Kraft und Gottes Segen! Morgen schon sollst du von Pater Gregor in deine neue Aufgabe eingewiesen werden." Thomas bedankte sich sehr für dieses Verständnis und räumte nun seinen Arbeitsplatz auf. Er hatte gehofft, dort Engelbert noch einmal sprechen zu können. Da er nicht zu finden war, legte er ihm zum Abschied eine Notiz auf sein Pult. Unter dem Fenster dann hörte er beim Fortgang doch seine Stimme. Er schaute hinaus und sah ihn unten an der Mauer in vertraulichem Gespräch – mit David.

In der Kapitelversammlung gab Abt Petrus den Wechsel im Amt des Kämmerers bekannt und auch die Nachfolge von Pater Hugo in der Bibliothek. Wie immer nahm der Konvent solche Unterrichtung schweigend zur Kenntnis. Hier und da schaute ein Bruder dankend zum Himmel, dass der Kelch an ihm vorübergegangen war. Thomas sah in den Blicken der anderen gleichwohl ermunternden Zuspruch, ja ausdrückliche Anerkennung.

Nach der Non, dem Stundengebet um fünfzehn Uhr, bat Pater Gregor Thomas in seinen Arbeitsraum unweit des Wirtschaftshofes: „Es wäre mir lieb, ich könnte dir heute schon einmal einen Einblick in die Arbeitsunterlagen geben. Der Cellerar – nein, jetzt heißt er ja Kämmerer – soll die Einnahmen des Klosters entgegennehmen und prüfen. Er habe Keller und Vorratsräume gefüllt zu halten, hat man mir seinerzeit bei meiner eigenen Einweisung ans Herz gelegt. Das ist so einfach gesagt, aber eben doch nicht leicht getan. Der Blick richtet sich immer auf die Sachleistungen; aber dahinter stehen Menschen, sehr eigenwillige Geschöpfe. Und die sind immer auf der Flucht: die Bauern und Lohnarbeiter vor den Grundherren, die Hörigen, Knechte und Mägde vor den Bauern. Nun ziehen sie alle in die Städte und denken, dort könnten sie ihre Abhängigkeiten loswerden. Den Bauern hier laufen nicht nur die Gehilfen fort; sie leiden zusätzlich unter Ernteausfällen – aber ihre Abgaben an die Grundherren werden deshalb nicht geringer. Und das Kloster ist Grundherr. Die Widerstände auch uns gegenüber nehmen zu. Mit Barmherzigkeit können wir sie nicht meistern. Ich wünsche dir ein hohes Maß an Verhandlungsgeschick.“

Auf einem großen Tisch vor dem Fenster lagen mehrere Folianten und Blätter mit Notizen. Pater Gregor griff einen zweiten Stuhl und stellte ihn neben seinen. Sie nahmen Platz und vertieften sich in die Welt der Sachleistungen: Ein schon recht abgegriffenes Verzeichnis über den Klosterbesitz enthielt Eintragungen zu Schenkungen, Stiftungen, Nutzungsrechten und Abgabeverpflichtungen. Von einer Übersicht konnte man wegen der Vielzahl der Randnotizen, Streichungen und Zusatzvermerke gar nicht mehr sprechen. Pater Gregor verwies auf Teilungen durch Erbschaften, auf eine mit der Zeit entstandene Streulage des Besitzes – linksrheinisch bis hinunter nach Köln, auf unserer Seite zwischen Stieldorf, Honnef und der Höhe hinter Heisterbacherrott – und meinte beiläufig, das ganze Verzeichnis müsse wohl einmal neu geschrieben werden. Sauberer geführt hingegen war ein anderer Band, das Memoriale. In ihm waren die Namen aller Spender eingetragen und die Daten ihrer Todestage für das Totengedenken und die Fürbitten. Eine Abschrift davon hatte Thomas für die Lesung der Messen bereits auf dem Altar liegen sehen. Er blätterte kurz darin. Die jüngste Eintragung war vom achtzehnten Januar: < obiit anno 1516 nobilis vir Ioannes dominus in Drachenfeltz ante sacristiae sepulturae locum obtinens >.

Zuletzt öffnete Pater Gregor das Verzeichnis der aktuellen Einnahmen und Ausgaben des Klosters. Ihm war eine Darstellung der Abgabeverpflichtungen vorgeheftet: immer noch Naturalabgaben von Obst, Gemüse und Getreide, die Bereithaltung von Pferde- und Ochsengespannen für Fuhren von Getreide, Wein, Holz oder Mist – nun aber vermehrt auch Zinsleistungen. Als Beispiel entnahm Pater Gregor dem Einnahmeverzeichnis eine eingelegte Urkunde mit Siegel des Erzbischofs Adolf von Köln, in der für das Seelenheil der Brüder Heinrich und Eberhard von Sayn jährliche Zinsschenkungen vereinbart waren.

Das alles sollte Thomas von morgen an verwalten und überwachen. In einer Holzkiste im Nebenraum verwahrte der Kämmerer das Geld. Er griff mit beiden Händen vergnügt in einen Berg von Talern und Gulden, ließ sie durch die Finger gleiten und meinte dann, jetzt sei es wohl an der Zeit, frische Luft zu atmen. Thomas sah in dieser Nebenkammer zu seiner Verwunderung noch ein Bett stehen, einen Stuhl und einen Tisch mit Waschschüssel und Krug. Schweigend verließen sie das Haus und schritten zur Vesper.

XV

Früh am nächsten Tag, noch vor dem Eintreffen von Pilgern und Armen, setzten Pater Gregor und Pater Thomas ihren Rundgang durch die Klosteranlage fort. Sie suchten zunächst Pater Johannes auf. In enger Abstimmung mit der Klosterküche organisierte er die Armenspeisung, sorgte sich um die Beherbergung und eine Kleiderkammer. Wegen des Andrangs fehlte es an Essschalen und Besteck, an Transportbehältern und Vorrichtungen, das Essen warm zu halten. Für die Unterbringung der vielen Obdachlosen musste auf Strohlager in den Hausfluren zurückgegriffen werden. Überdies fehlte es an Waschmöglichkeiten; neben dem Haus leitete nur ein Rohr Wasser vom Bach in einen Steinbrunnen, den Waschplatz für höchstens drei Personen. Thomas bat um Vorschläge zur Abhilfe und machte sich Notizen. Im Hauseingang drückten sich scheue Gestalten an die Wand, zwei Mütter mit Kindern und fröstelnde Alte. Große, flehentlich bittende Augen verfolgten ihn – noch Tage später.

In der Abteikirche trafen sie den Küster. Gemeinhin sprach man bei einem Amtswechsel immer über Sorgen, Schäden und Mängel, die beseitigt werden sollten. Pater Caspar aber wollte seinen ganzen Klosterschatz bewundert wissen, öffnete also in einer Kammer über der Sakristei den Schrank seiner Kostbarkeiten. Thomas zeigte nach einigen Minuten des Staunens voller Bewunderung auf einen prunkvollen Pokal und einen säulengestützten Hostienteller aus getriebenem Gold, die beide das gleiche Wappen und den eingravierten Namen des Grafen von Landsberg trugen. Er fragte, ob sich solche Werte eigentlich mit dem Gebot der Besitzlosigkeit der Zisterzienser vertrügen. „Bruder Thomas", erwiderte Caspar mit nur mühsam unterdrückter Empörung, „wir können und wollen einem Stifter in dieser Richtung keine Vorhaltungen machen. Der Becher, in dem sich während des heiligen Abendmahls der Wein in das Blut Christi verwandelt, kann gar nicht kostbar genug sein. Der goldene Pokal und der Wein leuchten im Schein der Kerzen als Zeichen himmlischer Harmonie. Inhalt und Form sollen einander entsprechen." „Verzeih mir meine Frage, Bruder Caspar", sagte Thomas zur Versöhnung, „ich habe mich von den Äußerlichkeiten hinreißen lassen". Nun gingen sie doch noch durch die Kirche und notierten einen Schaden an den Quadermauern des Kapellenkranzes, dem ältesten Teil des Bauwerks.

Die Klausur war beiden so vertraut, dass sie sich dort nicht länger aufhielten, sondern gleich den Hang zu den Gärten hinaufstiegen. Auf dem Weg merkte Pater Gregor noch an, er halte inzwischen für richtig, den Schlafsaal in kleinere Zellen aufzuteilen und die Räume besser gegen Kälte zu schützen. Im Refektorium – das war schon im Konvent beschlossen – sollten die Tonfliesen des Fußbodens erneuert und zur Küche hin eine Durchreiche für Speisen eingebaut werden. Sie nahmen den direkten Weg über die Obstwiese. Dort standen Birn- und Kirschbäume sowie etwa achtzig Apfelbäume, zum Wald hin zwei Reihen Walnussbäume und beiderseits des Bachs der seltene Hohle Lerchensporn.

Der gute Ruf der Zisterzienser bezog sich nicht zuletzt auf ihre hohe Gartenbaukultur. Am Hang waren die Gärten in Terrassen angelegt, Gemüse und Heilkräuter je nach Wasserdurst auf diesen Stufen von oben nach unten gepflanzt. Pater Gregor schien auch die Kräuter zu kennen: Knabenkraut und Fieberklee, Lavendel, Salbei und Gelben Enzian, Wacholder, Thymian und Tausendgüldenkraut. Wo sie arbeitenden Konversen begegneten, begrüßte er sie, sprach sie alle mit ihrem Namen an und stellte Thomas als seinen Amtsnachfolger vor. Zum Weinanbau zeigte er auf einige Reihen mit Rebstöcken, verwies aber auf einen viel größeren Weinberg an den Dollendorfschen Westhängen, der dem Kloster während des Abbatiats Christians II. gestiftet worden war. Wein war für die Abtei Heisterbach nicht nur das in jeder Jahreszeit haltbarste Getränk, sondern auch das wichtigste Handelsgut.

An den Fischteichen bemühte sich Frater Zachäus gerade um die Entfernung von Schlingpflanzen. „Wir haben hier sehr klares Wasser", erklärte er, „und deshalb viele Bachforellen, manchmal leider auch Döbel. Vor zwei Jahren ließen sich noch Rheinlanken und Flussbarsche hier blicken, aber die kommen nicht mehr. Im unteren, schlammreichen Teich halten wir Karpfen, sogenannte Spiegelkarpfen, und Gründlinge. Die Teiche sind recht flach. Deshalb hole ich immer wieder einen Teil der Wasserpflanzen heraus; durch das einfallende Licht setzen die sich dort besonders schnell fest." „Fisch und Geflügel gehören, wie du weißt, nach der Klosterregel zur Hauptmahlzeit", ergänzte Pater Gregor zu Thomas gewandt, „nicht Fleisch. Eine Ausnahme: zu den Festtagen erhalten wir aus der Forstwirtschaft auch Wild und Fasane. Fisch haben wir mehr als nötig. Ein Teil wird also verkauft. Frater Zachäus sehen wir stets besonders gerne", schloss er lachend, „und für dich ist er künftig einer der wichtigsten Mitarbeiter". „Na, dann auf gute Zusammenarbeit!", gab ihm Thomas die Hand. Sie verabschiedeten sich und stiegen den Hang hinunter zum Wirtschaftshof.

Ein Ochsengespann hielt in der Einfahrt; Gänse querten den Weg. Es war schwer beladen mit Holzstämmen aus dem eigenen Forst. Johann, der sich als Hirte für alles Klostergeflügel vorstellte, trieb die Gänse hinüber zum Stall. Vierzehn Jahre alt war er wohl und der Sohn des Schmiedes. Die Familien lebten im Haupthaus der Werkleute. Noch nicht so lange war es her, erklärte Pater Gregor, dass die jungen Burschen je nach ihren Aufgaben von den Fami-

lien getrennt in den Ställen hausten – bei den Schafen, Ziegen, Kühen und Hühnern. Er habe durchgesetzt, dass die Familien nunmehr gemeinsamen Wohnraum erhielten.
Sie suchten den Gerber auf. Er stand an einem Kessel mit Gerbbrühe, einem Gemisch aus Eichenrinde und Eichelbechern und bereitete die Häute der Schafe vor, die gegerbt und getrocknet werden sollten. Er gratulierte Thomas zu seiner neuen Aufgabe und hatte auch schon eine Bitte: statt der alten Gerbgruben wünschte er sich eine Walkmühle am Heisterbach; der Arbeitsgang könne dort durch das walken in einem rotierenden Gerbfass erheblich beschleunigt werden. Da gerade der Schuhmacher eintrat, der nebenan seine Werkstatt hatte, gab Pater Gregor auf diese Bitte keine Antwort. Nicht mehr die Herstellung von Pergament war die Hauptaufgabe des Gerbers, sondern die von Leder für Schuhwerk, Bucheinbände, Truhen, Möbel und Altarbehänge. Auch der kleine Sohn des Schusters erschien in der Tür und wurde als neue Kraft in der Werkstatt vorgestellt, weil er schon einmal tüchtig beim Zuschneiden und Steppen des Leders geholfen hatte.
Thomas war besorgt: der vertraute Tagesablauf nach Stundengebeten und dem Lesen der Heiligen Schrift wurde nicht eingehalten. Pater Gregor winkte nur ab, wenn drüben in der Klausur die Glocke ging. „Das wirst du in deiner neuen Aufgabe nun oft erleben, dass dein Zeitplan von Händlern, Handwerkern und Bauern bestimmt wird. Und wenn im Kloster die Kerzen gelöscht werden, dann beugst du dich noch über die Buchführung." Die beiden blickten anschließend in den Weinkeller, die Schmiede, in mehrere Ställe. Neben der großen Scheune mühten sich einige Brüder mit dem Abladen des angelieferten Holzes. Die vielen neuen Namen konnte sich Thomas nicht merken. Deshalb notierte er sie auf einer kleinen Schreibtafel – und in Klammern setzte er zur Rückerinnerung hinzu: „Narbe am Kinn", „Ledergesicht", „flackernder Blick", „wortkarg".

Nach dem Mittagsmahl verließen sie das Kloster auf einem Weg nach Osten, zunächst hinauf durch den Wald zwischen Weilberg und Stenzelberg nach Heisterbacherrott, dann nach Norden über die Felder zu drei Gehöften auf der weiten Anhöhe. Höfe und Felder gehörten zum klösterlichen Grundbesitz, der größte von ihnen verpachtet an Bauer Hövel. Obwohl Pater Gregor wegen des Dauerregens der letzten Monate wieder mit den üblichen Klagen über Ernteausfälle gerechnet hatte, war der Empfang in allen Höfen ungewöhnlich freundlich. Vielleicht lag es an der dortigen Erwartung, der neue, junge Kämmerer könnte zugänglicher sein als der „alte Fuchs“, der sich bei den Verhandlungen immer so „schwerhörig“ gab. Heute ging es ohnehin nur darum, den Nachfolger vorzustellen. Man warf einen interessierten Blick in die Ställe. Dann wurden in der Guten Stube Speisen und Getränke aufgetischt. Bei Hövels setzten sich auch die Bäuerin und ihre Tochter dazu. Gegen alle Gewohnheit tranken sie mehrere Krüge Bier. Geklagt wurde nur einmal – über Mäuseschäden auf den Äckern. Thomas war es, der schließlich zum Aufbruch drängte. Pater Gregor verstieg sich auf dem Rückweg zu der unziemlichen Bemerkung, der Hövel habe eine auffallend schöne Tochter, und es sei doch bedauerlich, dass das Gelübde der Mönche zur Keuschheit verpflichte.
Für Thomas erschien der Ausflug wie die Rückkehr eines Verschollenen in die Welt. Wie hatte er das bunte und lebendige Treiben jenseits der Klostermauern so schnell vergessen können? Eine blasse Gestalt war er geworden, in der weißgrauen Dienstgemeinschaft zwischen grauweißen Bauten und kahlen Wänden. Stundengebete und Schriftlesungen bestimmten alle Tage. Bauer Hövel hingegen stand braun gebrannt auf der Tenne, wenn der Wind kam: das schwere Korn fiel vor ihm segensreich auf einen Haufen, die Spreu trug der Wind in die Weite. Und drinnen im Haus erlebte er wohnliche Stuben, farbenfrohe Kleider, unbeschwerte Fröhlichkeit, geschmackvolle Speisen, behagliche Gastfreundschaft. Nur zu gut verstand er, dass Pater Gregor bei Hövels Tochter Feuer

gefangen hatte – aber billigen durfte er diesen Mangel an Selbstzucht nicht. Beide schwiegen mit schlechtem Gewissen.

XVI

Thomas fand keinen Schlaf. Er war nicht gewöhnt, mit vollem Magen und soviel Bier zur Nachtruhe zu gehen. Die vielen Begegnungen wirkten nach in seinem Kopf. Manche Wünsche und Änderungsvorschläge waren wohl nicht zu finanzieren. In Gedanken sah er Pater Gregor wieder an der Holzkiste stehen, wie ihm die Münzen durch die Hände glitten. Er verstand nicht, warum sie nicht wenigstens getrennt und gezählt waren nach Goldgulden und Talern. Er wälzte sich auf die andere Seite – da kamen nur neue sorgenvolle Gedanken zur Buchführung und Aufstellung einer Übersicht von eiligen und weniger dringlichen Reparaturen oder Anschaffungen. So war es fast eine Erlösung, als die Glocke zum Nacht-Officium läutete und alle Brüder aufstanden und die Treppe hinunter drängten zum Chorgestühl. Danach konnte er wirklich schlafen.

Die nächsten Tage waren damit ausgefüllt, sich eigene Übersichten zu schaffen: eine Liste der Pächter und ihrer Verpflichtungen, Verzeichnisse über Handwerker und Arbeiter im Wirtschaftshof, zu den Liegenschaften und ihrem baulichen Zustand. Zwischendurch besuchte er ohne Begleitung von Pater Gregor noch die Krankenstation des Klosters, die Küche und die Backstube.

Im Wirtschaftshof versammelte sich zum Amtswechsel am Ende der Woche das gesamte Dienstpersonal. Die Männer standen auf dem Hof vor dem Haupthaus der Werkleute, Frauen und Kinder hinter den geöffneten Fenstern im Haus. Abt Petrus Heidermann trat nunmehr in Begleitung von Pater Gregor und Pater Thomas vor die Versammelten und hielt eine kurze Ansprache:

„Der Tod unseres Novizenmeisters Pater Aloysius hat uns zu einigen Personalveränderungen gezwungen. Der Ihnen allen vertraute langjährige Kämmerer, unser Pater Gregor, ist ausgewählt

worden, diese für das Kloster so bedeutsame Aufgabe zu übernehmen. Für alle beginnt nun wieder eine Zeit der Umgewöhnung, hier und da wohl auch der Umstellung. Pater Gregor hat seine Arbeit hier bei Ihnen und in gutem Einvernehmen mit Ihnen zum Wohl des Klosters geleistet. Er war mir stets ein guter Ratgeber und Mittler. Dafür danke ich allen hier Versammelten und natürlich dir, lieber Bruder Gregor. – Seinen Nachfolger muss ich einigen von Ihnen schon nicht mehr vorstellen, weil er in den letzten beiden Jahren häufig hier war: Pater Thomas. Ich hoffe und wünsche, dass Sie ihn freundlich aufnehmen und mit ihm zu unser aller Wohl gut zusammenarbeiten. Sie wissen, dass wir in schweren Zeiten leben: marodierende Banden ziehen auch im Rheinland umher. Unser Pilger- und Armenhaus ist überfüllt mit Hilfesuchenden und Hungrigen. Viele ziehen in die Städte, weil sie dort bessere Lebensbedingungen erhoffen. Das Aufkommen an Spenden und Zuwendungen ist rückläufig. Ich hoffe dennoch, dass wir hier als eine große Familie weiterhin zusammenhalten und alle mithelfen, die Schwierigkeiten nicht noch zu vermehren sondern zu überwinden – ohne Zagen und Murren.“
Nun wandte er sich seinen beiden Begleitern zu:
„Bruder Gregor, hiermit entlasse ich dich aus dem Amt des Kämmerers und danke für deine Arbeit! Bruder Thomas, hiermit setze ich dich in das Amt des Kämmerers ein und wünsche dir für die neue Aufgabe Gottes Segen!“ Abt Petrus gab beiden die Hand, grüßte mit erhobenen Armen die Versammelten, winkte hinüber zu den Familienangehörigen an den Fenstern und verließ mit Pater Gregor den Hof. Thomas wurde umringt und beglückwünscht, bald auch von den Frauen, die nun aus dem Haus traten. Die Stimmung war unbeschwert freundlich.
In den folgenden Tagen prüfte er die Verträge mit den Lehnsnehmern. Zweiunddreißig landwirtschaftliche Betriebe zählte er, unter anderen einen Hof in Flerzheim, den Grevenhof in Oberdollendorf, die Höfe Ungarten und Sonnenberg bei Stieldorf, den Ehrensteiner Hof in Niederpleis, Hof Gielsdorf in Dottendorf.

Vier Morgen Weinberg bei Muffendorf, daselbst auch dreizehn Morgen Ackerland und zwanzig Morgen Wald. Bei Linz hatte das Kloster vom Grafen von Sayn einen Weinberg erworben und eine Rheinmühle, von Ritter Konzo von Breisig einen weiteren Weinberg. Dort war auch vereinbart, Wohn- und Lagerraum für den Vertreter der Abtei bereitzuhalten.
Thomas drehte sich alles im Kopf herum, insbesondere die eingetragenen Leistpflichten: der Wintermühlenhof hatte Zehntwein aus Honnef an den Erzbischof von Köln zu liefern, eine Fuhre Holz an die Stadt Königswinter, neun Gulden Jahreslohn an den Flurschützen. Dem Höveler Hof war auferlegt, jährlich 5 Sümber Roggen abzugeben, 35 Malter Gerste, 4 Malter Hafer, einen Kapaun und acht Hühner. In der Liste des Cruchterhofs aus Friesdorf standen 40 Malter Gerste, 15 Malter Weizen, 3 Malter Erbsen, 3 Schweine zu je 150 Pfund für die Armenspeisung, 2 Kälber, 3 Pfund Pfeffer, 1 Hut Zucker zu 3 Pfund, 100 Eier, zu Neujahr 2 Dukaten in Gold für den Abt und eine Portion Wein für den Konvent.

Immer wieder einmal verließ Thomas seinen Arbeitsraum, um in den Gärten und im Wald frische Luft zu holen. Die Leistungen waren seit Jahren nicht aktualisiert und nur oberflächlich kontrolliert worden. Nach dem Abendbrot kehrte er regelmäßig zurück. Ein schlichtes Holzkreuz hing über der Tür zum Nebenraum. Er berührte es zuweilen mit den Fingerspitzen und flüsterte: „Oh Herr – ich weiß doch nicht, ob ich diesem Amt hier gewachsen bin. Gib mir bitte die Kraft und die Einsicht, es hilfreich zu meistern.“ Etwas mehr Ordnung und Klarheit bei der Übergabe wäre ihm schon lieb gewesen. Nun fiel ihm auch auf, dass er Pater Gregor drüben im Dormitorium nie gesehen hatte. War das nicht ein Regelverstoß, sich hier mit eigenem Bett einzurichten? Niemand gab ihm nun noch Ratschläge. Alle Jahre in der Mönchsgemeinschaft konnte er sich umschauen, wie sich die anderen verhielten, konnte sich unauffällig einfügen. Jetzt aber war er allein gelassen.

Die Worte vom Abend an der Planchette kamen Thomas in Erinnerung: „Dein Weg ist vorgezeichnet und wir sind bei dir". Durfte er glauben, in dieser stillen Kammer seien um ihn auch Engel und Geister? Schauten sie ihm etwa nur auf die Finger oder halfen sie ihm auch? Er schob die Gedanken beiseite und spürte zugleich eine vertrauensvolle Gewissheit, irgendwie werde alles Schritt für Schritt gelingen. Er legte sich zurück und dachte, der Herr im Himmel werde ihm auch verzeihen, dass er sich nun den Luxus einer eigenen Bettstatt erlaube. Schließlich hatte er dafür eine selbstlose Begründung: die lieben Brüder nicht mehr zu später Stunde stören zu wollen. Im Übergang zum Tiefschlaf sah er einen grinsenden Teufel über sich – der raunte ihm zu, es sei schon recht so; die schlechten Gerüche im Schlafsaal seien einem Kämmerer nicht mehr zuzumuten. Das satanische Grinsen aber schreckte ihn wieder hoch. Im flackernden Kerzenschein lockten Schattengestalten an der Kammerdecke mit einladenden Zeichen. Wo so viel geschwiegen wurde, wie in den Klöstern, fanden die Mönche Bedeutsames im solchen Botschaften. Thomas fühlte sich eingeladen, in diesem Lichtspiel zu lesen. Im Schein sollte er sich zeigen, der Geist. Der Schein war nichts für sich – und doch wirkte sein Erscheinen. Wer konnte das Leben verstehen – diese Notwendigkeit etwa des Schlafs, um wieder zu Kräften zu kommen, den Wechsel von Tag und Nacht, von Wohlsein und Niedergeschlagenheit? Genügte der Himmel denn nicht – wozu noch die Erfindung der Hölle? Erfreuten nicht die Gesunden und Schönen – wozu dieses Joch der Mühseligen und Beladenen? Einen Verbesserungsvorschlag wollte er einreichen – da sank er in tiefen Schlaf und verwöhnte ihn ein paradiesischer Traum.

Der Vorschlag zu Verbesserungen wurde vertagt. Dringlicher waren einige Pläne für Reparaturen und Beschaffungen. Vorrang auf dieser Welt hatte die tägliche Betreuung der Armen. Bei der Zählung der Münzen in Pater Gregors Schatzkiste kam eine unerwartet hohe Summe zutage. So erteilte Thomas den Auftrag zur Verbesserung der Armenspeisung und für den Ausbau des dortigen Brunnens – seine Überdachung und Erweiterung sowie die Trennung der Waschplätze und der Latrinen für Männer und Frauen. Er nahm in Kauf, dass die Bemühungen schnell bekannt wurden und sich nicht nur vermehrt Bedürftige an der Klosterpforte einstellten, sondern auch Landstreicher, Räuber, Spielleute und mancher Galgenvogel.

XVII

Pater Gregor hatte Recht mit seinem Hinweis, dass man erst spät abends Zeit für die Buchführung finde. Während des Tages meldeten sich fortlaufend Besucher – mit Lieferungen, Beschwerden, Bitten um Terminverschiebungen oder Zahlungsaufschub. Keine Anleitung hatte man Thomas dafür mitgegeben, kein Gleichnis gab es in der Schrift, das ihm in seiner weltlichen Aufgabe geholfen hätte. Wie sollte er etwa die Aussagen der Bergpredigt deuten, die da meinten: „sei willfertig deinem Widersacher", „so jemand mit dir rechten will, und deinen Rock nehmen, dem lass auch den Mantel" nun ja, er hatte ohnehin nur eine Tunika. Wenn er Pächter wegen ihrer Versäumnisse zur Rede stellte und sie ausfallend schimpften und drohten, gab es in der Schrift nur den Rat „liebet eure Feinde; segnet, die euch fluchen; tut wohl denen, die euch hassen; bittet für die, so euch beleidigen und verfolgen." Den Brüdern in der Klausur ging das Gebot der Sanftmut und der Demut leicht über die Lippen. Hier aber, im handfesten Geschäft der Tage, musste man zuweilen kräftig auf den Tisch hauen. Nur diese Sprache sorgte für Klarheit. An der Klosterpforte und auf den Höfen hielt das wirkliche Leben stets die Hände auf oder zu. Die Schrift wiederum riet, nicht zu richten, auf dass man nicht selbst gerichtet werde.

In dieser Spannung verhärtete sich sein Wesen. Wer ihm begegnete, war zunächst freundlich, bei den Bauern und Handwerkern auch herzlich derb. Man klopfte ihm, dem zumeist jüngeren, wohlwollend auf die Schulter. Wer wollte da nicht zugänglich erscheinen? Thomas zeigte Gefühle nur noch in Andeutungen – in einem kurzen Lächeln, in sparsamen Gesten, in leichter Verbeugung. Er blieb auf der Hut vor Doppelgesichtern. Mit der Zeit las er die Gesinnung seiner Mitmenschen in den Augen, den Stimmen, der Haltung besser als in den Worten. Pater Aloysius hatte oft geraten, sich darin zu üben, jene feinen Signale der Wahrheit wie der Verstellung empfangen und einschätzen zu können. Und wenn er über seine Betrachtung der jenseitigen Welt sprach, gab er zu bedenken, dass sich nach Verlust des Körpers, nach Verlust also der eigenen Maske, eben jenes wahre Gesicht zeige, vor dem dann hoffentlich niemand allzu sehr erschrecke.

Thomas beschritt einen mittleren Weg zwischen vorgetäuschter Freundlichkeit und kalter Abweisung säumiger Vertragspartner. Er besprach mit ihnen stets mehrere Handlungsmöglichkeiten, eine Umstellung etwa von vereinbarten Naturalabgaben zu Zinsleistungen, einen Zahlungsaufschub oder auch einmal den Verzicht auf eigentlich Zustehendes – so, dass das Ergebnis beiderseitig hinnehmbar war. Zuneigung hatte für ihn keine Bedeutung mehr, aber gegenseitige Achtung. Zweiunddreißig Pächter zählte das Kloster. Viele klopften nun an die Tür – einerseits, weil sie neugierig waren, den jungen Kämmerer kennenzulernen, andererseits, weil ihnen selbst daran lag, ihre Abgabeverpflichtungen auf Zinsleistungen umzustellen. So waren sie bei der Bestellung der Felder nicht mehr an die Auflagen des Klosters gebunden, konnten diese – insbesondere in der Viehzucht – nach eigenen Vorstellungen bewirtschaften.

Schwierig war die zutreffende Einschätzung der Gerberei. Thomas bat den Gerber zu sich. Er wollte der Handelnde sein, sich nicht von den Erwartungen der Betroffenen drängen lassen. „Ich möchte auf Ihren Vorschlag zurückkommen, am Bach eine neue Walkmühle einzurichten“, begrüßte er ihn. „Sie haben ja auch einen achtzehnjährigen Sohn, der eine gute Zukunft vor sich sehen soll. In der Sache müssen wir folgendes abwägen: seit einigen

Jahren hat die Herstellung von Papier eine explosionsartige Entwicklung genommen – und nun auch das Druckergewerbe. Die alte Buchfertigung ist zu aufwendig; für ein Buch benötigt man Felle von zweihundert Schafen. Die Universitäten und die Klöster kaufen inzwischen Papier, Farben und Tinte viel günstiger in den Städten, ja auch fertige Schriften. Von Hand geschriebene Bücher wird es nicht mehr geben. Damit geht die Herstellung von Pergament zu Ende. Zukunft hat gewiss die Fertigung von Leder und Lederwaren – also von Taschen, Schuhen, Bekleidung, sogar Ledertapeten. Diese Zukunft liegt in den Städten und dort in der Hand der Zünfte – der Tuchmacher, der Schuhmacher, Kürschner und Sattler. Sie haben wohl keine Wahl: Ihr Sohn sollte dort seine Ausbildung erhalten und dann prüfen, ob er hierher zurückkommen möchte, vielleicht auch beides miteinander verbinden kann. Davon sollten wir abhängig machen, ob die Einrichtung einer Walkmühle sinnvoll ist. Die alte Mühle auf dem Damm zwischen den Fischteichen jedenfalls ist nicht mehr zu gebrauchen.“ Der Gerber hatte die Entwicklung schon kommen sehen und war zunächst einmal froh, noch Einfluss nehmen zu können. Es mochte sich fügen, dachte er, dass auch die städtischen Zünfte gerne auf eine solche Walkmühle oder die Tuchfärbung auf dem Lande zugreifen würden. Er bedankte sich und versprach, diese Überlegungen prüfen zu wollen.
Thomas sah wohl die Gegenseitigkeit des Geschäfts: das Kloster als Gutsherr, die Anstellung der Handwerker und Lohnarbeiter, die Verpflichtung der Bauern, die Bindungen im Handel – dem gegenüber der intellektuelle und geistliche Dienst für die menschliche Gemeinschaft, die Stärkung des Glaubens, die Bewahrung des Schriftguts. Unbehagen bereitete ihm gleichwohl jede Aufrechnung von Schenkungen mit der Zusage von Gebeten. Noch stand der Adel zu den Klöstern – und erwartete solche Leistungen. Die intellektuelle Anziehungskraft war es, die manchen Sohn der Herrschenden zum Eintritt und weiterhin zur Übernahme von Ämtern bewog. Nahezu alle seine Amtsvorgänger kamen bisher

aus dem Adel. Nicht dulden wollte Thomas jedoch, dass einige Stiftungen nur im Blick auf gewährte Steuerfreiheit geleistet wurden. Für ihn sah es wie ein Kuhhandel aus, dass das Kloster dem Stifter die Nutzungsrechte gegen Abgabeleistungen wieder überschrieb. Ihn schmerzte die Erkenntnis, dass es ein Leben in gläubiger Versenkung nicht geben konnte; Mönche waren Teil der Geschäftswelt.

So begab er sich an die Überarbeitung des Verzeichnisses, das alle Schenkungen und Stiftungen aufführte und säuberlich darlegte, an welchen Tagen für welche Persönlichkeiten Messen zu lesen waren. Nachts aber, wenn er keinen Schlaf fand, überkam ihn wieder die Barmherzigkeit: die Gebete für die Verstorbenen – daran glaubte er fest – linderten doch die Pein über alle weltlichen Verfehlungen, die auch Stiftern im Jenseits dauernd vor Augen gehalten wurden. Die Nächstenliebe hörte mit dem Tod nicht auf. Es werde die Abgeschiedenen freuen, dachte Thomas, wenn ihrer in Liebe gedacht wird.

XVIII

Die Welt schien aus den Angeln geraten zu sein: Die Seefahrer zeichneten neue Karten der Erde und des Kosmos. In den Städten organisierte das Bürgertum unabhängige Betreuungseinrichtungen für Kranke und Alte, für Witwen und Waisen, für Arme und Obdachlose. In der Ferne war das Leben; in den Dörfern gab es nur den gleichförmigen Tagesablauf – am Herd, im Stall, auf dem Feld. Man umringte Durchreisende und freute sich über jedes aufregende Gerücht. Gleichwohl hielten die Menschen den Atem an, wenn solche auch die heilige katholische Kirche einbezogen. Von der Erscheinung des Antichristen war seit dreißig Jahren die Rede und vom Kommen eines gesalbten Erlösers. Priester gar predigten verbittert über das sündige Rom; Girolamo Savonarola – der Prior des Dominikanerklosters in Florenz – prophezeite

tödliche Plagen und ein göttliches Strafgericht, auch über kirchliche Würdenträger. Das verbitterte Papst Alexander VI.. Als der Prior auch noch wagte, vor versammeltem Volk die baldige Ankunft eines Engelpapstes anzusagen, verstieß Alexander VI. diesen Störenfried aus der Kirche. Savonarola wurde gefoltert, gehängt und verbrannt. Der Maler Sandro Botticelli übersetzte einige der Prophezeiungen des Priors in seine Gemälde – nur die Betrachter verstanden seine Botschaft erst viele Jahre später. Und einer der Schüler Savonarolas zog alle Aufmerksamkeit auf sich, als er erklärte, ein Engel habe nunmehr ihn beauftragt, die Kirche zu erneuern. Die Gläubigen schlugen die Hände über dem Kopf zusammen.
Unmerklich zunächst verlor die römische Kirche an Zuspruch und Einfluss, das Kloster an Bedeutung. Thomas bemerkte eine zunehmende Distanz des Adels und einen Rückgang der Schenkungen. Die Mönche verließen häufiger das Kloster, übernachteten bei Verwandten und Freunden, legten sich eigene Kleidungsstücke zu. Andere wiederum luden fremde Gäste in das Kloster ein, durchstreiften mit ihnen wider die Ordnung den Kreuzgang und die Gärten. Der Bibliothekar hatte das Kopieren alter Handschriften eingestellt. Das Kloster wollte mit der Zeit gehen: in Frankfurt hatte der Volksbuchdrucker Egenolph Texte eines gewissen Johann Lichtenberger und die Weissagungen der Sibylle veröffentlicht, die allenthalben für Aufsehen sorgten und natürlich auch in Heisterbach diskutiert werden mussten. Für Neuankäufe aber war nicht genug Geld im Topf. Kloster Heisterbach drohte – wie bereits viele andere Klöster – in die roten Zahlen zu geraten. Abt Petrus tadelte die Nachlässigkeiten wiederholt in der Kapitelversammlung und litt erkennbar an jeder neuen Missachtung der Regula Benedicti.
Schleichend also verdrängten weltliche Einflüsse die Stille und die besondere Begabung der Mönche, in Gedanken und Gebeten Mittler zwischen irdischen Anliegen und himmlischen Mächten zu sein. Die Fürbitten gerieten zu lästigen Pflichtübungen. Latei-

nische Texte wurden gedankenlos gemurmelt. Die Gebetsverpflichtungen hatten ihre Innigkeit verloren, waren ohne Liebe und – so musste befürchtet werden – damit auch ohne die erhoffte Wirkung.

Das Generalkapitel des Ordens der Zisterzienser veranlasste regelmäßig Visitationen, um die Einhaltung der Regula zu wahren. Für Heisterbach kamen die Prüfer aus dem Kloster Himmerod. Thomas hatte sich gerade über eine Liste des weit verstreuten Klostereigentums gebeugt, da klopften sie an die Tür. Ein Gespräch mit Abt Petrus hatten sie schon gehabt und nun baten sie um Aufschluss über die Lage der Finanzen, den Zustand der Gebäude, das Verhältnis zu den Pächtern und allerlei Gewohnheiten des Tagesablaufs. Die Besucher waren beeindruckt von der vorbildlichen Buchführung des Kämmerers. Sie lobten die gute Zusammenarbeit mit den Handwerkern, Lohnarbeitern und Bauern. Einige Empfehlungen gaben sie Thomas zum Umgang mit den weit verstreuten Höfen, die dem Kloster durch Besitzüberschreibungen auf der anderen Rheinseite zugefallen waren. Dann verabschiedeten sie sich und zogen weiter zu Pater Caspar. Man sehe sich ja noch zum Abschlussgespräch, sagten sie. Hierzu trat tags darauf der Konvent im Kapitelsaal zusammen.

Abt Heinrich von Tomberg, der Leiter der Visitation, dankte Abt Petrus eingangs für die brüderliche Aufnahme und die Offenheit der Gespräche. Leider, meinte er, hätten solche Besuche schnell den Anschein von Kontrolle. Das aber sei nicht im Sinne der Ordensregel. Vielmehr gehe es um die Wahrung gleicher Auffassungen und einer gleichen, schlichten Lebensführung in allen Klöstern der Zisterzienser. Im Sinne solchen Erfahrungsaustausches seien auch alle Anregungen zu sehen: „Es erfüllt uns mit Freude", meinte er dann, „dass diese Burg des Herrn den Vorstellungen entspricht, die uns die Gründer des Ordens mit auf den Weg gegeben haben. Auch fromme, wohlwollende Bürger draußen unterstellen uns leichthin, wir hätten uns zum Gebet zurückgezogen und sorgten uns – abgesehen von den Brüdern in der Armenspeisung – nicht um das Leid der Welt. An den Taten aber werden wir gemessen, nicht nur an den Worten. Das heißt nun aber nicht, das Gebet zu vernachlässigen. Es ist uns aufgefallen, dass einige Brüder den Stundengebeten fernbleiben, insbesondere dem Nachtgebet. Mit der Zeit hat man auch ein feines Gespür für die Innigkeit der Gebete; wir wünschen uns mehr Aufmerksamkeit dafür, dass sie nicht zu Formeln erstarren. Die Zisterzienser haben sich der Enthaltsamkeit verschrieben. Sie drückt sich auch in der Kleidung aus. So tragen wir alle einfache Wollgewänder. Einem Bruder sind wir gestern begegnet, der einen seidenen Umhang mit Pelzbesatz trug. Die Mönche sind es, die bei der neuen, bürgerlichen Orientierung an Äußerlichkeiten und weltlicher Unersättlichkeit noch Zeichen der Zurückhaltung setzen. Erlauben wir bitte der Gefallsucht keinen Zugang. Kostbare Kleidung verknüpft uns zu sehr mit der Diesseitigkeit. Damit erschöpft sich auch schon jede weitere Empfehlung. Wir sind glücklich, dass dieses Kloster nicht in Schulden geraten ist und nun durch Verkauf von Teilen des Besitzes das eigene Überleben sichern muss. Wir bewundern das Geschick, wie Ihr die Betreuung der Armen und Pilger gestaltet, wie Ihr mit den Bauern und Handwerkern umgeht. Wir wissen die Klugheit zu schätzen im Verkehr mit den hiesigen Burggrafen und dem Vogt, mit den Ämtern Löwenburg und Blankenberg. Das Kloster hat weit über das Kölner Bistum hinaus einen guten Ruf. Dafür übermittele ich den Dank unseres Generalkapitels und wünsche euch weiterhin Gottes Segen!“ Auf ein Zeichen hin erhob sich die Versammlung. Abt Petrus geleitete die Delegation hinaus.

Thomas nahm sich nach der Vesper wieder die Übersicht des Klosterbesitzes vor – und hier den Streubesitz auf der anderen Rheinseite. Nicht nur Baron von Bemberg hatte dem Kloster Wald und Felder bei Flamersheim gewidmet, sondern auch die Herren von Heinsberg und Gymnich im Süden von Köln. Abgaben über solch weite Anfahrtswege zum Kloster waren weder wirtschaftlich sinnvoll noch zu überwachen. So verließ er nun häufiger das Kloster, um Interessenten für einen Tausch oder den Verkauf solchen Grundbesitzes zu finden, wenigstens aber näher gelegene Märkte. Die Ausflüge taten ihm gut, bedrückten ihn doch die Geschäfte und die Aktenberge mehr als er gedacht hatte. Gab es kein bestimmtes Ziel, dann nahm er einfach hinter dem Kloster den Waldweg hinauf zum Weilberg, zuweilen auch bis zum Hof der Hövels – dort aber mochte er nicht gesehen werden; er wollte den Eindruck vermeiden, er käme etwa wegen der schönen Tochter. Eher schaute er deshalb bei den Nachbarhöfen herein.

Der einsame Mönch auf den Feld- und Waldwegen war den Bewohnern um die Höfe von Heisterbacherrott mit der Zeit so vertraut, dass Geschichten um ihn gesponnen wurden. Thomas hatte davon bisher nichts gehört; er war nur immer wieder befremdet, bei sich selbst den Widerstreit zwischen der eigenen Vernunft und den merkwürdigen Begehrlichkeiten seines Körpers nicht beherrschen zu können. Oben im Kopf behauptete sich der Wille zur Keuschheit, darunter jedoch ein unbeschreibliches Verlangen nach Hingabe. Und so trieb es ihn Schritt für Schritt hinüber zum Hövelschen Hof, jedes Mal aber mit plötzlichen Beklemmungen wieder zurück. Später, in seiner Kammer, war er doch zufrieden, dass der Kopf gesiegt hatte – nicht etwa aus Überzeugung, sondern aus Angst. Abt Petrus pflegte in der Kapitelversammlung auch schon die leichtesten Verfehlungen der Brüder zu tadeln. In Träumen sah er sich bereits selbst als Opfer da stehen. Ein schlechtes Gewissen hatte man schnell. „Pater Thomas“, hörte er ihn dann rufen, „es ist mir zu Ohren gekommen, dass du die Ehre einer jungen Frau missachtet hast, der Tochter eines in unserer Abhängigkeit stehenden Pächters. Das ist nicht nur verwerflich; du hast auch gegen dein Gelübde verstoßen! Fünfzehn Schläge mit der Riemenpeitsche!“ Und dann verlor er seine Würde – musste sein Obergewand ablegen, seine Schuld bekennen und um Vergebung bitten, sich auf den Kachelfußboden legen und die Schläge hinnehmen. Schlimmer noch waren die Blicke der versammelten Brüder, der Verlust des Vertrauens und der Achtung, gar der seines Amtes.

Schwach war die Vernunft; stark war das Verlangen. Stark war die Angst. Warum nur hatte der Schöpfer das nicht anders eingerichtet? Thomas wollte doch nur ein wenig von der Schönheit trinken, Hövels Tochter einfach nur anschauen. War das schon verwerflich? War die Schönheit nicht ein Gottesgeschenk? Ach – die Kurkölner scherzten nur um sie und in der rheinfränkischen Sprache war sie ohne Zauber. Wann eigentlich – fragte er sich auf einer seiner Wanderungen durch den Wald – wann war der Mensch schön? Die Kinder waren es mit ihren reinen Augen, aber auch alte Menschen konnten es sein. Da zeigte sich ein innerer und äußerer Gleichklang, eine Harmonie der ganzen Erscheinung. Ja – sie kam aus dem sanftmütigen Herzen, hatte von dort her ihre Wärme, ihre Anmut bei den Jüngeren, ihre Geistigkeit bei den Älteren. Schönheit war in jedem freundlichen Lächeln. Schöne Augen zogen magisch an. In ihnen wollte er sich so gerne verlieren. Nur eben das war die sündige Versuchung. In solchen Bann durften Mönche nicht geraten. Denkend also wollte Thomas sein Verlangen mäßigen. Da halfen wieder die lateinische Sprache und der weise Augustinus: „pulchrum dicit dispositionem boni". Die Arbeit war es schließlich, die Thomas wieder zur Vernunft brachte.

XIX

Thomas erstellte ein aktuelles Verzeichnis der jährlichen Abgaben. Pater Gregor hatte sich mit mündlichen Bestätigungen der Pächter wie der Empfänger in der Küche, im Armenhaus und im Wirtschaftshof zufrieden gegeben. Zu handgeschriebenen Schuldscheinen, die Thomas in den Unterlagen gefunden hatte, gab es keinen Vermerk über die weitere Bearbeitung. Es gehörte einmal mehr zur unbekümmerten Weltsicht des Klosters, dass Mönche mit Gottvertrauen und gutem Willen schon in der Lage seien, alle ihnen zugewiesenen Aufgaben ohne Schwierigkeiten zu erfüllen. Nur gut, dachte Thomas, dass bei der Visitation niemand die Belege sehen wollte. Zweiunddreißig Bauern standen als Pächter auf der Liste; bei lediglich siebenundzwanzig von ihnen waren die Abgaben nachweisbar. Er entschied sich, für alle Pächter und Händler nur noch eine Anlauf- und Sammelstelle im Wirtschaftshof einrichten zu wollen und Anlieferungen wie Weitergaben schriftlich zu dokumentieren. Dazu benötigte er einen geeigneten Hofmeister. Vielleicht war es eine himmlische Fügung, dass der Gerber kaum noch Arbeit hatte und diese Aufgabe wohl übernehmen könnte. Pater Christian stellte sicher, dass Thomas seine Pläne gleich morgens am folgenden Tag Abt Petrus vortragen konnte. Der Abt zeigte sich erstaunt. Er hatte Pater Gregor vorbehaltlos vertraut und sich um die wirtschaftlichen Angelegenheiten selten Sorgen gemacht. Die Empfehlungen von Thomas überzeugten ihn. Dankbar willigte er ein – auch zur Bestellung eines Hofmeisters und der Besetzung mit dem Gerber – beendete dann aber wegen starker Magenschmerzen unverzüglich das Gespräch.

Noch bevor der Konvent im Kapitelsaal zusammentrat, verbreitete sich im Kloster die Nachricht, ein Notarzt sei zum Abtshaus gerufen worden. Neben den Stuhl des Abtes hatte man im Saal schnell zwei weitere Stühle gestellt. Mit leichter Verspätung traten der Prior und der Subprior ein. Der stehenden Versammlung teilte Prior Konstantin mit: „Der allmächtige Vater, liebe Brüder, hat Abt Petrus Heidermann völlig unerwartet zu sich gerufen. Ärztliche Hilfe konnte nichts mehr verrichten. Sein Herz hat kurz vor zwölf Uhr aufgehört zu schlagen. Abt Petrus war uns vierundzwanzig Jahre lang ein guter, ein gütiger Hirte. Der Herr möge ihn segnen. Er war ein Freund sparsamer Worte. Was auch immer wir in dieser Stunde sagen möchten, das denken nun auch wir ihm in aller Stille zu." Prior Konstantin gab das Zeichen, sich zu setzen. Die Versammelten nahmen in den Bankreihen Platz,

der Prior und der Subprior auf den bereitgestellten Stühlen. Der Sitz des Abtes blieb leer.
Wer es nun gewagt hätte, in dieser schweigenden Männerrunde aufzuschauen, der hätte in den reglos in sich gekehrten Gestalten vergeblich irgendeine Bewegung gesucht. Das Licht der Kerzen lag ruhig auf den wächsernen Gesichtern und den weißen Gewändern. Nachdenkliche, besorgte, aber auch vertrauensvoll zuversichtliche Augen gaben die einzigen Zeichen von Leben. Die Stille hatte gleichwohl ihre Sprache. Man spürte noch die Wirkung der Visionen des Abtes im Saal, seine Ermutigungen, aber auch seine richterliche Strenge. Stets vermittelte er das Gefühl, er könne die Gedanken der Brüder lesen. Oft nahm er sie auf, gab ihnen seine Richtung, verband sie zu stillschweigendem Einvernehmen. Gemeinsam sahen sie das Geschehen weiter und tiefer, spürten sie im Kloster einen über den Einzelnen hinausgreifenden Geist.
„Es ist nicht die Stunde für weitere Beratungen", nahm Prior Konstantin nach langem Schweigen wieder das Wort: „wir werden unseren Bruder morgen zu Grabe tragen und uns in drei Tagen hier zur Wahl seines Nachfolgers wieder einfinden. Ich schließe die Versammlung."
Vor dem Altar in der Abteikirche hielt eine große Zahl der Mönche die Nacht über Wache; dort lag ihr Abt in einem schlichten Sarg. Kein Wort wurde gesprochen, kein Psalm gesungen. In ihren Gedanken zeichneten sie die Jahre nach, die sie gemeinsam verbracht hatten. Der strenge Hirte sah im Kerzenschein geradezu gütig aus. Nicht auf dem klösterlichen Grabfeld wurde er am nächsten Vormittag in die Erde gegeben, sondern unter dem Klang der Glocke im Kreuzgang unmittelbar an der Kirchmauer.
Nach einer Weile des Schweigens dann sprach der jüngste Novize in die Stille hinein Worte des Propheten Maleachi:

„Das Gesetz der Wahrheit war in seinem Munde. Nichts Böses ging ihm über die Lippen. Friedsam und aufrichtig wandelte er vor Gott!"

Viele fragten sich, wo er nun sein mochte. Wie oft hatte er gepredigt, dass nichts in der Welt verloren gehen könne. Wir sollten uns die Sonne anschauen, sagte er; sie strahle seit undenkbaren Zeiten Licht und Wärme aus und werde doch nicht weniger. Wir sollten das Wasser betrachten. Es werde verbraucht, verschmutzt und fließe überall ab – komme aber doch kristallklar immer wieder zurück. Alle könnten es erkennen: nichts gehe verloren, wo sollte es denn auch hin? Thomas überkam gleichwohl eine nicht gekannte, tiefe Traurigkeit. Mochte er das Leben auch in größeren Zusammenhängen denken – er war den Tränen näher als der christlichen Verheißung.

Die letzte Zusammenkunft im Kapitelsaal vor dem Umbau galt der Wahl des Nachfolgers von Abt Petrus. Prior Konstantin leitete die Versammlung. Neununddreißig Mönche waren alphabetisch geordnet auf dem Wahlzettel verzeichnet. Jeder erhielt am Eingang einen solchen Zettel, kennzeichnete den Namen seiner Wahl mit einem Haken, faltete ihn und legte ihn in einen dafür bereitgestellten großen Tonkrug. Nach einem kurzen Gebet wurden die Wahlzettel aus dem Krug genommen und gezählt. Pater Stephan bestätigte vor aller Augen neununddreißig Stimmabgaben. Erneut wurde die Gültigkeit geprüft und festgestellt. Nacheinander las Pater Stephan die mit Haken versehenen Namen vor und vermerkte sie in einer Übersicht. Sehr bald war klar: die meisten Stimmen erhielt Pater Johannes von der Leyen, der Almosenmeister. Mit Abstand folgte Pater Winfried.

Die Versammlung erhob sich. Prior Konstantin gab das Ergebnis bekannt und bat Bruder Johannes zu sich. Zum Zeichen des Gehorsams verneigte er sich tief, gab ihm den Bruderkuss und geleitete ihn zum Sitz des Abtes. Etwas benommen noch wirkte der neue Abt. Alle Brüder folgten nun, knieten vor ihm nieder und setzten sich dann zurück auf die Bänke. Abt Johannes dankte demütig für das große Vertrauen und bat um einige Minuten des Gedenkens an seinen Vorgänger. Jede Herausstellung seiner Person war ihm unangenehm. Mehrstimmig sangen die Brüder nun den Canon Magnificat anima mea Dominum. Nicht die Sprache – nur solcher Gesang erhob die Herzen und leitete zu versöhnlicher Gesinnung. Prior Konstantin erinnerte die Versammlung noch einmal an den Umbau: von morgen an würden in diesem Saal die Betten des Dormitoriums stehen. Während der Bauarbeiten komme man zu den Versammlungen des Konvents im Refektorium zusammen.

Der Scriptor hatte noch einige Tage damit zu tun, die Benachrichtigungen zum Ableben von Abt Petrus und zur Wahl seines Nachfolgers zu fertigen, die an alle Klöster des Ordens und den Kölner Erzbischof gesandt wurden. Neuer Leiter des Pilger- und Armenhauses wurde Pater Christian.

Mit der Wahl von Pater Johannes zum Abt rückten die Mönche das Hauptanliegen des Ordens wieder in den Vordergrund – den Dienst an Armen und Obdachlosen. Und sein Nachfolger Pater Christian war von gleichem Geiste. „Das sorgenlose Leben wie die Notzeit", gab Abt Johannes bei der ersten Messe nach der Wahl zu bedenken, „sind Anstöße zur Entwicklung der eigenen Persönlichkeit: Wohlstand verleitet unmerklich zu selbstgefälliger Lebensweise. Begegnen einem solchen Menschen streitsüchtige und rücksichtslose Gestalten, schlägt ihr eigentlich gutmütiger Wesenszug schnell um in zornige Reaktionen. Euch nun ist gesagt, sanftmütig zu bleiben. Das eben ist die hohe Lebenskunst – nicht mit gleicher Münze heimzuzahlen, sondern die Grobheit mit Geschick einzuhegen. Das bleibt mühsam, denn spontan behaupten sich immer wieder Verbitterung und Zorn. Bleibt ihr sanftmütig, wirkt das wie eine Entwaffnung. Wir wollen auch nicht darüber klagen, dass es Bettler und Verzweifelte gibt. Wir wollen sie aufrichten und ermutigen. Unsere Armenspeisung und die Beherbergung, liebe Brüder, sind zugleich Mittel, in uns selbst den Geist der Zuwendung auszubilden. Der Geist wächst und wirkt, mag der Körper auch alt und schwach werden. Ich hoffe und wünsche einem jeden von euch – wenn eure Zeit hier abgelaufen ist – dass der Geist nicht verkümmert vor dem Herrn erscheint, sondern kraftvoll leuchtend."

Wie bei jeder Zusammenkunft schloss das Gebet mit der Bitte: „Domine – libera nos a peste, fame et bello" und der Schlussgesang mit dem mehrstimmigen „sursum corda".

XX

Das Feilschen der Händler, das Murren der Pächter und der Berg der Rechnungen fördern auch bei dem gutwilligsten Menschen Fluchtgedanken. Thomas dachte zurück an die Anfänge, an den beschaulichen ersten Eindruck des Klosters zwischen den Wäldern, an Besinnung und Gebet. Nun saß er in seiner Kammer bei dieser unliebsamen Arbeit. Vom Wirtschaftshof her quälten Schleifgeräusche einer Säge und derbes Stimmengewirr. Vom Kloster her drang der Mönchsgesang der Totenmessen. Verließ er das Tal zu einer seiner Waldwanderungen, musste er ja doch wieder zurück in das freudlose Geschäft. Was wusste die Welt von der Wirklichkeit des Klosterdaseins?

Von Gerber Berthold hörte er, dass sein Sohn die Gerberei nicht übernehmen wolle. Der Oheim im Weiler Altenrott hatte ihm angeboten, dort das Land zu bestellen. Damit war die Zukunft der Gerberei wieder ungewiss und der von Berthold gewünschte Bau einer Walkmühle unnötig. Thomas bat ihn in sein Arbeitszimmer und bot ihm gegen alle Gewohnheit nicht nur einen Platz an, sondern auch einen Becher Wein. „Man wünscht sich immer überschaubare und berechenbare Verhältnisse", begann er die Unterredung, „aber das Gegenteil ist die Wirklichkeit – und alles Neue ängstigt". Berthold schaute den Kämmerer fragend an und

wurde unruhig. Solche Einleitungen ließen erfahrungsgemäß nichts Gutes ahnen.
„Wir hatten ja schon darüber gesprochen: die städtische Entwicklung, die umwälzenden Entdeckungen und Erfindungen, die Reformation und der Abfall vom Glauben – nichts ist sicher“. Berthold hatte schon einen Kloß im Hals und nahm einen kräftigen Schluck Wein. „Wir können nicht einmal darauf vertrauen, dass dieses Kloster hier draußen zwischen den Bergen noch lange Bestand haben wird“. Berthold leerte erschrocken den Becher und hielt ihn dem Kämmerer zum Nachfüllen hin. Angst stieg in ihm hoch.
Thomas spürte die Unruhe, füllte den Becher und fuhr versöhnlich fort: „Wir müssen uns der Zeit anpassen. Und dazu benötige ich Ihre Mithilfe! Das Gerben und Färben müssen Sie auch nach Fortgang Ihres Sohnes nicht einstellen, aber angesichts des geringen Bedarfs doch erheblich zurückführen. Nein, ich brauche Ihre Hilfe in meinen eigenen Geschäften – und selbstverständlich mit angemessenem Lohn. Ich möchte Sie bitten, die Stelle eines Hofmeisters anzunehmen“. Berthold blickte ungläubig auf, lehnte sich zurück, holte tief Luft, vergaß seinen Becher und fragte überrascht, wie er das verstehen dürfe. Thomas sprach nun ausführlich über die Wirtschaftsverhältnisse des Klosters, über Buchführung und fehlende Nachweise, über den Umgang mit Pächtern und den Handel auf den umliegenden Märkten. Berthold leuchtete ein, dass ein solches Unternehmen nur mit großer Erfahrung, guter Organisation und zuverlässigen Mitarbeitern zu meistern war – und schwieg.
Beide saßen sich am Tisch eine Weile wortlos gegenüber, den Kopf auf die Hände gestützt. Thomas schaute Berthold schließlich gerade in die Augen und wiederholte fast bittend: „Ich brauche Sie! Ich habe großes Vertrauen, dass wir beide es zusammen schaffen können!“ Nun geschah das Unvorstellbare: diesem alten, raubeinigen Gerber mit den Schultern eines Seemanns kam eine

Träne aus den Augen – und eine zweite. Er wollte nicht sprechen. Er sah nur still an sich herunter.
Thomas hatte Sorge, in dieser Stille ein unpassendes Wort zu sagen, eine missverständliche Geste zu wagen. Gerne hätte er ihm seine Hände aufgelegt. Verlegen schob er seinen Stuhl zurück und füllte neuen Wein in die Becher. Und so fanden beide schnell in ihre vertrauten Rollen zurück. Berthold räusperte sich und fragte zweifelnd: „Sie wollen Ihre Arbeit also wirklich mit mir zusammen tun! Ihr Vertrauen ist mir wichtig! Ich will Sie nicht enttäuschen. Ich sage ja!“ Thomas sprang auf wie ein kleiner Junge, lief um den Tisch, umarmte den Gerber, griff nach dem Weinbecher und beide tranken auf die gemeinsame Zukunft. Vor Freude nannte er ihn beim Vornamen und weinselig beschlossen sie, beide bei den Vornamen zu bleiben.
Nach und nach wurden mit den Bauern und den Forstmeistern neue Verträge geschlossen und eine jährliche Abstimmung der Leistungen vereinbart. Die Lieferungen von Schafs- und Ziegenfellen liefen zum Jahresende aus. Im Kloster und im Wirtschaftshof hatte man die neue Aufgabe des Gerbers gutwillig aufgenommen und die Entscheidung beachtet, alle Warenlieferungen nur noch über den Hofmeister abzuwickeln.
Gemeinsam nahmen sie sich nun die ungeklärten Leistungen der Pächter vor, bei denen der Abgabenachweis fehlte. In zwei Fällen gaben die Bauern ihr Versäumnis freimütig zu und baten um Aufschub. Empört wiesen die Pächter der Felder bei Stieldorf jeden Verdacht zurück, sie hätten ihre Verpflichtungen nicht eingehalten. Die Abgaben – hauptsächlich Lieferungen von Weizen und Roggen, Gemüse und Milch – hätten sie stets an der Scheune im Wirtschaftshof oder an den Küchen des Refektoriums und des Armenhauses erbracht, selbstverständlich nach Treu und Glauben. Namen der Empfänger konnten sie nicht nennen; man habe dort doch immer neue Gesichter gesehen. Thomas bestellte die drei Pächter in der Folgewoche zu verschiedenen Zeiten ein und kündigte auch eine Gegenüberstellung mit dem eigenen Per-

sonal an – ohnehin eine Neuverhandlung aller Fron- und Spanndienste. Rätselhaft verhielt sich schließlich ein Bauer aus dem Weiler Hattenrott. Er war nie anzutreffen, seine Frau wirkte hilflos und kränklich. Sie hinterließen die Aufforderung an ihn, sich am ersten Tag des nächsten Monats im Kloster zu melden.

Die Einsetzung des Hofmeisters war für Thomas ein Glücksfall, für Pächter, Lager- und Küchenpersonal ein Schrecken: Berthold ging täglich durch die Küche und stieg in alle Keller und Lagerräume. Er registrierte die Bestände und den Verbrauch. Er änderte die Verfahren der Anlieferung und der Abfallbeseitigung. Neugierige, abweisende, gar ängstliche Blicke der Küchen- und Lagerhelfer verfolgten ihn auf Schritt und Tritt. Der Küchenmeister räumte ein, er habe Frater Heinrich, seinem Stellvertreter, alle Angelegenheiten der Verwaltung und des Einkaufs überlassen – und ihn nunmehr seit zwei Tagen nicht gesehen. Das sei aber schon häufiger so geschehen; er besuche dann wohl Bauern, die Händler und die Märkte.
Kämmerer und Hofmeister veränderten die Betriebsverfahren von Grund auf. Die vertrauten Baufuhren und die Anlieferung von Naturalien entsprachen nicht mehr dem vielschichtigen Bedarf. Das Kloster unterhielt zwar am Waidmarkt in Köln einen einträglich wirtschaftenden Stadthof, die Pachtverträge wurden jedoch – wo immer möglich – auf Geldleistungen umgestellt und in Gulden beglichen.

XXI

Am 18. Oktober 1537 gedachte Kloster Heisterbach der Weihe vor dreihundert Jahren. Zur Feier hatte man viele Gäste eingeladen. In der Frühe lag über dem Peterstal noch der Bodennebel. Erste Besucher, die von den umliegenden Höhen kamen und aus dem Wald traten, sahen nur die obere Hälfte der Abteikirche und die feine Turmspitze mit der frei hängenden Glocke, als nähme

das Gotteshaus ein Bad in Wolken. Bald aber vertrieb die Sonne den feuchtweißen Zauber, spielte funkelnd im Glockenstuhl und erhellte den schon in herbstliche Farben getauchten Wald. Am späten Vormittag lag das Tal unter strahlendem Himmel. Die Laubbäume umringten das Kloster wie angezündete gelbe und rote Kerzen. Vor der Klosterpforte drängten sich inzwischen Kutschen und Kaleschen. In der Kirche fanden sich festlich gekleidete und feierlich gestimmte Gäste ein. Die ersten Bankreihen füllten sich mit Ehrengästen aus dem Erzbistum Köln, benachbarten Burgherren und Delegationen anderer Klöster, insbesondere des Mutterklosters Himmerod. Musiker stimmten ihre Instrumente: ein rechter Tag des Herrn.
Zur vollen Stunde erhob sich unter dem Geläut der Glocke die Versammlung. Neununddreißig Mönche schritten im Kerzenglanz bei kraftvollem Orgelklang durch den Mittelgang, als letzter Abt Johannes von der Leyen. Vor dem Chorgestühl steckten sie die brennenden Kerzen in aufgestellte Halter und nahmen Platz. Die Gemeinde grüßte mit dem Eingangslied Veni Creator Spiritus und der Chor verhieß vielstimmig: Christus vincit, Christus regnat, Christus imperat. In einer kurzen Ansprache erinnerte Abt Johannes an die Zeit des Klosterbaus, an Gründungsabt Herrmann und die ersten zwölf Brüder aus Himmerod. 1189 waren sie auf dem Stromberg – dem späteren Petersberg – in einige dort leerstehende Klausen von Einsiedlern eingezogen. Von dort aus leisteten sie den Aufbau des Klosters nahe einem Weiler hier im Tal der Heistern. Abt Johannes verschwieg auch die Rückschläge nicht – den Einsturz des Dormitoriums 1224, dreißig Jahre später einen größeren Brand, einige Unglücksfälle und Zeiten der Verschuldung durch rückständige Zinszahlungen bis in das 14. Jahrhundert. Dann aber ging es – auch durch großzügige Schenkungen – erkennbar aufwärts. Der Wirtschaftshof erreichte seine jetzige Kraft, die Betreuung der Armen und Obdachlosen wurde ständig verbessert. Nunmehr also stellte sich das Kloster so leuchtend dar wie draußen der Sonnenschein über dem Tal. Angesichts

der hohen adeligen Gäste ergriff Abt Johannes die Gelegenheit aber auch zu kritischen Worten über willkürliches und eigensüchtiges Herrschaftsverhalten: „die Geschichte der Menschen“, predigte er, „verlangt immer neu nach weiser Anleitung des Volkes. Es genügt eben nicht, die Entwicklung sich nur selbst zu überlassen. Der Prophet Hesekiel sprach einmal von den Hirten, die über ihre Herde nicht gewacht und ihr eigenes Vergnügen gesucht hatten. Die Schafe verliefen und verloren sich deshalb, wurden auch Opfer wilder Tiere. Führer bleiben – wie Hirten – dem Wohle ihres Volkes verpflichtet. Sie müssen sich auch die erforderlichen Kenntnisse erarbeiten zu Güte und Erhalt der Weideflächen, zum Schutz der anbefohlenen Schafe und zu dem Ausmaß, in dem sie ihnen an die Wolle gehen dürfen.“ Die Gäste warfen sich verstohlen dunkle Blicke zu. Der Chor sang zum Lobe der Schutzherrin der Zisterzienser das Nobis datus, nobis natus ex intacta Virgine. Liturgische Gebete, Orchestermusik und Orgelspiel füllten wieder alle Herzen. Mehrere Grußworte wurden freundlich entgegengenommen. Ein mächtiges Gloria in excelsis Deo schloss die Feierstunde.
Die Mönche sorgten sich anschließend um ihre Gäste. Führungen gab es durch die dreischiffige Abteikirche mit der Zwerggalerie, die Kapellen in den Querschiffen, zu den Erbgrabstätten der Burggrafen und in die Sakristei. Bei aller Schlichtheit der niederrheinischen Romanik mit Übergängen zur Gotik war man doch beeindruckt von der Größe und erfreute sich an den schattigen Kreuzgangarkaden und dem Sonnenspiel im Garten. Neu auch war ein Altaraufsatz mit sechzehn bemalten Holztafeln sowie ein Gemälde des Heiligen Anno auf einem Seitenaltar. Viele drängten sich daneben um ein großes Bild der Madonna. Davor erklärte der aus Köln angereiste Geistliche Stadtwerkmeister Johann Gutbrod, es erinnere ihn an die Anmut und Zartheit gleicher Werke des Malermönchs Lorenzo aus Siena. Da sah man nicht die im Rheinland nunmehr übliche derbe Körperlichkeit und erdnahe Klobigkeit, mit der Kölner Kirchenmaler vorgaben, „ehrlicher“ zu sein und die Betrachter

aufrütteln zu wollen. Bewundert wurde das stützende Strebewerk im Langschiff; es lenkte die Blicke zum Himmel. Lebhaft stritten einige Gäste darum, ob die Verwendung von Holz nicht der von Stein vorzuziehen sei – habe sie doch auf die Gläubigen eine lebendigere und spürbar inspirierende Wirkung.

Behutsam wurde der Strom der Besucher in den Wirtschaftshof hinüber geleitet, wo zur Bewirtung vor den Stallungen Tische und Bänke aufgestellt waren. Über mehreren Feuerstellen drehten die Novizen Eisenstäbe mit Fischen und Lammfleisch, an Ketten hingen Kessel mit Gemüse. Die Backstube präsentierte frisch gebackene Brote, der Kellermeister Wein in neuen Krügen aus Siegburger Steinzeug – aber auch Säfte und Wasser. Neben den Tischen standen Körbe mit Obst. Die recht bald ausgelassene Stimmung und der Lärm der Festgesellschaft verlangten von den sonst so schweigsamen Klosterbrüdern äußerste Geduld und Demut.
Am späten Nachmittag läutete wieder die Glocke. Abt Johannes bat zu einer kurzen geschichtlichen Erinnerung in einen der Gärten unterhalb der Fischteiche. Hier gedachte er auch des Mönches Caesarius. Dieser war es, der seinerzeit das Gründungsgeschehen und viele andere Erzählungen aufgeschrieben hatte. Caesarius wirkte in der ersten Hälfte des 13. Jahrhunderts in Heisterbach als Novizenmeister und als Prior. Drei Erzählungen wolle er, so der Abt, den Versammelten heute doch in Erinnerung bringen – zunächst die Geschichte von der Schutzmantelmadonna:
Da hatte einer der Mönche im Traum sein Lebensende vor sich gesehen und den sich öffnenden Himmel. Natürlich suchte er dort sofort nach bekannten Gesichtern – aber er sah niemanden seiner Brüder. Sehr besorgt wandte er sich an die Gottesmutter Maria und fragte vorsichtig, wo seine früheren Mitbrüder denn geblieben seien und ob sie in ihrem Klosterleben vielleicht den himmlischen Erwartungen nicht entsprochen hätten. Maria habe ihm daraufhin lächelnd geantwortet, er möge unbesorgt sein: „Die haben alle meinen besonderen Schutz". Engel hätten dann

Marias weiten Mantel leicht geöffnet – und da saßen die alten Ordensbrüder versammelt wie Küken unter dem Flügel der Henne.

„Nun ja", meinte Abt Johannes, „daraus schließen wir heute aber nicht mehr, dass wir eines Tages ewig hinter einem solchen Mantel hocken werden. Caesarius hat sich mit dieser Kurzgeschichte nur ehrfürchtig vor unserer Schutzpatronin verneigen wollen. Ich bin vielmehr davon überzeugt, dass im Jenseits weitere Aufgaben auf uns warten. Es ist nicht die Stunde, das zu vertiefen. Das Versteck hinter dem Mantel und der ewige Schlaf sind ja bekanntlich Wunschvorstellungen von Erschöpften. Zuweilen konnte Caesarius auch ungehalten sein. Hierzu eine zweite Geschichte aus dem 38. Kapitel seiner Mirakel":

Es ist kaum zwei Monate her, da erzählte der Abt von Kamp uns über einen Mönch, der immer beim Chorgebet zu schlafen pflegte eine ganz schreckliche Geschichte. Eines Nachts, als er wie gewöhnlich schlief, während die anderen Psalmen sangen, kam der Gekreuzigte vom Altar herab, weckte den Schlafenden und schlug ihn mit solcher Kraft gegen das Kinn, dass er innerhalb von drei Tagen starb.

„Der Gekreuzigte möge allen an dieser Geschichte Beteiligten gnädig sein", meinte Abt Johannes, „und nun zum Abschluss eine freundlichere Erzählung":

Es war mir erlaubt, die Ewigkeit zu schauen – einen weiten Raum ohne jede Einrichtung. Eine tiefe Stimme konnte ich hören: da war das Wort. Mit ihm begann – wie überliefert – die Entstehung der Welt. Für die Ewigkeit war es ein weiterer Beginn, für die Zeit war es der Anfang: Gestirne wurden, Pflanzen, Tiere und Menschen. Und siehe: es war beschaulich. Die Menschen lagen im Garten und wollten Abwechslung. ‚Das kann ich einrichten', sprach der Herr des Wortes und verteilte Aufgaben. So begann die Gestaltung von Räumen – und aus der Abwechslung wurde Abgrenzung. Der Weitblick ging verloren und die Beschaulichkeit Der Mensch hatte im Anfang noch kein Wort; das war im Para-

dies nicht nötig. Nun jedoch kamen die Nachfahren schon mit Gebrüll zur Welt. So begann das menschliche Leben. Die Stimme war da und mit der Zeit das Staunen, die Schlange, der Baum, der Apfel. Nach dem ‚oh' bildeten sich ‚otter', ‚obst' und ‚orare'. Der Mensch hatte – Gott gleich – das Wort. Und er konnte nicht genug davon haben. Zum Denken sollte er es gebrauchen – aber er wollte selbst reden. Das hinderte ihn auch, es zu hören. So entstanden Missverständnisse, Streitigkeiten und Kriege. Der Herr des Wortes sandte eine Sprachverwirrung. Diese aber erhöhte in allen Räumen nur das Stimmengewirr. Noch mehr Lärm war auf Erden. Die Wolkenbänke sollten die Stille des Himmels wohl sichern – aber die Menschen rissen künstliche Löcher in die Weite. Einen Engel sah ich, der in Zeichen redete und mir bedeutete, Orte des Schweigens zu suchen und wieder des Denkens… Ich fand ihn in Heisterbach.
„Von Caesarius", so Abt Johannes, „wird berichtet, dass er in den letzten Lebensjahren kaum noch sprach und täglich schrieb. Danken wir dem Herrn für jeden glücklichen Augenblick, für jede Aufgabe, die wir meistern konnten. Danken wir für einen solchen Tag des Zusammenseins und der Besinnung!" Abt Johannes verbeugte sich leicht vor seinen Zuhörern und schritt allein durch den Garten hinüber in die Klausur. Es war der stille Wink, die Feier in einem Kloster nicht laut, sondern nachdenklich ausklingen zu lassen.

XXII

Einige Tage vergingen damit, die bei der Feier eingegangenen Spenden übersichtlich zu verbuchen. So reichlich waren sie, dass Thomas es wagen konnte, mehrere Reparaturen und neue Baumaßnahmen einzuleiten. Wegen des bevorstehenden Winters veranlasste er bei einem Kölner Meisterbetrieb die Fertigung von zwei Kachelöfen, die die Mönche baldmöglichst in die Wände fügen sollten.

In der Mittagszeit wurde Thomas zum Abtshaus gerufen. Ein amtlicher Flurschütze der Landvogtei hatte dem Abt die Nachricht überbracht, in der Heide nördlich des Weilberges sei ein junger Mann in Mönchskutte tot aufgefunden worden. Er sei zur Untersuchung in die Krankenstation nach Stieldorf gebracht worden. Da man bei ihm keinen Hinweis auf seine Herkunft fand, sollte geklärt werden, ob er vielleicht hier im Kloster Heisterbach vermisst werde. Thomas beschlich die Ahnung, das könne der zweite Küchenmeister sein. Einer der Brüder wurde beauftragt, den Flurschützen nach Stieldorf zu begleiten. Sollte sich die Vermutung bestätigen, sagte er, wolle er zu genauerer Ermittlung noch einmal zurückkommen. Thomas unterrichtete den Küchenmeister und bat ihn, die Schreckensnachricht unter keinen Umständen zu verbreiten. Sein Stellvertreter hatte sich tatsächlich seit vier Tagen nicht sehen lassen.
Am frühen Abend kehrte der Flurschütze zurück; der ihn begleitende Pater bestätigte, der Tote sei Frater Heinrich. Abt Johannes bat den Flurschützen, den Kämmerer und den Küchenmeister zum Gespräch in sein Arbeitszimmer. Zunächst zeigte der amtliche Feldhüter anhand einer Wegeskizze den Ort, wo man ihn gefunden hatte, und schilderte dann den ermittelten Sachverhalt: „Wanderer aus Oberdollendorf hatten den Frater an einer Wegegabel in der Kasseler Heide gefunden. Er hing an einem Strick in einer Birke. Auf dem nächstgelegenen Hof, dem Gut Frankenforst, benachrichtigten sie den Gutsverwalter und dieser meldete den Vorfall an mich. Ich bin dann mit einem Gehilfen sofort dorthin aufgebrochen“, erklärte er, „er lebte nicht mehr. Wir haben eine Skizze angefertigt, ihn vorsichtig heruntergehoben und zum nächsten Arzt gebracht. Vorhin haben wir noch einmal mit diesem Arzt gesprochen. Er stellte fest, dass ein Selbstmord ausgeschlossen werden kann. Er sei ohne jeden Zweifel dort aufgehängt worden, vermutlich von mehreren Tätern. Natürlich stellt sich für uns die Frage, warum man einem Mönch nach dem Leben trach-

tet, bei dem – wie man so sagt – nichts zu holen ist." Die Runde schwieg.
„Können Sie sich vorstellen", fragte der Flurschütze, „was ihn veranlasst haben könnte, diesen Weg zu nehmen?" Abt Johannes schaute seinen Kämmerer an. Dieser blickte zum Küchenmeister, dem sichtlich unwohl war. „Im Norden, da liegen die Felder von drei Pächtern des Klosters", meinte dieser schließlich. „Aber er hat mir nicht gesagt, ob er sie aufsuchen wollte." Der Flurschütze bat um die Namen. Abt Johannes übergab er die Anschrift der Krankenstation. „Verzeihen Sie", fügte er hinzu, „dass ich das so sage: die Leiche kann abgeholt werden". Nun war allen unwohl. Man erhob sich. Abt Johannes dankte dem Flurschützen für seine Mühe. Thomas und Berthold geleiteten ihn zur Pforte und sagten noch einmal jede erdenkliche Hilfe zu. Berthold wurde gebeten, die Überführung von Frater Heinrich zu veranlassen.
Verschwiegen hatte der Flurschütze, dass er am Unglücksort Spuren fand. Im Herbstlaub entdeckte er einen Knopf von einem Mantel oder einer Jacke, und unter der Birke auch Konturen eines schweren Schuhabsatzes. Mit Gipsmörtel fertigte er einen Abdruck. Sollte es zu einem Strafverfahren kommen, mussten – einer amtlichen Verfügung entsprechend – tragfähige Beweise vorgelegt werden. Die Verfügung hatte der hohe Regensburger Reichstag erst kürzlich verabschiedet – die Constitutio Criminalis Carolina – und der Vogt hatte sie im Amtsbereich bekannt gegeben.
Die Bauern, die der Flurschütze nach der Notiz von Pater Thomas nun besuchte, erklärten sehr bestimmt, sie hätten Frater Heinrich länger nicht gesehen. Aber auch die Todesnachricht schien sie nicht sonderlich zu beeindrucken. Sie wirkten wenig gesprächsbereit, in ihren Antworten mürrisch. Einer von ihnen ließ den Flurschützen erst gar nicht ins Haus. Er stellte sich den Fragen mit der Gabel in der Hand vor der Scheune. Der Flurschütze bemerkte dann aber, dass ein junger Mann im Stall nebenan das Gespräch belauschte. Mit wenigen Schritten war er an der Stalltür und zog

den Mann an seiner Jacke heraus, der sich drinnen erkennbar ängstlich an die Wand gedrückt hatte. Der Bauer brüllte den Flurschützen zornig an, er solle sofort seinen Sohn in Ruhe lassen und nun schleunigst vom Hof verschwinden.
Im Kloster hätte man es wieder für eine himmlische Fügung gehalten: der junge Mann trug eine Jacke mit eben jenen Knöpfen, von denen der Flurschütze einen gefunden hatte – und an dieser Jacke fehlte der unterste Knopf. „Ich werde den Hof verlassen. Aber Sie werden von der Landvogtei wieder hören! Im Namen des Gesetzes beschlagnahme ich diese Jacke! Nehmen Sie alles aus den Taschen!" Auf einem Blatt bescheinigte er den Empfang der Jacke, die ihm unter derben Beschimpfungen nur zögerlich ausgehändigt wurde, und verließ den Hof.
In einem Nebenraum der Klosterküche fand der Küchenmeister unter dem Arbeitstisch von Frater Heinrich einen Holzkasten. Er scheute sich, ihn zu öffnen. Die Hinterlassenschaft eines gerade Verstorbenen umgibt eine eigene, befremdliche, geheimnisvoll abweisende Kraft. Vielleicht würde ihm der Frater nun auch zuschauen, wenn er den Kasten berührte, der ihm nicht gehörte. Er weihte den Kämmerer ein. Thomas holte ihn unter dem Tisch hervor und öffnete ihn. Sie blickten auf ein verschnürtes Bündel von Briefen und abgetragene Ledersandalen. Darunter lag ein Beutel aus dunkelblauem Wolltuch von erheblichem Gewicht. Als sie ihn öffneten, schauten sie auf eine große Zahl von Goldgulden.
In seiner Kammer schob Thomas das Abgabeverzeichnis und die angesammelten Rechnungen angewidert beiseite. Ihn quälte plötzlich der Gedanke, dass er vielleicht eine Mitschuld am Tode des zweiten Küchenmeisters trage. Seine Nachforschungen und die angekündigten Gegenüberstellungen mochten wohl der Wahrheitsfindung dienen, aber die Betroffenen auch zu unüberlegten Schritten verleiten. Formal hatte alles seine Richtigkeit; als Mönch aber fühlte er sich zu einer tieferen Sichtweise aufgerufen, sollte er sich doch von der Barmherzigkeit leiten lassen, hätte er andere Wege der Aufklärung prüfen müssen.

Unerwartet schnell führten die Ermittlungen zur Aufklärung. Unter Hinweis auf die Spuren am Tatort gestand der Sohn des Bauern, den Frater zusammen mit seinem Bruder überfallen und aufgehängt zu haben. Zuvor hatte Frater Heinrich den Pächter besucht und ihm eröffnet, dass er in dieser Angelegenheit nun die Wahrheit sagen wolle. Drei Jahre lang war er nach Zahlung einiger Goldgulden bereit gewesen, gegenüber dem Kämmerer den Empfang von Warenlieferungen vorzutäuschen. Die Söhne belauschten das Gespräch: der Vater sei aufgesprungen, verzweifelt in der Stube herumgelaufen und habe damit gedroht, sich aufzuhängen. Die Ernte sei dürftig gewesen; er könne die geforderte Pacht nicht aufbringen. Sollte er nun seinen Hof verlieren, würde er auch gegen den Frater klagen. Beide stünden dann auf der Straße – nur er auch noch mit seiner ganzen Familie. Frater Heinrich habe sich nicht umstimmen lassen, vielmehr grußlos das Haus verlassen. Die Söhne gaben bei der Befragung zu Protokoll, ihr Vater hätte zusammengebrochen auf dem Stuhl gesessen. Ihnen sei nur durch den Kopf geschossen, besser der Kuttenmann hänge am Baum als der eigene Vater. Spontan also seien sie ihm gefolgt, hätten ihn gegriffen, in den Birkenwald gezogen und an einem Seil aufgehängt.
In den Gesprächen mit den Pächtern bei Stieldorf und aus dem Weiler Hattenrott ergaben sich weitere Unstimmigkeiten. Thomas wollte sich zunächst konsequent an die von seinem Vorgänger ausgehandelten Verträge halten, fragte sich dann jedoch wieder, ob das christliche Gebot der Nächstenliebe nicht andere Maßstäbe fordere. Nicht nur der Vertrag hatte Bedeutung, sondern mit ihm zugleich die Verträglichkeit. Das Gleichnis aus dem Lukas-Evangelium vom ungerechten Haushalter kam ihm in den Sinn. Das setzte Barmherzigkeit und Klugheit vor die Gerechtigkeit. Thomas wählte also einen versöhnlichen Ton und lockerte zugunsten der Pächter verschiedene Auflagen. Das hatten seine Gesprächspartner nicht erwartet. Auch ihrerseits wich die gereizte Stimmung der Suche nach einer einvernehmlichen Lösung. So

wagten sie schließlich, selbst über das schreckliche Geschehen um Frater Heinrich freimütig zu sprechen. Die beiden Söhne saßen bereits im Burgverlies, der Vater lag mit verwirrten Gedanken unter ständiger Beobachtung in einer Bonner Krankenstation. Eine Mitschuld war ihm nicht nachzuweisen. Die Söhne hatten sich – wie sie bei ihren Vernehmungen selbst erklärten – ohne sein Wissen spontan zu dieser Tat entschlossen. Thomas bat Berthold, ihn in der Bonner Krankenstation aufzusuchen und ihn wissen zu lassen, dass das Kloster gewillt sei, ihm die Pachtrechte zu belassen. Das sollte seinen Lebenswillen stärken und seiner Gesundung dienen.

Noch vor der Abenddämmerung erreichte ein Fuhrwerk aus Stieldorf die Klosterpforte. Abgedeckt mit einem Tuch lag auf den Brettern der verstorbene Frater. Die Brüder wurden herbeigerufen und geleiteten ihn zum Grabfeld am Wald. Sie baten den Herrn um barmherzige Vergebung seiner Sünden und beteten für seine Seele. Dann wurde er zur letzten Ruhe in die Erde gebettet. Verloren wirkte das Glockengeläut.

XXIII

Niemand im Kloster hatte je bemerkt, dass Abt Johannes ein Freund der Jagd war. Es gab da wohl ein Bild des heiligen Hubertus im Eingang des Armenhauses, das hatte man jedoch nicht mit ihm in Verbindung gebracht. Es war ein Geschenk seines Vaters, eines guten Reiters und Jägers. Nunmehr hing dieses Bild des Schutzpatrons der Jagd in seinem neuen Arbeitszimmer, war Gästen und Jagdpächtern aufgefallen – und so erhielt er Einladungen zur Hirsch- und Fuchsjagd mit der Meute. Die Jagdgesellschaft verfolgte zum Ärger der Bauern das Wild auch ostwärts des Weilberges und der Kasseler Heide auf fremden Feldern – also auf dem Grund und Boden der dortigen Bauern Schneider und

Hövel. Thomas hatte einen ernsten Grund, die Bauern dort zur Aussprache aufzusuchen. Gemeinsam mit seinem Hofmeister Berthold machte er sich auf den Weg. Berthold nutzte die Gelegenheit, von seinem Besuch in der Bonner Krankenstation zu berichten. Der Bauer – wie auch seine Frau – wollte unter keinen Umständen zurück auf den Hof. Beide würden sie von den Nachbarn gemieden; die Untat der Söhne verfolgte sie Tag und Nacht. Auf halbem Wege, nördlich des Stenzelberges, überraschte sie ein ungewöhnlich heftiges Gewitter. Der weitere Weg über die freien Felder schien zu gefährlich; so kehrten sie um und erreichten völlig durchnässt wieder das Kloster. Zwei Tage später kam Berthold vom Wirtschaftshof herübergelaufen und berichtete Thomas, in Hövels Hof sei vorgestern der Blitz eingeschlagen; das habe ihm gerade Bauer Schneider vom Nachbargut mitgeteilt. Scheune und Haupthaus seien zu großen Teilen niedergebrannt. Er habe Hövels erst einmal bei sich untergebracht. Thomas ließ alles liegen und stehen. Bauer Schneider nahm ihn auf dem Pferdekarren mit hinauf zu seinem Hof. Sie schwiegen. Das Stampfen der Gäule am Berg, die knarrenden Wagenräder und das klopfende Auf und Ab der Deichsel ließen ohnehin kein Gespräch zu.
Wortlos umarmte Thomas auf Schneiders Hof auch Bauer Hövel und grüßte Frau und Tochter mit stillem Händedruck. Für Ereignisse, die dem eigenen Lebenswerk so unerwartet alle Grundlagen entreißen, gibt es keine Sprache, nur Signale des Herzens. Vor dem Tor gingen sie eine Weile ziellos in die Felder. Der weite Blick über den Bergrücken und der ständig kräftige Wind nahmen ihnen die dunkelsten Gedanken. Thomas fand vorsichtig zur Sprache zurück – war sie eben auch das Mittel, die Last zu teilen. „Wie verstehen Sie sich mit den Schneiders?“, fragte er, „können Sie dort noch eine Zeit bleiben?“ „Wir haben uns bisher selten gesehen“, erwiderte Bauer Hövel. „Man trifft sich auf dem Feld und redet über das Wetter, das Vieh und die Ernte. Man hilft sich in der Not. Und jetzt sind sie sehr hilfsbereit.“ „Wenn Sie Schwierigkeiten haben sollten, lassen Sie es mich wissen. Wir haben auch

im Kloster Platz für Pilger und Gäste. Sie würden dort gut betreut. Sagte doch Christus, wer in der Not sein Haus für Fremde öffne, der nehme ihn selbst auf. Wenn ich nachher zurück bin, werde ich sofort veranlassen, dass das Kloster den Schaden auf Ihrem Hof ermittelt und dann prüft, wie der Wiederaufbau geplant werden kann. Vielleicht haben Sie ebenfalls Vorschläge, bei dieser Gelegenheit etwas zu verbessern." Bauer Hövel schwieg. „Es wird in jedem Fall viele Monate dauern", meinte Thomas, „eher ein Jahr. Sorgen habe ich auch um einen Hof bei Stieldorf. Sie werden wohl von dem Mord an Frater Heinrich gehört haben." Hövel nickte. „Ja", fügte er an, „unsere Weideflächen grenzen aneinander." „Den Hof dort werden wir neu verpachten; ich habe noch keinen Bewerber. Haben nicht auch Sie Interesse daran – jetzt nach dem Brand? Lassen Sie sich das durch den Kopf gehen. Nach der Schadensermittlung werden wir über alles reden." Thomas verabschiedete sich am Waldrand und machte sich auf den Weg zurück ins Heisterbachtal. Bauer Hövel schaute ihm lange nach und wusste nicht, wie er die ganze Entwicklung einschätzen sollte. Durch die Untersuchungen auf dem Hövelschen Hof gewann Thomas einen tiefen Einblick in die professionellen Fähigkeiten der Konversen und den umfangreichen Besitz des Klosters: Bauholz kam aus dem eigenen Forst, Mauerwerk aus dem Steinbruch am Stenzelberg. Auf den Märkten hatten die Zisterzienser wegen der hohen Qualität ihrer Erzeugnisse einen guten Ruf und entwickelten beachtliches Geschick im Handel. Zinsgewinne in der Form der Pfandleihe eröffneten die Beschäftigung fehlender Fachleute. Thomas sah gleichwohl mit Sorge, dass sich der Orden in Abhängigkeit von Geld und Gewinn verstrickte und den Argwohn, ja den offenen Widerstand der Händler und der benachbarten Bauern beförderte. Als Kämmerer hatte er keine andere Wahl, war er doch zunächst der Selbstbehauptung des Klosters verpflichtet und erst auf dieser Grundlage zum Dienst an den Armen in der Lage. Als Mönch bedrückten ihn die Folgewirkungen solcher Marktkräfte. Die Betriebs- und Buchführung jeden-

falls überließ er künftig einem der Laien – somit verfügte das Kloster nun auch über einen Bursar.
In der Küchenstube bei Schneiders gab es lebhafte Gespräche mit Hövels über das Angebot des Kämmerers. Eine vorübergehende Unterbringung in Räumen des Klosters schien keine sinnvolle Lösung, auch wenn Tochter Anna Dominica den Aufenthalt in dieser Männerwelt zwischendurch reizvoll ausmalte. Hövels Frau sah es nüchterner: man konnte da ja nicht einmal heizen, kochen und waschen. Ohnehin musste die Arbeit in den Ställen und auf den Feldern weiter getan werden. Der Gedanke, den Hof aufzugeben und den anderen Hof bei Stieldorf zu übernehmen, behagte ihnen ebenfalls nicht. Sie hingen an ihrem Gut und wollten wieder dorthin zurück.
Bauer Hövel hatte sich gleichwohl auf den Weg durch die Kasseler Heide gemacht – ganz nebenbei wollte er einen Blick auf den Hof bei Stieldorf werfen. In der Tür aber stand mit verweinten, angstvollen Augen die Bäuerin; so kamen sie ins Gespräch. Freimütig bekannte sie, in Gedanken nur noch bei ihrem kranken Mann und den eingesperrten Söhnen zu sein und schon lange nicht mehr richtig geschlafen zu haben. Vom Brandschaden bei Hövels hatte sie noch gar nichts gehört; niemand sprach ja mit ihr. Nun teilten sie ihr Leid bei einem Becher Gerstensaft. Unerwartet kam ihr selbst der Gedanke, Hövels könnten während des Wiederaufbaus des Hofes gerne bei ihr im Haus unterkommen und einen Teil der Ställe nutzen. Sie wollte dann in der Kammer ihrer Söhne wohnen und hätte wieder ein Gefühl der Sicherheit. Schneiders hörten es mit erkennbarer Erleichterung, wagten aber keinen Rat. Zwei Tage danach hatten sich Hövels entschieden und folgten der Aufforderung zum Umzug. Mit Schneiders Hilfe wurde das Vieh auf die Weide und in die neuen Ställe verlegt; Pflug und alle Geräte ließen sie in dem vom Brand verschonten Teil des Hofes. Hövels erhielten für die Schweinefütterung auch Eicheln und Futterpflanzen aus dem Lager des Klosters.
Des Kämmerers Bursar war nicht nur im Umgang mit Geldgeschäften bewandert, sondern auch in der Drei-Felder-Wirtschaft.

In Abstimmung mit den Pächtern wurde ausgehandelt, in welcher Folge und welchem Jahr die Felder mit Sommer- oder Wintergetreide, mit Futterpflanzen, Gemüse oder Hackfrüchten zu bestellen waren. Zu jedem Eingriff in die Natur gab es jedoch zunächst lebhafte Aussprachen in der Kapitelversammlung. Die den Menschen von Gott anvertraute Erde sollte in ihrem natürlichen Zustand bewahrt und behandelt werden, nicht aber verbraucht, gar zerstört.

Pater Gregor hielt es für geboten, auch die Novizen darauf einzustimmen. Die Diskussion verlief unerwartet: nicht die Ehrfurcht vor der heiligen Natur bestimmte die Gemüter, sondern die Flucht so vieler Menschen vom Lande in die Städte, der Hunger und der wachsende Bedarf an Nahrungsmitteln. Wer um sein tägliches Brot nicht kämpfen musste, meinten sie, der konnte ja getrost in die Baumwipfel schauen und die Erhabenheit des Schöpfers preisen. Warum spreche die Kirche so rätselhaft von der Trinität? Dann wagten die Zöglinge zum Entsetzen des Novizenmeisters weitere respektlose Einlassungen: Hätte sich Gott nicht mehr einfallen lassen können als Wesen, die zur Lebenserhaltung entweder selbst fressen müssen oder aber gefressen werden? Sollte man Mäuse und Ratten beschützen, weil sie doch Futter für Füchse, Dachse und Eidechsen waren? Sollte man in den Stuben Speckkäfer und Schaben streicheln, weil die Mäuse von ihnen lebten? Die Menschen gar – warum kämen sie nackt zur Welt, ohne Fell und Federschutz, müssten erst einmal auf die Beine kommen und sich dann schrittweise entwickeln; jeder Vogel habe es besser. Die Natur sei zwar gefällig anzuschauen, aber zugleich eine Plage. Es war der jährlich wiederkehrende Streit um das Leid in der Welt – um die Pest, um Aufstände, Kriege und Krankheiten. „Kaut nur kräftig daran herum", ermunterte Pater Gregor seine ungeduldigen Zöglinge und fuhr sich dann doch höchlich erregt durch die straubigen Haare: „Das Leben ist keine paradiesische Zeit. Leid fordert euch zur Selbstbesinnung und

Bewährung heraus, zum Mitleid, zur Hilfsbereitschaft, zur Nächstenliebe, zur Linderung von Not und Schmerzen. Ja – und deshalb sollt ihr lernen, standhaft zu sein – das heißt Anstand zu üben, Abstand zu wahren, notfalls Widerstand zu leisten – opprobria und oboedientia! Ach ja – und hier noch ein Hinweis zu eurer Frage nach dem dreieinigen Gott: Der ferne Weltgeist neigt sich den Menschen zu wie ein liebender Vater, tut das in uns begreiflicher Gestalt als Menschensohn; er erscheint und lehrt uns aber nicht nur: er wirkt seither auch wohltuend unter uns – als Heiliger Geist. Die Liebe aber – ihr mögt es nicht hören – gedeiht nicht im Vergnügen, sondern neben und durch das Leid. Klagt also nicht über Mängel – meistert sie!"

XXIV

Zumeist waren es wirtschaftliche Sorgen, die die Mönche in den Klöstern umtrieben. Nun aber mehrten sich die Streitgespräche auch um Fragen des Glaubens und angebliche Widersprüche zu wissenschaftlichen Erkenntnissen. Mönche wie Luther oder Zwingli und Jan Hus aus Böhmen hatten nur den Anstoß gegeben. Nikolaus Kopernikus, Doktor des Kirchenrechts und Kanzler des Domkapitels zu Frauenburg, befasste sich auch mit Astronomie und verkündete ein neues Weltsystem mit der Sonne im Mittelpunkt, nicht der Erde. Das rüttelte an den Grundüberzeugungen der katholischen Kirche: Christus war doch von Gott zur Erde als dem Mittelpunkt der Welt gesandt – und nicht zu irgendeinen abgelegenen Himmelskörper. Auf einem Konzil in Trient bemühten sich Papst Paul III. und Kaiser Karl V. vergeblich um die Rückkehr der Protestanten zu den katholischen Glaubensinhalten. Unmerklich verflüchtigte sich im bürgerlichen Blick auf Kirche und Klöster der Hauch des Heiligen und Unfehlbaren. Für die Söhne der Adeligen verlor das Leben in der Mönchsgemeinschaft inzwischen erkennbar an Anziehungskraft.

Pater Gregor gab sich alle Mühe, die revolutionären Gedankengänge seiner Novizen zu bändigen. Wissen wollten sie, wann der Mensch Schuld auf sich lade und wie man die Erbsünde verstehen solle und einen Gott, der zugleich liebt und straft und zornig sein kann. Insbesondere der Teufel schien sie nicht los zu lassen, dieser hochmütige, herrschsüchtige Engel Luzifer. Pater Christian hatte zu ihm eine ungewöhnliche Deutung: „Der Satan – in seinem Ausmaß für uns Menschen so unvorstellbar groß wie alles Himmlische – wurde von Gott gebannt, das heißt, er bildete die körperliche Welt. Unsere Weltliebe bezieht sich auf diesen gefallenen, in die Körperlichkeit gebannten Engel. Nach der Offenbarung des Johannes sollte dieser Zustand tausend Jahre dauern. Danach aber, hieß es, war „der Teufel los"; er wollte sich nicht fügen, blieb weiterhin im feurigen Pfuhl. Nach Aussage himmlischer Boten wird er aus dieser Verbannung – Teil für Teil, Seele für Seele – zurückgeführt: in allen lebendigen Geschöpfen, die Gott suchen. Hier also ist die Gelegenheit, sich aus dem Zustand der Erbsünde zu lösen. Das Böse bleibt zurück. Nemo ante obitum beatus est! Den Sanftmütigen und Friedfertigen aber hat Christus die Erlösung verkündet. Dazu sollt Ihr euch durchringen. Einfach ist das nicht. Ihr werdet immer wieder von satanischen Begierden und Versuchungen ins Reich der Finsternis gelockt. Es liegt an euch, sich durch Stärkung des guten Willens davon zu befreien und nach dem Reich des Lichtes zu streben – dann wird euch alles andere schon hinzugegeben. Diese Gnade – so lehrte es schon Augustinus – ist uns verheißen. Der Satan ist nicht etwa ein Gegengott; das meinen die Menschen, weil sie sich das ganze Dasein nur in Gegensätzen vorstellen können. Das satanisch Böse ist ohne Substanz, treibt sich im Irdischen als Verlockung herum, Grenzen und göttliche Gebote zu missachten. Substanz liegt in der bleibenden Wahrheit. Dort ist das Sein, ist die Glückseligkeit, ist Gott! Und dieser Gott ist die Liebe, nicht der Zorn. Solch' menschliche Empörung ist fern von seinem Wesen, sieht er doch alle Entwicklungen ohnehin weit voraus, hat er doch jedem

Menschen die volle Willensfreiheit zugesprochen – unter Duldung jeglichen Fehlverhaltens. Jeder von uns kennt nun aber auch diese biblischen Gebote, jeder hat zu seinem Leben Rechenschaft abzulegen. Da kann die Reue bitter sein, wenn wir sehen, wie sehr wir die gewährte Freiheit missbraucht, wie sehr wir uns in das satanisch Böse verstrickt haben."
Zu ungewohnter Zeit läutete plötzlich die Glocke. Mönche und Konversen wurden zur Krankenstation gerufen: Pater Caspar, der Küster, war verstorben. Abt Johannes bat darum, nach näheren Umständen nicht zu fragen. In der Sakristei hatte man ihn vor geöffnetem Tabernakel liegend gefunden, neben ihm einen umgefallenen Messkelch und ausgelaufenen Wein. In der Krankenstation wurde nur noch sein Tod festgestellt. Ratlos bedachten die Novizen wieder den Tod und baten Pater Gregor um Erklärung. „Ja", erwiderte er, „ich weiß, ihr wollt leben und nicht sterben. Nun sind wir hier doch – vielleicht siebzig Jahre – und sterben in einem unbekannten Augenblick, einer Zeitspanne von Sekunden. Ihr kennt die Botschaft, dass die vom Geist durchdrungene Seele weiter lebt: weitsichtig, schmerzfrei, sorgenfrei. Lasst also ab von dunklen Gedanken an das Sterben! Hier ist das Werden – dort ist das Sein!"

Am Tag darauf legten die Brüder Pater Caspar auf dem Grabfeld zurück in die Erde. Eine Textabschrift hatte man bei ihm gefunden, die er stets bei sich trug – von seinem Lieblingsdichter Heinrich von Loufenberg. Der jüngste Novize las die Zeilen schluchzend zum Abschied:

Ich wöllt, daß ich doheime wär
und aller Welte Trost entbehr.
Ich mein, doheim im Himmelrich,
do ich Gott schauet ewiglich.
Wohluf, min Seel, und richt dich dar,
do wartet din der Engel Schar!

Doheim ist Leben ohne Tod
und ganze Freuden ohne Not.
Do ist Gesundheit ohne Weh
und währet hüt und immermeh.
Do sind doch tusend Johr als hüt
und ist auch kein Verdrießen nüt.
Wohluf, min Herz und all min Mut,
und such das Gut ob allem Gut.
Du hast doch hie kein Blieben nüt,
es sye morn, es sye hüt.
Sid es denn anders nit mag sin,
so flüch der Welte falschen Schin.
Ade, Welt! Gott gesegen dich!
Ich fahr dohin gen Himmelrich.
Gott gesegen dich Sunn, Gott gesegen dich Mon;
Ich will zu Gott minem Schöpfer gohn.

Die Glocke ging und die Totenmesse wurde gesungen. Kloster Heisterbach trauerte wieder – diesmal um den Fortgang des ältesten Bruders.

XXV

In den letzten Tagen des Julius hatte auf Hövels Hof der Wiederaufbau des Wohnhauses und der Scheune begonnen. Bisher bestand das Haus aus Flechtwerk, Lehm und Holz. Nunmehr waren Steinsockel gesetzt – zum Schutz gegen Feuer auch mit größerem Abstand von der Scheune. Stützbalken und Fensterrahmen wurden gefertigt, ein Graben für die Wasserleitung ausgehoben, Dielenbretter und Trennwände gezimmert, Teile auch für die Treppe zum Dachspeicher beiseite gehalten. Der Abort, ein abseitig gelegener Holzverschlag für den Stuhlgang, wurde ins Haus verlegt. Zusätzlich zum Herd erhielt die Wohnküche einen Kamin und einen traulichen Erker an der Stelle, wo zuvor der Stall für Hüh-

ner, Enten, Hund und Katze seinen Platz hatte. Besorgt sah die Familie den Abriss einer Zwischenwand, von der sie oft Klopfgeräusche gehört hatte – zweifellos Signale der Hausgeister, die man nicht verärgern wollte. Zum Dach hin blieben die treppenförmig aufsteigenden Giebelwände erhalten. Hausnummern hatten die Gehöfte nur in den Dorfstraßen; hier nun malte man auf den Holzbalken über der Tür die Worte „Hövels Winkel“. Das ganze Haus war der Familie auf den Leib geschnitten, „angeleibt“ – wie man am Rhein sagte.
Thomas war glücklich über den raschen Fortgang der Arbeiten und wanderte über Feldwege und Weiden nach Westen, um Hövels einen ersten Bericht zu geben. Bauer Hövel war nicht auf dem Hof. In der Stube saßen die beiden Bäuerinnen gut gelaunt bei Gerstensaft und Näharbeiten. Mit Freude hörten sie Thomas zu; ihre Einladung an den Tisch aber schlug er unter Hinweis auf den langen Rückweg zum Kloster aus. Eine schwarze Katze strich ihm um die Beine – wie früher die Sissa zuhause in Rommersdorf.

Die gute Stube hatte er kaum verlassen, da erschien in der gegenüberliegenden Stalltür Hövels Tochter Anna und winkte ihm einladend zu. „Wollen Sie einmal ein drei Tage altes Fohlen sehen?“, rief sie. Thomas hatte weder den Willen noch die Kraft, sie abzuweisen. Im Eingang zum Stall berührten sie sich fast; er lächelte vorsichtig zum Gruß und folgte ihr an das Gitter. Eine unruhige Stute stand da mit feurigem Blick und neben ihr lag im Stroh das Fohlen. Er klammerte sich an die Gitterstäbe, um seine Hände unter Kontrolle zu halten. Das Herz klopfte heftig. Er hatte keine Übung in dem Spiel, ein interessierter Tierfreund zu sein, wenn neben ihm die leibhaftige Versuchung lauerte. „Nein“, hauchte er, „so etwas habe ich noch nicht gesehen; schön, dass Sie es mir zeigen.“ „Oh, es gibt noch vielmehr schöne Dinge“, erwiderte sie auflachend und berührte ihn sehr zufällig am Arm. Er schwieg und schaute gebannt auf die Tiere. „Ja, das ist auch eine schöne Stute!“, sagte er hörbar verlegen. Plötzlich legte sie ihm die

Hand um den Hals und fragte direkt: „Bin ich auch eine schöne Stute?“ Thomas fühlte sich wie vom Blitz geschlagen, drehte sich zu ihr um, schaute ihr tief in die Augen, umfasste sie mit beiden Händen – und küsste wild die verlangenden Lippen, den warmen Nacken, die zärtlichen Hände. Dann schoss sie wieder in ihm hoch, die Angst. „Ja“, keuchte er, „du bist eine wunderschöne Verführerin – aber ich bin nun ein sündiger, nichtsnutziger Mönch! Ich bitte dich herzlich: trennen wir uns schnell!“ „Ach komm! Komm ins Stroh! Wir sind allein! Nimm dir deine Stute!“ zog sie ihn tiefer in den warmen Stall. Thomas klammerte sich starr vor Schreck an das nächste Gitter und flüsterte: „Nein, liebe Anna, wir sind nicht allein. Gott sieht uns! Ich möchte so gerne bei dir bleiben, ich darf es nicht!“ Mit einem Zornesausbruch hatte er gerechnet, aber sie zog nur wortlos ihre Hände zurück, schaute ihn traurig an und verließ ohne Gruß den Stall.

Der Rückweg zum Kloster war nun wohl die sofortige Strafe des Himmels: zunächst sah er einen schwarzen Schatten an der Birke, an der man den erhängten Frater Heinrich gefunden hatte. Er floh mit schnellen Schritten und beklagte wieder seine Unfähigkeit, dieser weiblichen Verführung nicht schon von Anfang an widerstanden zu haben. Dann aber sah er sie in seiner Einbildung erneut vor sich, ihren schlanken Leib, und malte sich aus, wie sie beide es im Stroh doch weiter getrieben hätten. Sanft hätte er ihr die Kleider vom Leib gestreichelt. Sie hätte sich ihm geschenkt und vor Wollust gestöhnt. Gedankenversunken war er in eben diesem Augenblick mit dem Kopf gegen einen herabhängenden Ast gestoßen und benommen zu Boden gesunken. Das war ganz gewiss der Wink des Himmels, zur Vernunft zurückzufinden. Die Vernunft und die Lebensfreude – warum konnten sie nicht zusammenfinden? Abgekämpft erreichte er in der Abenddämmerung die Klosterpforte und war erleichtert, unerkannt in seine Kammer zu entkommen. Dort bat er den Herrn wieder einmal um Vergebung seiner Sünden – simul iustus et peccator.

Die Nacht schlief Thomas unruhig. Seine Verfehlung bedrückte ihn noch im Traum. In der siebten Benediktusregel hat der Mönch zwölf Stufen der Demut hinaufzusteigen. Nun war er die Stufenleiter wieder heruntergefallen. Eine innere Stimme ermunterte ihn, sich wieder aufzuraffen. Er kannte den Wortlaut der Regel und hörte sie murmeln: „alle Vorschriften, die du bisher aus Angst beobachtet hattest, beginnst du jetzt ohne Mühe, infolge der Gewöhnung wie von selbst zu erfüllen, nicht mehr aus Furcht vor der Hölle, sondern aus Liebe zu Christus, und weil das Gute dir zur Gewohnheit, die Tugend dir zur Freude geworden ist.“ Diese Liebe hatte eine andere Dimension. Sie verlangte nicht. Sie wahrte Abstand und Hingabe an Gott.

Abt Johannes hielt die Zeit für gekommen, die wissensdurstigen Novizen selbst auf den Weg des Schweigens und der Stille zu leiten. Hatten die Schüler auch eine gewisse Ehrfurcht vor dem Meister, spürten sie um seine Wortwahl, um seine Blicke und Gesten eine Warmherzigkeit und Güte, die jede Trennung aufhob, die einlud, aufschloss und verstummen ließ. Ihm lag an der Wahrnehmung des Geistes, der in der Wahrheit und Weisheit ist, nicht gebunden im einzelnen Körper. Aus eigener Erfahrung wusste er um das Sehnen der im Körper eingeschlossenen Kraftströme, um ihr Drängen nach Rückkehr zur Offenheit und Weite, zugleich aber auch um ihre Verirrungen. Nur in der körperlichen Einbindung indes konnten sich Geistwesen mit eigenem Willen formen. In der Abgeschiedenheit des Klosters mochte der schweigende Mönch das Wesentliche seines Daseins leichter erkennen – mit gutwilligen Brüdern zu hilfreichen Dienstleistungen zu streben, sich von Habgier, Neid, Missgunst und Lüsternheit fern zu halten. Buddhistische Mönche nennen es „ruhiges Verweilen“, in dem sie ihre „grundlegende Natur“ erkennen.
Thomas war schon einen Schritt weiter. Seine „grundlegende Natur“ kannte er nur zu gut und wusste, dass er sie nicht ändern

würde. Aber Textlesungen aus der Heiligen Schrift halfen doch, jedes weltliche Verlangen zu zügeln. So blätterte er im neunten Kapitel des Buches Sirach. War es Lenkung oder Zufall? Dort stand zu lesen:

> *„Wende dein Angesicht von schönen Frauen, und siehe nicht nach der Gestalt anderer Weiber. (...) böse Lust entbrennet davon wie ein Feuer."*

Thomas schloss die Schrift und seufzte. Er wollte es sich zu Herzen nehmen.

Die warme Sommerluft umspielte auch die Klosterzöglinge. Die Fenster des Lehrsaals standen weit geöffnet. Thomas hörte aus der Ferne übermütige Singweisen. Die „grundlegende Natur" lockte ins Gras und unter die Buchen, fort aus der trockenen Geistesluft und dem leblosen Schullatein des Livius. Pater Gregor eilte ungehalten hinüber zu den ihm anvertrauten Lämmern und verbat sich die Ruhestörung. Den Weg des Schweigens und der Stille wollten sie ja bereitwillig einschlagen – doch bitte erst im Herbst.

XXVI

Alle Zisterzienserklöster würdigten am 20.August 1553, dem vierhundertsten Todestage von Bernhard von Clairvaux, seine Leistungen zur Ordensgründung. Mit den besten Wünschen für guten Sukzeß war Abt Johannes sechs Tage zuvor nach Cîteaux abgereist, um an den entsprechenden Feierlichkeiten des Generalkapitels teilzunehmen. Im Kloster Heisterbach begrüßte deshalb Prior Konstantin Brüder aus den Klöstern Himmerod, Kamp und Marienstatt, erstmalig auch Schwestern aus den Frauenkonventen der Zisterzienserinnenklöster Walberberg, Bottenbroich und Königshoven sowie Gäste der ordenseigenen Stadthöfe aus Köln. Der Schmied im Wirtschaftshof überraschte mit einer von ihm kunstvoll gefertigten Gedenktafel, die nach der feierlichen Messe in die Nordwand der Abteikirche eingefügt wurde, versehen auch mit den Namen der Gäste – vom Rentamtssekretär Gotthard Beyschlag bis zum Küferobermeister Christian Zünglein. Prior Konstantin würdigte Bernhard von Clairvaux als weitsichtigen Denker und begnadeten Prediger von tiefer, kraftvoller Frömmigkeit. Nur kurz erwähnte er einige Stationen seines Lebensweges, war dieser doch allen Anwesenden vertraut. Mit dreiundzwanzig Jahren trat er in das Benediktinerkloster in Cîteaux ein. Dort wurde er früh schon auch Abt. Bernhard war entrüstet über die weltliche Prachtentfaltung seiner Brüder im westfränkischen Cluny und den allgemeinen Verfall der monastischen Leitidee von Armut, Demut und ehrfürchtigem Glauben. Er forderte die Rückkehr zur Einfachheit der Lebensführung in Gebet und Arbeit nach den Regeln Benedikts. Ihm missfiel die bedenkenlose Lebensweise, in der seine Zeitgenossen in den Tag hinein lebten – ohne Besorgnis für ihre Verantwortung vor Gott und für die Bewahrung der Natur. Damit geriet er in Gegensatz zu einem anderen Denker des 12. Jahrhunderts, zu Petrus Abaelard. Dieser hielt nichts von solchen Verallgemeinerungen, verlangte experimentierfreudig, neue Wege einzuschlagen. Bernhard hingegen machte sich mit einer größeren Zahl Gleichgesinnter auf nach Clairvaux und wurde dort zum Vorsteher des neu gegründeten Klosters gewählt. Dort also nahm die Geschichte der Zisterzienser ihren Anfang und ihren Lauf. Bernhard – erinnerte Prior Konstantin seine Zuhörer – gehörte zu den Mystikern, zu eben jenen Geistlichen, die über die begrenzten Verstandeserkenntnisse und die Sinneserfahrungen hinaus eine Wirklichkeit frei von weltlichen Täuschungen suchten. Seine Überzeugungen entwickelten sich in geistiger Versenkung. Aus ihr heraus bildeten sich die Verhaltensvorgaben des Ordens – Lösung von starker Ich-Bezogenheit, Einfügung in die brüderliche Gemeinschaft, Besinnung in absoluter Ruhe und kraftvolle Handarbeit.

Nach kräftigem Chorgesang und der Einweihung der Gedenktafel gab es an langen Tischen im Refektorium ein gutes Mahl. Die Gespräche drehten sich indes weniger um den Anlass des Treffens,

als vielmehr um die wochenlange Trockenheit im Lande, um die schlechte Ernte und Fragen der ausreichenden Versorgung der Bevölkerung im bevorstehenden Winter.
An einem der folgenden Tage erschien an der Klosterpforte Bauer Hövel und bat um ein Gespräch mit Pater Thomas. Wie schon so oft, berichtete er erst einmal wieder von den Vorzügen, die das Leben seiner Familie nach Umbau und Fertigstellung des Hofes nun hatte. Selbst Nachbar Schneider komme nun häufig zu Besuch und genieße es, sich auf der Küchenbank am Kamin den Rücken zu wärmen. Blitzblank sei die Stube – ohne Mäuse, ohne Speckkäfer, ohne Schaben. Es klang wieder so, als wollte er sich nachträglich bedanken, dass ihm der Herr des Himmels den Blitz ins Haus geschickt hatte. Dann rückte er mit dem Anlass seines Besuchs heraus: Tochter Anna Dominica möchte heiraten. Und er bitte den Abt um dessen Zustimmung. Wer denn der Glückliche sei, fragte Thomas so nüchtern wie ein alter Amtsrichter. Es sei der Wirtssohn vom ‚Goldenen Krug' aus Heisterbacherrott. Bauer Hövel wusste, dass der Abt als Grundherr um Genehmigung gefragt werden muss, weil sich durch die Heirat die Besitzverhältnisse des Pächters ändern konnten. Deshalb fügte er schnell noch hinzu, dass der Bräutigam das Gasthaus vom Vater übernehmen wolle, mehrere seiner Brüder dafür aber in die Landwirtschaft strebten. Die Rückkehr des Abtes von seiner Reise war für den nächsten Tag angekündigt. „Gehen Sie davon aus", entschied Thomas, „dass er seine Zustimmung gibt. Ich werde ihn darum bitten. Wenn Sie in einer Woche nichts von mir gehört haben, liegt sein Einverständnis vor!" Bauer Hövel dankte erleichtert und erhob sich. Thomas begleitete ihn noch bis zur Pforte. Er war versucht, danach zu fragen, wie es denn dem Fohlen gehe, sagte dann aber nur: „Grüßen Sie Ihre Frau und Ihre Tochter. Sagen Sie der Glücklichen, dass ich mich herzlich freue und für sie Gottes Segen erbitte." Eine merkwürdige Welt war das doch, bedachte der alte Hövel auf dem Rückweg sein Schicksal: Die Mönche gaben wohl gutgemeinten Rat zum täglichen Leben, hat-

ten sich aber selbst daraus unbesorgt zurückgezogen. Sie kannten die Streitfragen einer Ehe nicht – zur rechten Erziehung der Kinder, zu den persönlichen Wünschen, Erwartungen und Opfern der Eheleute. Sie predigten zur Liebe und zur Wahrheit. Aber sie kannten die Folgen nicht, wenn man die Wahrheit wirklich aussprach, und das Misstrauen nicht, wo man dem anderen nur freundlich zu Diensten sein wollte. Zuweilen sehnte er sich selbst nach klösterlicher Stille. Es war doch aber niemand da, der dann die Felder bestellt hätte. Und die Klosterzellen waren kühl und schützten auch nicht gegen die Lieblosigkeit der Welt.
Die Burggrafen von Drachenfels und Wolkenburg hatten in der Woche danach zur Treibjagd eingeladen und feierten mit Abt Johannes „bei korn und wîn" die Strecke. Zu später Stunde gab es wieder die vertrauten Klagen über die unsicheren Zeiten und den allgemeinen Sittenverfall. Der Abt gab Empfehlungen zur Abwehr von plündernden Horden im Rheintal und die Grafen rieten zu mutigen Schritten des Klosters gegen die wachsende Herde der Ungläubigen. Jeder mischte sich in das Handwerk des anderen. Mit der neuen Lebensweise in den Städten und dem Fernhandel war das wärmende Gemeinschaftsempfinden der Kurkölner verloren gegangen. Karl V., der deutsche Kaiser, zugleich König von Aragon und von Kastilien, hielt die anderen Souverains streng unter Vormundschaft. Das kam den Rheinischen, wie sie so sagten, mit den Jahren recht spanisch vor.
Graf Wolkenburg äußerte sich weiterhin verärgert über die umherziehenden herrenlosen Kriegsknechte in Königswinter und die Gäste gaben ihrem Unmut über dieses zuchtlose Treiben freien Lauf. Vorbei war die Zeit der Ritterlichkeit. Der Graf und seine Brüder hatten vom Vater noch den Umgang mit Waffen erlernt, für die Jagden im Herbst. Er hatte sich früh als Knappe und Edelknecht bewährt und schließlich die Schwertleite empfangen. Ritter sorgten für Gerechtigkeit und schützten die Schwachen. Nun aber nahmen die Landesherren bei Bedarf jeden ungeübten, nichtsnutzigen Bengel gegen Sold in ihre Dienste. Der Graf ver-

wies auf zwei frisch gedruckte Schriften, die seinen eigenen Überzeugungen entsprachen: aus Florenz ein Werk des Niccolò Machiavelli über Kriegskunst und von Lazarus Freiherr v. Schwendi, dem kaiserlichen Kriegsobrist aus Schwaben, ein Buch zu „Kriegsdiscours". Da sollte – schon gar wegen der ständigen Bedrohung durch die Türken – das „diutsche Lant" endlich ein kampfbereites stehendes Heer aufstellen, tüchtig und diszipliniert. Nur eben dafür hatten weder der Kaiser noch die Kurfürsten Geld. Der Hausherr schwärmte von den Erfolgen der Landsknechte: unter Georg von Frundsberg war ihnen vor einigen Jahren das Undenkbare gelungen: sie hatten tatsächlich die gemeinhin gelobten Schweizer Söldner in der Schlacht bei Bicocca besiegt. Der Reichstag indes sah die Not nicht und beschloss daher, durch mehrjährige Geldsammlungen

> „obbestimmte Hülff fruchtbarlicher und richtiger ins Werck zu bringen"

und sich in Notfällen nach dem Kölner Dienstrecht von 1154 wieder an das übliche Volksaufgebot zu halten.

Dem Abt gab die abendliche Runde in ihrer Sorge um den Verfall des Glaubens den Rat, die Heisterbacher Mönche in die Dörfer und auf die Marktplätze zu entsenden und die verirrten Schäfchen wieder auf den rechten Weg zu predigen. Das war leicht gesagt, aber nicht einfach zu verwirklichen. Der Abt kannte seine vergeistigten Brüder – und Predigten außerhalb des Klosters gehörten in die Zuständigkeit der Dorfpfarrer. Die Angst würde ihnen aus den Augen schauen, nicht das notwendige Gottvertrauen. Bekannt war, dass die Franziskaner entsprechend vorbereitete und geübte Klosterbrüder hinausschickten, wenn der Erzbischof es genehmigte. Sie kannten auch die Dialekte der Bauern – den westfränkischen und den sächsisch-meißnerischen. In der nächsten Kapitelversammlung brachte Abt Johannes den Wunsch der Grafen versuchsweise zur Sprache – und blickte in entsetzte Gesichter. In lateinischer Rede waren sie ja geübt, aber nicht in der rheinfränkischen Volkssprache. Der Vorschlag wurde schon aus diesem Grunde verworfen – mochten die Fürsten nach dem Reichstag zu Regensburg die Rede in deutscher Sprache auch immer wieder geloben:

> *„solich fuernemig wirdig und edel, als Teutsch gezunge ist ... und auch das heilig reich so loblich an Teutsch gezunge bracht“.*

Eine andere Sorge drückte den Abt viel mehr – die heimliche Zuneigung zu den Protestanten unter den eigenen Brüdern und in der katholischen Pfarrei Königswinter. Aufmerksam verfolgte man, wer sich – wie etwa der Freiherr Quadt von Rheindorf – zur Reformation bekannte. Kloster Heisterbach aber hielt unverbrüchlich zu den katholischen Glaubensüberzeugungen.

XXVII

Erneut störten Handwerker die klösterliche Stille: im Ostflügel musste der Treppenaufgang zum Dormitorium verstärkt, im Krankentrakt die Wärmestube ausgebessert werden. Zum Wasseranschluss an eine Quelle südlich der Abtei verlegten die Mönche eine Leitung aus Tonrohren. Schließlich plante Thomas auch die Verblendung des Kapellenkranzes der Kirche.

Was Thomas und Berthold wegen der wochenlangen Trockenheit schon befürchtet hatten, trat nun ein: die Bauern konnten ihre Pachtauflagen nicht erfüllen. Zudem holten sich Räuber des nachts von den Feldern, was noch nicht geerntet war. In ihrer Not beschlossen die Bauern von Oberdollendorf, Stieldorf und Heisterbacherrott gemeinsame Nachtwachen und bewaffneten sich auch. Wenn sie sich trafen, auf dem Bittweg am Bildstock, flehten sie um himmlischen Beistand, rätselten um den Flug der Nachtvögel und jedes Wetterleuchten.

Die Frau von Bauer Lossberg hatte, wie man sich erzählte, Kontakt mit ihrem verstorbenen Mann und in sich wiederholt Stimmen vernommen – Warnungen vor Krieg, vor einem göttlichen Strafgericht, ja sogar vor dem Papst als Antichrist. Weissagungen würden sich nun erfüllen – angezeigt mit dem Versiegen großer und tiefer Brunnen. War die Zeit also gekommen? Man sollte sie befragen, die schöne, fromme Wittib vom Grevenhof. Sie könnte sagen, wie man sich mit den himmlischen Mächten wieder versöhnt und sie sollte Regen erbitten. Das wiederum weckte den Argwohn der anderen Bäuerinnen, die den Kontakt zu dieser Wittib nicht wünschten.

Noch die Väter der Bauern flehten häufig die Mutter Gottes und alle Heiligen um Wetterhilfe an. Die Witwen waren es dann, die mit Besen in einen ausgetrockneten Teich stiegen und darin kehrend mächtige Staubwolken zur Sonne schickten. So sollte sich der Himmel erbarmen und Regen senden. Bauer Nitze vom Ehrensteiner Hof, ein Freund der Lossbergs, glaubte fest an die Wirkung des alten Brauchs und bat die Witwe um diesen Dienst. Manches Volk aus der Nachbarschaft und die Bauern versammelten sich schließlich zu Beginn der folgenden Woche auf dem Grevenhof. Frau Lossberg kehrte nun mit einem Strohbesen kräftig die Auffahrt zur Scheune, denn einen Teich gab es dort nicht. Staubwolken hüllten sie ein und stiegen himmelwärts. Sie murmelte Gebete und das umstehende Volk fiel auf die Knie. Vom Rhein her zogen tatsächlich dunkle Wolken über die Berge – nur Regen sandten sie nicht. „Eine Hexe!", schrie es plötzlich aus der Menge, „eine Hexe ist sie! Nur fort von hier!" Erschrocken wichen die Umstehenden zurück. Es war die Frau des Salzsieders Stockhaus, die da aufschrie, ermutigt durch die neben ihr stehende Frau Nitze. Frau Lossberg warf den Besen fort und floh ins Haus. Angstvoll und unschlüssig riefen Mütter nach ihren Kindern. Ratlos besprachen sich die Bauern. Fluchtartig dann stürzten die Menschen vom Hof. Einige junge Kerle aber wollten sich die Witwe greifen und in das Haus eindringen. Bauer Nitze stellte sich schützend in den Eingang und brüllte sie an. Andere Bauern eilten herbei. Es kam zu einer kräftigen Schlägerei. Die Bauern konnten sich schließlich behaupten. Drinnen saß schluchzend Frau Lossberg. Bauer Nitze sprach ihr beruhigend und liebevoll zu – da erschien seine Frau drohend neben ihm und schrie ihn an, er solle auf der Stelle hier heraus. Nun stellte sich Bauer Schneider dazwischen und erklärte, er werde sich um alles sorgen; Nitze gab er einen deutlichen Wink, seiner Frau ohne Widerspruch zu folgen.

Frau Stockhaus klagte beim Vikar in Oberdollendorf. Dieser unterrichtete den Landvogt und er wiederum den Abt. Der Vorfall liege in der Zuständigkeit des Grundherrn, meinte der Vogt – und so erhielt der Kämmerer des Klosters den Auftrag zu Vorermittlungen. In den Dörfern um die Kasseler Heide sorgte das Ereignis für erhebliches Aufsehen. Der Prozess fand deshalb auch nicht im Kloster statt, sondern unter der Linde in Oberdollendorf. Stunden vor Beginn war der Platz bereits voller Menschen; an den Fenstern drängten sich Frauen und Kinder. Ein Hexenprozess in Oberdollendorf – getuschelt wurde darüber im ganzen Land. Seit sechzig Jahren schon verfolgte die Inquisition Frauen, die man als Hexen in Verruf gebracht hatte. Wer solche meldete, konnte sich ein Kopfgeld verdienen. Die Bauern aber wollten nichts davon wissen und vertrauten auf andere Wendungen ihrer Not.

Um die Mittagsstunde des 21. September bahnten sich Abt Johannes, Pater Thomas und Pater Stephan als Protokollführer den Weg zur Linde, gefolgt von einem Flurschützen, der Witwe Lossberg und Bauer Schneider. Ein Handzeichen des Flurschützen sorgte für Stille.

„Johanna Lossberg ist angeklagt“, eröffnete Abt Johannes den Prozess, „sich am 12.September 1553 im Grevenhof in Oberdollendorf der Hexerei schuldig gemacht zu haben. Wir hören die

Klägerin, Maria Stockhaus, wohnhaft dahier. Frau Stockhaus, Sie haben das Wort."
„Die Angeklagte ist eine Frau mit zweifelhaftem Ruf. Sie behauptet, Stimmen und Geister hören zu können. Vor unseren Kindern hat sie hier einen alten Hexenbrauch vorgeführt, der auch von unserem Pastor als dummer Zauber verurteilt wird. Wie man ja gemerkt haben dürfte, gab es an diesem Tag keinen Regen. Wir haben als Mütter die Pflicht, unsere Kinder vor Aberglauben zu schützen. Wir sorgen dafür, dass sie ihren Verstand gebrauchen und ihre sieben Sinne. Und dann kommt diese Frau mit steinzeitlichen Gebräuchen daher und wirft allen Erziehungserfolg um. Für mich gibt es keinen Zweifel, dass sie im Schutz der Staubwolke auch den Teufel angerufen hat. Deshalb habe ich keine andere Möglichkeit gesehen, diesen faulen Zauber durch meinen Zwischenruf zu beenden."
Die Menge spendete kräftigen Beifall und eine Gruppe Jugendlicher rief stets lauter werdend: „Verbrennt das Weib! Verbrennt das Weib!" Der Flurschütze mahnte zur Ruhe.

„Das Wort hat nun die Angeklagte!" bestimmte Abt Johannes. „Ich bitte um Ruhe!"
Johanna Lossberg war wie gelähmt vor Angst und brachte kein Wort hervor. Diese Rufe nach Verbrennung, voller Verachtung und Hass, schienen ihre letzten Stunden anzuzeigen. Unter Tränen bat sie, ihr Zeit zur Sammlung zu geben. Bauer Schneider neigte sich zum Abt und flüsterte: „vielleicht kann ich zur Aufklärung der Sache beitragen, bis sich Frau Lossberg gefangen hat."
„Ich erteile zunächst dem Zeugen Schneider das Wort, Bernhard Schneider, Heisterbacherrott", korrigierte sich der Abt.
„Verehrter Herr Vorsitzender", sprach der Bauer mit kräftiger Stimme, „es war die Bitte der Bauern an Frau Lossberg, angesichts der ausgetrockneten Äcker und der kärglichen Ernte einen letzten zweifellos umstrittenen Versuch zu wagen, von unserem Herrgott Regen zu erbitten. Sie wusste, dass sie sich Spott und Zorn zuzie-

hen würde, wenn ihre Bitte nicht erhört würde. Nun ist der Regen nicht sofort gekommen – aber vorgestern und gestern hat es doch kräftig geschüttet. Der Himmel hat das Gebet gehört und den angeblich steinzeitlichen Brauch verstanden. Nach so vielen Wochen der Trockenheit durften wir doch wohl noch drei Tage Geduld haben. Und weit ist schließlich der Weg zum Himmel; bis man da erhört wird, vergeht nun eben mal auch viel Zeit!"
Vorsichtiger Beifall kam aus der Menge.
„Ich möchte nicht versäumen, Frau Lossberg den herzlichsten Dank der Bauernschaft zu sagen für ihre Hilfsbereitschaft – und nunmehr ja auch für den Erfolg!"
Bestätigende Zurufe von Bauern und erneuter Beifall der Versammelten.
„Frau Lossberg", wandte der Abt sich wieder an die Angeklagte, „wollen Sie nun aussagen?"
„Wenn Sie erlauben, möchte ich keine Erklärung abgeben, sondern lieber Fragen beantworten."
„Nun gut", entschied der Abt, „beginnen wir mit den Fragen: die Klägerin will gehört haben, dass Sie in der Staubwolke auch den Teufel angerufen haben."
„Nichts liegt mir ferner! Ich habe Teile aus dem Vaterunser gebetet und um Regen gefleht."
„Hexen suchen sich gerne besondere Tage aus – die Oster- oder die Walpurgisnacht und jeden Zwölften. Der Vorfall ereignete sich am 12.September. Das ist eine kosmische Zahl – zwölf Monate hat das Jahr, es gibt zwölf Apostel, zwölf Tierkreiszeichen, zwölf Stämme Israels und zwölf Söhne Jakobs. Warum also geschah das an einem Zwölften?"
„Um diesen Tag haben mich die Bauern gebeten. Ich habe ihn nicht festgelegt – und schon gar keine Nacht, wie es gemeiniglich Hexen täten."
„Ich frage nun alle Anwesenden: hat irgendjemand bei diesem Ereignis am 12.September einen Schaden erlitten, merkwürdige Verwandlungen erlebt? Wurde jemand durch bösen Blick ge-

schädigt, gar vom Aussatz getroffen? Wurden Säuglinge von der Schwindsucht befallen?“ Die Menge wurde unruhig – aber es gab keine Wortmeldung.

„Ich sehe und höre keine weitere Meldung. Die katholische Kirche und der Kurfürst haben sich bekanntlich schon vor Ablauf des letzten Jahrhunderts sehr entschieden gegen Hexerei und Zauberei ausgesprochen. Ich stelle daher fest, dass die Klägerin, Frau Stockhaus, bemerkenswert mutig in genau diesem Sinne aufgetreten ist. Wer nun aber zu jenen Hexen und Zauberern zu rechnen ist – auch das ist an bestimmten Merkmalen zu erkennen: Hexen zeigen in Verwünschungen tiefe Abneigung gegen ihre Mitmenschen. Sie richten erkennbaren Schaden an – etwa durch Beschwörung von Krankheiten und Seuchen. Sie neigen zu Verwandlungen mit Tiergesichtern. Sie verkehren mit bösen Geistern. Wetterhexen rufen nach Sturm, Hagel und Gewittern und ich sage ausdrücklich: nicht nach Sonne oder Regen. Ich frage daher noch einmal die hier Versammelten: Hat irgendjemand solche Zeichen und Verhaltensweisen bei der Angeklagten erkennen können?“

Die Menge schwieg.

„Der Angeklagten kann offenkundig keine Schuld zugesprochen werden. Sie hat sich vielmehr einer Bitte der Bauern nicht verschlossen. Wir alle sind in dieser Zeit der Dürre gleichermaßen besorgt. Die Umstände erlauben deshalb ausnahmsweise den Rückgriff auf alte Bräuche der Vorfahren, wenn sie keinen Schaden nach sich ziehen. Es mag sogar zutreffen, dass wir es ihrem Gebet zu verdanken haben, dass es nun zwei Tage kräftig geregnet hat. Ich spreche die Angeklagte hiermit frei von dem Verdacht der Hexerei! Uns allen rate ich, mit der schnellen Verurteilung von Menschen zu mehr Zurückhaltung! Die Verhandlung ist geschlossen.“

Abt Johannes erhob sich und drückte Frau Lossberg lange die Hand. Das Zittern saß ihr noch in den Knochen. Einige Bauern waren es wohl, die Beifall spendeten. Die Menge schwieg.

XXVIII

Schwierig blieb es, die Novizen an unverrückbare Glaubensüberzeugungen der Kirche heranzuführen. Selbst zur Bedeutung des Papstes gab es in diesen Jahren immer wieder heftige Meinungsverschiedenheiten. Pater Gregor hatte gute Gründe dafür genannt, den Bischof von Rom als das Oberhaupt der katholischen Kirche anzusehen – war es doch Christus, der seinem Jünger Simon Petrus bei Caesarea sagte, dass er auf ihn seine Gemeinde bauen wolle. Und Petrus verbrachte die letzten Jahre in Rom. Der Bischof von Rom sah sich also in der Nachfolge des Petrus als Stellvertreter Christi. Ja – die Ermächtigung des Petrus und aller seiner Nachfolger ging noch weiter; Christus habe hinzugefügt: „alles, was Du auf Erden binden wirst, soll auch im Himmel gebunden sein, und alles, was Du auf Erden lösen wirst, soll auch im Himmel los sein". Plötzlich aber gab es Gegenpäpste – und das über die Zeitspanne eines halben Jahrhunderts. Wer war da noch der rechtmäßige Nachfolger? Rom beanspruchte das Recht, Bischöfe und Äbte einzusetzen. Dieses Recht aber forderten die jeweiligen Landesherren auch für sich, zumal nicht wenige Reichsfürsten zugleich geistliche Ämter innehatten. Die Kirche, meinten die Novizen, hätte sich viel zu oft in weltliche Machtkämpfe verstrickt. So empörten sie sich über Papst Johannes XXIII., der wegen verschiedener Vergehen verurteilt und abgesetzt worden war. Und nunmehr, im Jahre 1555, gab es kurz hintereinander in Rom drei Päpste. Kraftlos hätten sie im September des Jahres vor den Protestanten das Feld geräumt und diese Schmach der Kirchenspaltung den Augsburger Religionsfriede genannt. Zwangsläufig seien viele Gläubige nachhaltig verunsichert.

Wo die Sterne wanderten und die Erde sich drehte, wo alles nur wurde, um zu vergehen – da sehnten die Menschen sich mächtig nach Halt. Propheten verkündeten und Astrologen deuteten das Künftige, Magier beschworen Geheimes und Alchimisten entdeckten Spuren eines Steins des Weisen. Universitäten wurden

gegründet. Das Wissen endlich schien der rettende Anker, nicht mehr der Glaube. Pater Gregor warnte: die Wissensspeicher der Menschen seien eng, so auch der Strom ihrer Gedanken. Gott, der Allwissende, werde seine guten Gründe gehabt haben, menschliche Erkenntnisse in Grenzen zu halten – usque ad cineres.
Die Welt verneigte sich vor dem Seher Nostradamus und seinem Wirken in Zeiten der Pest. Sie war berauscht von geheimnisvollen Gerüchten um ihn, der des nachts im Kerzenschein bei Zauberspiegel und Messingschale mit dem Dreifuß die Zukunft weissagte. Bilder sah er dann und kommende Ereignisse. Die höfische Gesellschaft hielt ihn für ein Genie, das Volk nannte ihn einen unheimlichen Gesellen des Satans. Das Weltgeschehen war voller Ahnungen und Prophezeiungen, Verwünschungen und Gewaltandrohungen, Zauber und Hexerei. Die Vernunft hatte keinen Zugang zum Verborgenen.

Das Volk aber liebte die geheimnisvollen Erzählungen, die Beschau von Eingeweiden und Vogelflug, den dürren Baum der Grabesfahrt im Orakel der Sibylle. Es vertraute der Ansage besserer Zeiten:

> „*dann würt das gülten alter und die gülden zeit erfült und herfür kommen … frid und einigkeit würt sein in aller welt*“.

Das Volk glaubte an Geister. Sie wirkten in den Dingen. Und die Dinge hatten ihre Ausstrahlung, ja ihre mystische Erhöhung.
In Süddeutschland hatte schon 1496 der Augsburger Geistliche Wolfgang Aytinger verkündet, eine große kirchliche Revolution durch einen Mönchspropheten stehe bevor, es komme ein „Strafgericht über die Kurie, die zum allesverderbenden Höllenschlund“ geworden sei. In Regensburg folgte ihm 1508 der Priester Joseph Grünpeckh mit der Ankündigung, es werde „nächstens ein gewaltiger Sturm über Kirche und Klerus losbrechen“. Und nun, ein halbes Jahrhundert später, musste man doch einräumen, dass solche „*wunderliche Weyssagung von dem Bapstumb …*“ tat-

sächlich eingetroffen war. Der Mönch aus Wittenberg fühlte sich dazu berufen. Mit einem gewissen Unbehagen räumte er zu dieser Prophezeiung ein:

> *„so sollen sich die gottlosen Herren und Lender für alle solchen Weissagungen furchten, und nicht anders dencken, denn es gelt ihnen, nicht umb ihrer Kunst willen, die offt feylen kan und muß, sondern umb der Zeichen und Warnunge willen, so von Gott und Engeln geschicht, darauf sie ihre Kunst wöllen grunden, denn die selbigen feylen nicht, das sollen sie gewis sein."*

Weissagungen, Mythen und Enthüllungen machten die Welt erlebnisreich. Wie nüchtern hingegen erschien doch das Wissen! Gelockt werden wollten die Menschen mit Zauberdüften und Heilkräutern, mit Naturrätseln, lauwarmen Mondnächten und Berggeistern. Wissen war ohne Anmut. Nur der Glaube bewirkte auch den Zusammenhalt der Herrschenden und Untertanen. Mit dem Zuspruch der Bischöfe galt der Adel als gottgewollt und der Gehorsam des Volkes als Verpflichtung.

Um so tragischer war die hereinbrechende Spaltung der Gläubigen – die Herausforderung der Protestanten gegenüber der katholischen Kirche in Teilen Deutschlands und die der Hugenotten gegen Rom unter Johannes Calvin in Frankreich. Kaiser Karl V. stritt für die Sache des Papstes, der Kurfürst Moritz von Sachsen für die Protestanten – nicht aus innerer Überzeugung, sondern aus Abneigung gegen das „viehische spanische Servitut". Karl V. fiel in die Schwermut. 1556 übergab er die Herrschaft seinem Bruder Ferdinand über die deutschen Lande und seinem Sohn Philipp für Spanien und die Niederlande. Aufregung brachte das Geschehen für die österreichischen Erblande, für Böhmen, Ungarn, Teile Italiens und insbesondere für Frankreich – im Rheinland indes fühlte man sich wie auf einer vergessenen Insel.

Prior Konstantin mied den Disput. Das Schweigegebot der Zisterzienser bewahrte die Mönchsgemeinschaft vor Streit. Eine alte Schrift hütete man auch in der Bibliothek – mit Weisheiten der buddhistischen Meister Shāntideva und Padmasambhava. Wer das Geschehen verstehen wolle, lehrte er in ihrem Sinne die Novizen, müsse sich mit der Natur des Geistes im Einklang befinden. Und das gelinge nur im Schweigen. Häufig sah man ihn also bei untergehender Sonne reglos sitzend im Kreuzgarten. Nun aber war er schon mehrere Tage nicht gesehen worden. Er litt, wie man sich zuflüsterte, unter Sodbrennen und trägem Darm, wohl auch unter Anfängen von Gicht. Der Arzt verschrieb aqua perlata, aqua sambuci und verschiedene Teemischungen; sein Gesundheitszustand besserte sich nicht. Am Ostermorgen hatte er nach altem Brauch noch vor Tagesanbruch seine Kammer verlassen, um die aufgehende Sonne zu sehen. Oberhalb der Fischteiche trank er frisches Wasser aus dem Bach. Das sollte heilende Wirkung haben. Der Arzt dann fand die Zelle leer; auf dem Tisch lag umgestoßen ein Stundenglas. Die Brüder suchten ihn in der Klausur vergeblich. Drei Tage nach Ostern begegnete Thomas auf seinem Rundgang draußen am Weilberg einem Waldweiblein, das ihn unter eine mächtige Buche führte. Dort saß der Prior versunken am Fuße. Er sprach ihn an, doch Konstantin schwieg. Vielleicht schlief er noch. Er berührte ihn vorsichtig an der Schulter, da fiel er leblos ins Moos. Der Prior atmete nicht mehr.

Thomas betete zum Herrn für das Seelenheil seines Bruders, drückte ihm die Augen zu, nahm ihn auf die Schulter und trug ihn heim. Wieder läutete über Heisterbach die Glocke. Wieder sang der Chor der Mönche die Totenvesper. Konstantin wurde in sein Gewand eingenäht und der Erde zurückgegeben. Sieben Tage lang klangen Messen und Gebete zum Himmel. Gewiss – der Bruder hatte nun seine irdische Schulzeit hinter sich gebracht, Seele und Geist hatten in der körperlichen Einbindung zu ihrer bleibenden Gestalt gefunden und alle vertrauten darauf, dass er ohne Leid das eigentliche Leben begonnen hatte. Den Tod sah er nicht, denn der war nichts anderes als die Abwesenheit von Gott. In der Kapitelversammlung bestimmte Abt Johannes Pater Stephan zum Nachfolger.

XXIX

Der Glaubenskampf blieb das beherrschende Thema der Zeit. Der spanische König Philipp unternahm mehrere Versuche, im alten Herrschaftsbereich seines Vaters die Protestanten zu vertreiben und den katholischen Glauben für alle wieder durchzusetzen. Die Schiffe der spanischen Silberflotte mehrten seinen Wohlstand und die Zuversicht, den Erfolg notfalls auch erzwingen zu können. Im Rheinland hörte man wohl von Unruhen in der Ferne – auch von Klosterauflösungen unter protestantischen Landesherren, vertraute aber darauf, dass die Mehrheit der Kurkölner an der ehrwürdigen katholischen Kirche nicht rüttelte. Und weil die Bedrohung nicht empfunden wurde, fiel man – auch im Kloster Heisterbach – auf sich selbst zurück.

Prior Stephan freute sich seines Amtes und unternahm zahlreiche Reisen. Er besuchte einige der Nachbarklöster, häufig jene der Zisterzienserinnen Königshoven und Blatzheim sowie den Heisterbacher Stadthof in Köln. Bei dieser Gelegenheit knüpfte er nützliche Verbindungen zu ranghohen Angehörigen des Erzbistums und verbrachte die Nächte oft bei Freunden und Verwandten im Kölner Raum. Wo sich eine günstige Gelegenheit ergab, folgte er in Vertretung des Abtes den Einladungen der Burggrafen und der Herren von Gymnich. So war er bald so bekannt wie Abt Johannes.

Das verleitete auch andere Brüder, die Residenzpflicht, Spiritualität und Meditation, das Schweigegebot und die Teilnahme an den Stundengebeten – kurzum die stabilitas loci – nicht mehr gewissenhaft zu beachten. Unmerklich wurden sie sich fremd im Konvent. Abt Johannes bemerkte es wohl, vermochte es aber nicht zu ändern. Immer schon kamen Verlockungen auf leisen Sohlen daher; wer ahnte in Reisen, in fröhlicher Geselligkeit, in schönen Augen oder feinen Speisen gefahrvolle Versuchung? Ein Jahrtausend war es her, dass Benedikt von Nursia für ein gedeihliches Zusammenleben Regeln gesetzt hatte: Anleitungen zur Demut, Barmherzigkeit, Enthaltsamkeit, Geduld und zum Gehorsam. Da kamen Neid und Missgunst, Habgier und Herrschsucht gar nicht erst auf. Thomas war von seinem Amt her geübt, die Mönchsgemeinschaft von außen zu betrachten – mit den Augen der Pächter, Händler und Arbeiter. Demut blieb ihm ein Herzensanliegen. Deutlicher als seine Brüder nahm er die Befremdung wahr: sie schauten sich nicht mehr offen an und gingen sich aus dem Wege. Zuweilen fragte er sich, ob er selbst nicht einen Fehler gemacht hatte, als er zum Umbau des Dormitoriums in Einzelzellen drängte.

Prior Stephan hielt es für seine Pflicht, Einfluss auch auf die Abläufe bei der Armenspeisung zu nehmen sowie das Geschehen im Wirtschaftshof, in den Küchen und Gärten zu kontrollieren. Seine früheren Mitschüler im Noviziat, Christian und Thomas, hatten mehrere Entscheidungen nachträglich schriftlich zu begründen, die sie auch in brüderlichen Gesprächen hätten erläutern können. Darauf angesprochen meinte er streng, er habe seine guten Gründe, mit dem alten Schlendrian aufzuräumen, und er müsse das nicht rechtfertigen. Mit dem Abt war vereinbart, dass dieser sich um Fragen des Glaubens und die geistige Ausstrahlung des Klosters sorge und er um den Wirtschaftsbetrieb. Der Kämmerer war dem Prior somit unterstellt und sah den Abt nur noch in den Kapitelversammlungen. Die Gemeinschaft der Mönche und Laienbrüder zerfiel in Interessengruppen. Wenn die ohnehin schweigsamen Brüder noch sprachen, schauten sie sich stets vorsichtig nach Mithörern um.
Für die Außenwirkung und den Wohlstand des Klosters, meinte der Prior, hatte das keine Bedeutung. Er sah sehr genau darauf, neue Stifter und Spender zu gewinnen. Und hier verband er das

Wirtschaftliche geschickt mit den geistlichen Bedürfnissen des Adels. Mit gespielter Besorgnis sprach er bei jeder sich bietenden Gelegenheit über die schuldhafte Verstrickung der Mitmenschen und die Höllenqualen, die sie im Jenseits zu erwarten hätten. Er wusste nur zu gut, dass seine Zuhörer dann besonders aufmerkten – und würdigte die Vorzüge der Fürbitten für die verstorbenen Sünder. Solche Gebete seien den Mönchen von Heisterbach ein Herzensanliegen und man wisse ja schon aus der Heiligen Schrift um ihre heilbringende Wirkung. Tatsächlich nahmen die Stiftungen und Spenden wieder zu und auch Vereinbarungen über die Grablege im Kloster sowie Einträge im Totenbuch für die Gebetsleistungen. So unruhig die Zeiten gemeinhin waren: Kloster Heisterbach zeigte sich als Feste starken Willens und bewunderungswürdiger Hort des Glaubens.

Ein neues Jahr hatte kaum begonnen, da stellte sich bei Abt Johannes unangekündigt Besuch ein: Maria Katharina von Heinsberg, die Priorin aus Königshoven, führte im Abtshaus ein langes, ernstes Gespräch und zum ersten Mal in der Geschichte des Klosters wurde die Kapitelversammlung abgesagt. Sie hatte, berichtete sie, kürzlich das Gerücht vernommen, eine der Klosterschwestern – Schwester Gertrud – sei wiederholt und unziemlich lange von einem Mönch aus Heisterbach besucht worden. Zur Rede gestellt, habe Schwester Gertrud das sofort freimütig gestanden. Im November habe Prior Stephan an der Klosterpforte um Einlass gebeten und die Priorin sprechen wollen. „Ich war aber zu der Zeit in Köln“, erklärte die Besucherin. „Es war wirklich ein kalter, stürmischer Tag. Schwester Gertrud hat ihn also hereingelassen. Er habe sich vorgestellt und gefragt, ob er denn wenigstens einmal einen Blick in das Kloster werfen dürfe. Sie hat ihm dann die Kirche, den Kreuzgang und törichterweise auch ihre Zelle gezeigt. Es sei ja schrecklich kalt, habe er dort gemeint, und sie völlig überraschend an sich gezogen. Sie habe sich zunächst der warmen körperlichen Umarmung nicht entziehen wollen, dann aber auch dem ganzen Sturm nicht, wie sie schluchzend bekannte, der über sie beide gekommen sei. Einige Wochen später hat Prior Stephan dann erneut da gestanden und ihr ein Geschenk übergeben wollen, eine kleine Spieluhr – als Dank gewissermaßen für ihre Hingabe. Die beiden haben sich wieder in die Zelle zurückgezogen. Ich will diese unappetitliche Begebenheit nicht vertiefen! Schwester Gertrud hat inständig um Vergebung ihrer Sünden gebeten. Sie hat ihre Züchtigung erhalten und gelobt, sich fürderhin demütig und sittsam an unsere Regeln zu halten."

Abt Johannes schwieg eine Weile. „Ich bitte dich um Verständnis, liebe Schwester", sagte er dann, „das muss ich erst einmal verdauen! Vor gut einem Jahr hatte ich ihn zu meinem Vertreter bestimmt, weil mich seine Gewissenhaftigkeit und sein ideenreicher Gestaltungswille beeindruckt haben. Die Tüchtigkeit konnte man erkennen, nicht aber die Anfälligkeit für solche Exzesse. Er wird sich nicht wieder bei euch sehen lassen – dafür sorge ich!" Priorin von Heinsberg erhob sich zum Abschied, dankte, holte noch ein kleines Päckchen aus ihrer Tasche und übergab es Abt Johannes: „Das ist die besagte Spieluhr! Wir wollen uns nicht bereichern!"

Abt Johannes zog sich zu Besinnung und Gebet zurück. Am Abend ließ er Prior Stephan zu sich rufen. Auf dem Tisch stand die Spieluhr. Der Prior schaute sich verlegen um. „Sagt dir das etwas"?, fragte ihn der Abt und zeigte zum Tisch hinüber. Der Prior hob hilflos die Hände. „Irgendwann musste es ja herauskommen", antwortete er tonlos, aber nicht sonderlich reumütig. „Diese Schwester hat mich zu allem verleitet!", meinte er, „sie hat an jenem Tag am ganzen Leib gezittert – wie ich nun wohl feststellen muss – nicht aus Kälte, sondern aus Wollust, und sie hat mich herausfordernd und sehr verführerisch angeschaut. Nun ja – auch ich bin nur ein Mensch!"

„Und der Mensch in dir ist dann ganz zufällig ein zweites Mal in dieses Kloster geraten", ergänzte Abt Johannes kopfschüttelnd, „mit einem kleinen Geschenk für eine weitere Verführung!" Prior Stephan räumte nunmehr ein, dass er einen Fehler begangen habe.

„Wir müssen uns nicht weiter darüber auslassen", schloss Abt Johannes das Gespräch. „Ich will uns beiden auch die Qual einer Verhandlung und Bestrafung in der Kapitelversammlung ersparen. Bruder Stephan, du wirst von nun an in deiner Kammer bleiben! Keiner der Brüder darf dich noch sehen oder sprechen. Die Speisen werden dir vor die Tür gestellt. Ich werde deine Verlegung in ein Bruderkloster veranlassen! Wir werden uns nicht wieder sehen! Ich entlasse dich hiermit aus dem Amt des Priors! In Heisterbach ist dies Strafe genug. Der Herr möge dir gnädig sein!" Abt Johannes gab ihm ein Zeichen. Sie erhoben und verneigten sich schweigend. Der Abt drückte Stephan die Spieluhr in die Hand und Pater Stephan verließ den Raum.
Eine weitere Last noch drückte den Abt: Gerüchte über den Kellermeister in angetrunkenem Zustand. Ausdrücklich gebot die 31. Regel des Heiligen Benedikt zur Eigenschaft des cellerario monasterii, hierzu nur einen weisen Bruder auszuwählen, der „von reifen Sitten, nicht vieler Speisen gierig, kein Zänker und kein Schelter" sei. Abt Johannes machte sich auf den Weg in den Wirtschaftshof und nahm den Kellermeister ins Gebet.

XXX

Thomas eilte zur Krankenstation. Ihm war zugerufen worden, Pater Christian sei dort mit Verbrennungen eingeliefert worden. Das rechte Bein und den rechten Unterarm hatte man gerade mit einem Verband umwickelt. „Es war meine eigene Dummheit", stöhnte er, „ich habe einen Kessel kochendes Wasser umgestoßen – und das hat der Körper nicht so gern." Thomas setzte sich neben ihm ans Bett. „Hast du Schmerzen?", fragte er. „Die feuchten Heilblätter kühlen, es ist erträglich!" Sie schwiegen. Christian mochte keine Wehleidigkeit.
„Sag' mal", wechselte er das Thema, „willst du nicht wieder einen Abend mit uns an die Planchette?" Thomas antwortete nicht. Christian spürte, dass er die Teilnahme scheute. „Wir sind jetzt

wiederholt gewarnt worden vor Unruhen und Kriegen; und wir sollten auch in der Kirche keine Werte lassen. Auf das Kloster kämen schwere Zeiten zu. Thomas behagten solche allgemeinen Ankündigungen nicht. Wie sollte man sie auch deuten? Krieg drohte vielleicht in Frankreich. Und die Spanier bedrängten die Niederlande. Im Rheintal war Ruhe. Pater Hugo schaute herein. „Bevor es hier zum Gedränge kommt“, meinte Thomas, „will ich lieber wieder gehen.“ „Bleib‘ noch einen Augenblick“, hielt er ihn fest, „ich brauche euren Rat. Es muss etwas Ungewöhnliches geschehen sein. Abt Johannes hat mich vorhin gefragt, ob ich bereit wäre, das Amt des Priors zu übernehmen. Er wollte den ‚nötigen Wechsel‘, wie er sagte, nicht erläutern. „Mir wäre das nur lieb“, fiel ihm Thomas ins Wort. „Besonders brüderlich ist Stephan nicht mit uns umgegangen. Ist dir eigentlich schon einmal aufgefallen, dass du bei geheimnisvollen Personalveränderungen immer als einer der ersten eingeweiht wirst?“ Christian ergänzte: „Für den Konvent wäre das ganz sicher eine Verbesserung. Warten wir's doch ab. Meine Zustimmung hast du!“ Es war gegen die Regel, über Geschehnisse zu sprechen, deren Sachverhalt man nicht genau kannte. Sie verließen Christian mit allen guten Wünschen. Im Krankentrakt quälten die Fliegen. Ein Bruder war damit beschäftigt, kleine, in Honig getunkte Zweige als Fliegenfang aufzuhängen.

Als Thomas zur Mittagszeit in seiner Kammer über den Büchern saß, ging ihm die Warnung vor Unruhen durch den Kopf. Er sah auf seine drei Krüge mit Talern und Gulden. Im Kloster standen stets alle Türen offen; nie wäre jemand in den Sinn gekommen, ungebeten seinen Raum zu betreten. Die Warnung aber wollte er ernst nehmen. Schließlich gab es schon seit einigen Jahrzehnten die Prophezeiung eines Angriffs der Türken. Johannes Lichtenberger hatte in seiner Schrift verbreitet, die Türken würden „Teutschland erobern“:

„Der Türck wird einnemen die umbligenden lender, die letzten jare seines Regiments gen Abend, und nicht ferne von dem güldenen Coln wird er erschlagen werden.“

In nächster Zeit, dachte Thomas, werde er irgendwo im Garten eine Grube ausheben. An der Rückwand des Refektoriums hatte er Bretter und Stützbalken liegen sehen, die dafür nützlich sein konnten.

Abt Johannes begann die Kapitelversammlung mit einer ungewöhnlichen Einführung: „Mir ist nicht entgangen, dass einige Brüder gegen die Regel verstoßen – die Stundengebete nicht einhalten, sich eigene Speisen zubereiten, unbekümmert Besuch in der Klausur herumführen oder die Klausur sogar für Tage verlassen. Darunter leidet nicht nur der Zusammenhalt unserer Gemeinschaft. Solches Verhalten untergräbt unser Daseins- und Dienstverständnis. Wer sein Gelübde nur mit der Zunge geleistet hat und nicht aus tiefster Überzeugung, den fordere ich auf, uns freiwillig zu verlassen. Ich dulde keine Nachlässigkeit mehr. Zum Zeichen der Umkehr habe ich auch Prior Stephan aus seinem Amt entlassen. Er wird das Kloster in den nächsten Tagen verlassen. Als Nachfolger ernenne ich hiermit vor euch allen Bruder Hugo.“

Später – wieder auf seiner Kammer – konnte Thomas keinen klaren Gedanken fassen. Er entschloss sich zu einem Gang durch die Gärten und zu den Fischteichen, kehrte plötzlich um und griff sich einen Spaten. Im Kräutergarten holte er drei Reihen dort gepflanzter Florentinischer Iris aus dem Boden, auch Grüne Zypresse und zwei Reihen Gewürznelken. Er setzte sie vorsichtig zur Seite und grub ein tiefes Loch. Immer wieder schaute er sich um, ob ihn auch niemand beobachtete. Nicht einmal ein Specht ließ sich blicken. In der Abenddämmerung senkte er einige Balken in das Loch, deckte das Ganze mit Brettern ab, füllte oben Erde auf und setzte die Kräuter dorthin zurück. Nach Anbruch der Dunkelheit verteilte er den verbleibenden Berg Erde auf die umliegenden Beete. Die körperliche Arbeit hatte ihm gut getan. Nun hatte er schon einmal ein Versteck für seine Münzkrüge und das heilige Altargerät – und wieder einen freien Kopf. In den nächsten Tagen und Wochen sah er häufig danach, ob der Kräutergarten den vertrauten, leicht ungepflegt wilden Eindruck machte, der niemanden anlockte.

Nur drei Tage hatte es gedauert, die weitere Verwendung für Pater Stephan zu klären: der Abt der Zisterzienserabtei Marienstatt im Westerwald gab sein Einverständnis zur Aufnahme. Der Konvent hatte nach der Terz gerade begonnen, als Pater Stephan unbemerkt an der Pforte abgeholt wurde.

Im Monat darauf trafen sich die Äbte in Cîteaux zum jährlichen Generalkapitel des Ordens. In diesem Jahr standen die Auflösung von Klöstern in protestantischen Gebieten sowie einige Vermögensfragen auf der Tagesordnung. Jüngstes Opfer war die Zisterzienserabtei in Bebenhausen. Für den 4. Juni 1560 wurde die Rückkehr von Abt Johannes erwartet – in Heisterbach aber kam er nicht an. Zwei weitere Tage wartete man vergeblich auf sein Kommen oder eine Nachricht. In den Nachbarklöstern waren die Äbte heimgekehrt; sie bestätigten Prior Hugo, dass sie gemeinsam mit Abt Johannes noch die Grenze bei Straßburg passiert hatten; von dort aus sei er allein weitergereist. Die Sorge wuchs, es könnte ihm etwas zugestoßen sein.

Pater Armin nahm die Nachforschung auf und erkundigte sich in den Klöstern, bei denen Abt Johannes zur Übernachtung üblicherweise einen Halt einlegte. Im Kloster Eberbach hatte er nachweislich die Nacht zum dritten Juni verbracht und war früh weitergereist. Auf dem Rückweg nach Norden berichteten Bauern vor einem Gasthaus dem Pater von mehreren Überfällen auf Reisende an den Nordausläufern des Odenwaldes. In Rehbach schließlich erhielt Pater Armin Gewissheit: die örtliche Krankenstation hatte zwei der Schwerverletzten aufgenommen und versorgt. Die darauf folgende Nacht aber hatten sie nicht überlebt. Man geleitete ihn zu einem abgelegenen, fensterlosen Steinbau und dort die schmale Außentreppe hinunter in einen feuchtkalten Kellerraum. Im Schein der Kerze sah Armin auf zwei Liegen leblose Gestalten. Mit Leinentüchern waren sie flüchtig abgedeckt. Gegen den schweren, fauligen Geruch drückte er sich den Ärmel der Kutte an die Nase. Zwischen hochgespannten Seilen hindurch wanderte der Lichtkegel zu den blassen Köpfen – da erkannte er neben einem Fremden wahrhaftig die Gesichtszüge seines Abtes. Unter Tränen betete Armin ein Vaterunser. Das um den Fuß gebundene Seil wurde gelöst; es war mit einem Glöcklein im Gebälk verbunden – zum Warngeläut, falls er wider Erwarten doch zu den Lebendigen zurückkehren würde. Armin ließ ihn in sein Gewand einnähen und führte ihn ohne weiteren Aufenthalt durch die Nacht und einen weiteren Tag hindurch zurück nach Heisterbach. Wortlos legten die Mönche Abt Johannes am Abend in einen Sarg und trugen ihn in die Kirche. Zwei Tage sprach niemand ein Wort, wagten sie keinen Chorgesang. In Schichten hielten sie alle – auch die Konversen – die Wache. Am dritten Tag läutete dreimal die Glocke. Die Prozession der Mönche geleitete den Sarg unter Gebeten und im Schein der Kerzen hinaus in den Kreuzgang. Dort versammelten sie sich und wagten zaghaft erst, dann immer mächtiger den Gesang der Totenmesse. Prior Hugo sprach nur wenige Worte und alle beteten für den Frieden seiner Seele. Ein Mönch läutete die Glocke und Boten brachten die Nachricht zu den Klöstern des Ordens.

Die Mönche ließen drei Tage vergehen, bevor sie sich im Kapitelsaal zur Wahl des Nachfolgers trafen. Pater Christian wurde zum Schriftführer bestimmt. Die Namen aller Mönche waren auf den Wahlzetteln vermerkt und diese schnell noch einmal geprüft. Jeder der Anwesenden machte einen Haken hinter dem Kandidaten seiner Wahl und gab das gefaltete Blatt zurück in den bereitstehenden Tonkrug. Nach der Auszählung erhob sich Prior Hugo und verkündete feierlich: „Die Versammlung hat mit überwältigender Mehrheit unseren neuen Vorsteher gewählt! Pater Thomas, ich bitte dich hier her.“ Thomas sah sich erschrocken um, ob er wirklich gemeint war. Der Prior kam auf ihn zu und führte ihn zum Stuhl des Abtes. „Pater Thomas erhielt von den 38 abgegebenen Stimmen 29. Ich grüße in unserer Mitte den neuen Abt von Heisterbach und erbitte für ihn Gottes reichen Segen!“ Der Prior fiel vor ihm auf die Knie und küsste seine Hand. Abt Thomas zog ihn am Arm nach oben, dankte mit leichter Verbeugung und nahm Platz auf dem Stuhl der Abtes. Die Versammelten knieten nun der Reihe nach vor ihm nieder und setzten sich dann wieder auf die Bänke. „Euer Vertrauen, liebe Brüder, ehrt und bedrückt mich zugleich“, sprach Abt Thomas; „unserem verehrten Abt Johannes haben wir seine Aufgabe nicht gerade leicht gemacht.“ … Er suchte nach Worten. … „25 Jahre lang war er unser Hirte und schon als Leiter des Armenhauses ein Mensch von großer Hilfsbereitschaft und Güte. Es gibt gute Gründe zu der Annahme, dass sein Geist jetzt mitten unter uns ist und er sein Werk betrachten kann. So möge er hören, dass wir seiner in herzlicher Dankbarkeit gedenken! Ich selbst habe nicht erwartet, dass ich nach 34 Jahren als Kämmerer noch in eine andere Aufgabe gerufen würde. Ich übernehme sie in der Hoffnung auf eure brüderliche Hilfe und eingedenk der kürzlich von Abt Johannes ausgesprochenen Mahnung, die Regula Benedicti gewissenhaft zu beachten. Der Herr sei mit euch!“ Die Versammlung antwortete: „und mit deinem Geiste!“ Alle erhoben sich und begaben sich zur Vesper.

XXXI

Thomas kehrte zurück in seine Kammer und starrte auf den Arbeitstisch mit einem Berg von Listen und Abrechnungen. Er schloss die Augen und versuchte, sich in seine neue Aufgabe hineinzudenken. Gewiss – die Erfahrungen im Wirtschaftlichen waren nützlich; sie sicherten die Gestaltungsmöglichkeiten des Klosters. Auf das Hauptanliegen aber hatte ihn niemand vorbereitet: wie gewann ein solches Haus geistliche Ausstrahlung? Wie mil-

derte man dauerhaft die Not der Bedürftigen, welche Unterrichtung war die rechte Wegweisung für die Novizen und alle Suchenden in der Kraft des Glaubens?
Leichthin ist einem Abt zugeschrieben, Magister, Pastor und Medicus der Mönchsgemeinschaft zu sein, Hirte der Herde, Berater, Vermittler, Streitschlichter und Richter. Der Himmel gebot Barmherzigkeit; die Menschenwelt aber war erfahrungsgemäß nur durch Strenge zusammenzuhalten. Ihn schauderte bei dem Gedanken an einen Abt, der sogar in der Kapitelversammlung Erniedrigungen und Peitschenhiebe anordnete. Die eigene Kasteiung war wohl recht, aber solche Züchtigung sollte in seiner Amtszeit nicht mehr vorkommen. Schnell wusste er, was er nicht wünschte; versiegelt aber schien der Blick ins Rechte. Fortlaufend wurden nun Rollenspiele von ihm erwartet – mal die des Grundherrn, mal des Richters, hier des Weltklugen, dort des Beichtvaters. Bei seinen Amtsvorgängern hatte er gesehen, wie man als Abt vor der Mitwelt auftrat. Ein Geheimnis blieb, wie man das Amt inhaltlich füllte. Zuversichtlich wollte er es mit den Brüdern gestalten, denen er vertraute – mit Prior Hugo, Christian, Pater Gregor und Pater Winfried. Für die Nachfolge im Amt des Kämmerers hätte er jetzt Pater Stephan gut gebrauchen können. Tüchtig war er ja, und seinen Ehrgeiz hätte Thomas zu zügeln gewusst. Nach Gesprächen mit Pater Ludwig, Pater Armin und Berthold entschied er sich für Ludwig. In der Kapitelversammlung stellte er Pater Ludwig als neuen Kämmerer vor und gab die Namen der Novizen bekannt, die am folgenden Tag im Kloster erwartet wurden. In das Haus des Abtes wechselte Pater David.
In der ersten Messe überreichte Prior Hugo dem neuen Abt die Kreuzeskette. Symbolisch auch händigten ihm die Leiter der verschiedenen Bereiche die Schlüssel aus. Pater Winfried übergab ihm aus der Bibliothek eine Heilige Schrift, die Thomas als Scriptor noch selbst neu gebunden und beschriftet hatte.
Abt Thomas predigte zur Spiritualität der Zisterzienser. Die versammelten Brüder wussten um sein Geschick in Fragen des Han-

dels, der Betriebsführung und der Zinsgewinne. Deshalb lag ihm besonders daran, diese Arbeit und die Erfahrungen nicht als Widerspruch zum geistlichen Gebot des Klosters und christlicher Frömmigkeit darzustellen, sondern als Einheit. Der Geist der Charta caritatis sollte das Denken und Handeln, ja alles eigene Wollen erkennbar leiten: „nulla sit discordia in actibus nostris" – das gab den Brüdern bei der Gründung des Ordens Abt Stephan Harding mit auf den Weg. Thomas kündigte auch an, sich selbst vermehrt um die Ausbildung der Novizen kümmern zu wollen.
Dann waren die Papiere und Bücher für die Übergabe zu ordnen. Mit Berthold traf er sich zu einem letzten gemeinsamen Rundgang durch die Gärten und den Wirtschaftshof. Berthold war es auch, der die Pächter über den Wechsel im Amt des Kämmerers unterrichtete und Pater Ludwig zu den Höfen und in die Forstwirtschaft begleitete.
Pater Ludwig war eine Frohnatur. Das sollte für seinen Umgang mit Pächtern und Händlern von Vorteil sein. Die Einweisung in die Buchführung durch Thomas vollzog sich geradezu vergnüglich; lange Erläuterungen waren nicht nötig. Selbst das Gespräch über die Münzkrüge und das Grubenversteck im Kräutergarten nahm Ludwig verständig auf. Er meinte vielmehr, schon jetzt auch Vorsorge für den Schutz des heiligen Altargeräts treffen zu sollen. Schließlich zogen sie Berthold hinzu, um über die Pachtverträge und den Handel im Kölner Stadthof zu sprechen sowie die Übergabe des Amtes an den neuen Kämmerer vorzubereiten.
Am darauffolgenden Tag trafen sie sich zum Rundgang durch Klausur, Gärten und Wirtschaftshof. Immer noch verbreiteten die Kessel des Gerbers üblen Geruch; niemand wusste, wohin man sie schaffen sollte. Das Haupthaus der Werkleute wurde gerade Raum für Raum ausgebessert und ein neues Tor für die Kornscheune gezimmert. Große Veränderungen schienen nicht erforderlich; so gönnten sie sich im Weinkeller noch einen Becher lieblichen Weines und kehrten frohgemut zurück an den Arbeitstisch des Kämmerers. Thomas wickelte seine Habe in ein Tuch,

verabschiedete sich von Pater Ludwig und schritt hinüber in das große Haus des Abtes.

Im Eingang erwartete ihn Pater David. Der schöne, schweigsame Novize hatte sich in den letzten Jahren zu einem freundlichen, klugen Geistlichen entwickelt. Er zeigte Abt Thomas alle Räume und hatte zum Abendbrot auch einen Tisch gedeckt. Thomas aber legte Wert darauf, das Essen nun wieder gemeinsam mit allen Brüdern im Refektorium einzunehmen. Auf dem Tisch im Arbeitszimmer und in der Schlafkammer standen kleine Handglocken, mit denen David jederzeit herbeigerufen werden konnte. „Ich hoffe", sagte Abt Thomas nach der Hausbesichtigung, „dass wir beide uns gut vertragen. Du hast mein Vertrauen, Bruder David. Es ist eine alte Erfahrung, dass man dem Vorsteher des Klosters unangenehme Nachrichten und so manches Geschehen vorenthält. Vorbehaltlose Offenheit erwarte ich von dir – und versage dir stets, meinem Ohr zu schmeicheln. Jetzt aber möchte ich bis zur Vesper noch etwas allein sein!" David verbeugte sich und zog sich zurück.

Abt Thomas setzte sich in einen Sessel, schloss für eine Weile die Augen und bat den Herrn um seinen Segen für die neue Aufgabe. Wohl bedrückte ihn die große Verantwortung, zugleich aber spürte er wieder dieses Grundvertrauen in himmlische Hilfe und ein Gefühl der Dankbarkeit für die Anwesenheit von David. Die Sorge früherer Jahre, ein körperliches Verlangen nach dem schönen Jüngling könnte ihn in sündige Versuchung stürzen, die war der ruhigen Gewissheit gewichen, nunmehr gegen die Einsamkeit eine verwandte Seele um sich zu haben.

Der Novizenmeister begrüßte zur gleichen Stunde die neuen Schüler mit der für ihn inzwischen üblichen Einführung:

„Oft sagt man doch zu jenen", so Pater Gregor, „die die Schule verlassen haben, nunmehr beginne der Ernst des Lebens. Der Verweis auf den Ernst klingt bedrohlich. Und was da beginnt, ist die Aneignung beruflicher Kenntnisse und Geschicklichkeit. Fehler sollen den Geschulten danach nicht mehr unterlaufen. Begreiflich ist das für Handwerker, Köche, Bauern, Richter, Lehrer, Ärzte, Hausbauer. Was aber heißt das für Mönche und Priester? Bekanntlich entwickeln sich Berufe überall dort, wo den Menschen etwas zum Leben fehlt. Wer einen Beruf gewählt hat, soll Lücken schließen – Lücken des Wissens, des Hungers, der Gesundheit, Sicherheit, Gerechtigkeit. Die Antwort für eure Berufung liegt in unserem Lebensverständnis. Das ist bestimmt von dem Teil des Lebens, den wir nicht sehen und hören können, den die Menschen jedoch ahnen, suchen und begreifen wollen. Dazu sollt ihr euch in der Achtsamkeit üben. Das geschäftige Treiben in dieser irdischen Widersprüchlichkeit ist nur eine erste Entwicklungsphase; sie ist nicht d a s Leben. Wahre Erkenntnis überkommt euch in mühevoller Suche und im Gebet – so wie es auch über dem Eingang zur Sakristei zu lesen ist: in der invocatio nominis divini in testem veritatis. Der Glaube ist zum wenigsten eure eigene Leistung. Meinet nicht, ihr könntet ihn begreifen. Wer ernsthaft sucht, der wird ergriffen. Über die Enträtselung des Daseins, über unsere Erkenntnisse von Gott und über den irdischen Lebenssinn werden wir noch oft sprechen. Alles hat stets seine Vorgeschichten und Folgen, um die der Mensch zu wenig weiß. Er will verstehen, was doch in suspenso bleibt. Mönche tragen zur Bewusstseinsbildung bei. Sie sollen Helfer in der Lebensbegleitung ihrer Mitmenschen sein. Mönche nehmen sich Zeit für das Denken; sie stehen nicht unter dringlichen Entscheidungen. Sie schweigen viel und wägen, was sich in ihnen deutend einstellt. Sie werden zu gegebener Zeit ergriffen! Weisheit überkommt euch schließlich mit der Mühe eurer Suche. Sie verleiht euch ein tiefes Gefühl der Geborgenheit. Findet sie also in nachdenklichem Schweigen, in bedachter Rede, bei hilfreichem Tun. Mancher Rat wird euch ins Herz gelegt! Dort – nicht im Verstand – bildet sich der Glaube. Horcht in euch hinein: der Herr hat jedem einen Engel zur Seite gegeben, der eure Entwicklung begleitet. Ihr dürft auf ihn vertrauen – sollt aber auch darum besorgt sein, wie er bei jeder Lüge und Untat an euch leidet. Keinen

Augenblick gibt es, wo ihr allein seid. Zieht ihn zurate und vertraut auf seine stillen Hinweise und auf seine Hilfe. So wirkt der Glaube: wohin auch immer es euch verschlägt – mit ihm habt ihr keine Furcht mehr. Und diese Glaubensgewissheit stellt ihr in den Dienst der Mitmenschen. Der Herrgott gebe euch dazu seinen Segen und die notwendige Kraft. Ich freue mich auf euch und auf eine lebendige Gemeinschaft!"

XXXII

Im Wirtschaftshof waren Pächter, Handwerker und Lohnarbeiter versammelt, um den neuen Kämmerer zu begrüßen. Als Abt Thomas mit Pater Ludwig vor sie trat, watschelten im gleichen Augenblick mehrere Gänse schnatternd in die Gruppe hinein. Nun war an eine feierliche Übergabe nicht zu denken. Die Gänse wendeten sich um, kamen auf den Abt zu und schnappten nach dem Saum seines Gewandes. So sprach er nur wenige Worte, dankte für die Jahre vertrauensvoller Zusammenarbeit und übertrug die Aufgabe mit launigen Worten auf Pater Ludwig – ein Auge stets besorgt auf das Federvieh gerichtet.

Die katholischen Frohnaturen am Rhein lebten beschaulich. Unfreundliches aus der Welt hörten sie zuweilen nur von den Dampfschiffern und reitenden Boten: im Süden des Kontinents drängten die ungläubigen Türken gegen Ungarn und Habsburgische Lande. Zypern und Malta schienen verloren, auch Ródhos, und Lepanto. Die Ältesten erzählten wieder von der Übermacht osmanischer Galeerengeschwader und den Einfällen der Janitscharen. Aufrufe gab es zu einem neuen Kreuzzug gegen den Sultan. Geld hatte der Heilige Stuhl bei mehrjährigen Sammlungen – dem Kreuzzugszehnten – zwar reichlich gesammelt, Papst Leo X. war es gleichwohl nicht gelungen, die Konflikte zwischen den Herrschenden in Spanien, England und den italienischen Seerepubliken beizulegen. Frankreich war im Inneren zerstritten; die Protestanten unter Johannes Calvin erhielten immer mehr Zulauf.

An den Grenzen im Süden wie aus den Niederlanden im Norden drohten die Spanier mit Krieg. In England bekämpften Katholiken unter Maria Stuart die Protestanten unter Elisabeth der Ersten. An vielen Orten zerrte man Ketzer auf öffentliche Plätze und feierte ihre Verbrennung auf Scheiterhaufen. Vom Himmel her gab es kein Zeichen der Zuneigung oder Strafe – mit einer Ausnahme vielleicht: des Sultans Heerscharen zogen schließlich doch geschlagen in ihre Heimat zurück. Die geweissagte Türkenschlacht „bei Cölln" schien demnach abgesagt. Aber Katholiken und Protestanten stritten weiter um den rechten Glauben. Christlich war das nicht. In Paris gab es mit Unterstützung des Hochadels eine erste Synode der Reformatoren. In spanischer Gefangenschaft schmorte der französische Admiral Gaspard de Coligny; dort wechselte er verbittert zum Calvinismus und wurde nach seiner Freilassung Anführer der Hugenotten.

Die Kurkölner begleiteten das dunkle Treiben mit Spott: nun säßen die Engel gedrängt auf ihren Wolkenbänken, meinten sie, und schauten gespannt auf das nächste Länderspiel da unten auf Erden. Einen Spielverderber hatte man auch schon eingeteilt – den französischen Herzog Francois de Guise. Er verbündete sich mit den Spaniern und dem Papst gegen seine eigenen Landsleute.

Abt Thomas nahm nun häufig an der Unterrichtung der Novizen teil. Lebhaft diskutierten sie über die Bedeutung von Reichtum und Armut – nicht ohne den Seitenblick auf die Schätze und Besitzungen der Kirche. Bernhard von Clairvaux, so der Abt, habe mit dem Gebot zur Armut ja auch nicht gegen die Wohlhabenden gepredigt, sondern die Aufmerksamkeit auf die ungleiche Verteilung vorhandener Güter lenken wollen. Kirche und Klöster hätten somit ihre Aufgabe in der Hinwendung zu mitmenschlichem Ausgleich und zu spürbarer Hilfe für alle Bedürftigen. Die Sorge um Ausgleich kam auch im Umgang mit der Natur zur Sprache. Das Gebot heiße, die Schöpfung – und in ihr die Lebensgrundlagen – zu wahren. In

den Haushalt der Natur möge der Mensch wohl eingreifen – ihn jedoch nicht aus dem Gleichgewicht bringen.
Seine langjährigen Erfahrungen als Kämmerer vermittelte Abt Thomas in Wanderungen und Besuchen auf den Höfen. Die Novizen gewannen so ihre Kenntnisse über Wasserführungssysteme, Teichanlagen und Fischzucht, Kanalbau und Heizungsanlagen, Dreifelderwirtschaft, Weinanbau und Heilkräuter. Sie erhielten Einblick in die Güterverzeichnisse und Ausgabenbücher, in die Organisation von Hand- und Spanndiensten, in den Handel auf dem Kölner Stadthof, schließlich auch in die Entwässerung von Sümpfen. Pater Christian unterrichtete sie über die Armenfürsorge und die Betreuung von Pilgern und Gästen des Klosters.
Pater Gregor behagte die aufwendige Unterrichtung über wirtschaftliches und herrschaftliches Verhalten des Klosters nicht. Er führte seine Schüler zu Bibellesungen und Chorgesang zurück, quälte sie aber auch weiterhin mit lateinischen Texten. Kein Wort sagte er zum Konflikt mit den Protestanten, kein Wort zu einer neuen Schulungsanweisung für die Novizen, die der Abt von Sponheim herausgegeben hatte. Ihren Verstand – hieß es darin – sollten sie von allen weltlichen Ablenkungen reinigen. Die Novizen wurden ermahnt, die Nichtigkeit der irdischen Dinge und ihre eigene Unwürdigkeit zu erkennen. Da war sie wieder – diese Abwendung von der Welt, von ihrer wundervollen Vielfalt und Schönheit und Wärme. Durfte der Schöpfer von seinen Menschenkindern nicht etwas mehr Wohlgefallen erwarten? Abt Thomas wollte seinen Amtsbruder nicht kritisieren und bemühte sich auf seine Weise, die Kräfte des Verstandes und die des Herzens miteinander zu verknüpfen. Das Geistige zog alle Denker stets in seinen Bann, ließ sich aber leider nicht handfest begreifen. Erkenntnis gewinne man auch nicht mit dem Verstand allein, meinte der Abt. Da müsse man sich schon auf die Summe des Gehörten, Gefühlten, Gelesenen und Erlebten einlassen und im Verstand stets den ordnenden Filter der Vernunft gebrauchen. Sein Gebrauch leite nicht schon in eine andere Welt, gleichwohl

aber in eine von Widersprüchen gereinigte, auf die wir uns dann mit Gottvertrauen einlassen können.

Fünfzig Jahre war es her, dass Pater Winfried und Pater Gregor in das Kloster eingetreten waren. Abt Thomas hatte den Küchenmeister gebeten, aus diesem Anlass das Vesperbrot nach der abendlichen Gebetsstunde festlich zu gestalten. Das Refektorium leuchtete im Kerzenschein. Auf den weiß gedeckten, langen Tischen standen Weinkrüge und bunte Obstschalen. Ausnahmsweise durften auch die Novizen den Saal betreten. Sie eröffneten die Feierstunde mit dem Gesang von Psalmen und reichten den Mönchen das Essen – Schalen mit Rebhuhn und gebratenen Äpfeln. Frater Engelbert hatte zu diesem Jubiläum in der Bibliothek zwei Urkunden geschrieben und ausgemalt. Das war nicht einfach weil Pater Winfried immer wieder an seinem Schreibpult vorbei kam und sie nicht sehen sollte.
Abt Thomas würdigte nun in einer kurzen Ansprache die Jubilare ihre Bedeutung für die geistige Prägung der Novizen und die Ausstrahlung des Klosters. Zum Abschluss übergab er die beiden Urkunden. Die in der Demut geübten Brüder dankten mit Tränen in den Augen. Chorgesang schloss den offiziellen Teil ab. Die Novizen verließen den Saal.
Nun überraschte der Küchenmeister die Gemeinschaft mit einem eigens zubereiteten Glühwein. Schnell füllte sich der Raum mit dem Duft guten Rotweins und einem Gemisch aus Muskat, Gewürznelken und Anis. Der Trunk löste die Zungen. Abt Thomas witterte eine unziemliche Lockerung der Disziplin und zog sich früh zurück. Die Becher wurden neu gefüllt. Am Tischende brach Gelächter aus. Bruder Armin zog den Küchenmeister am Schürzenband und rief: „Herr Wirt – wo bleibt die nächste Runde?“ Die Becher wurden wieder gefüllt. Bald war den sittsamen Klosterbrüdern das ungewohnte Getränk zu Kopf gestiegen. Bruder Ludwig verriet hinter vorgehaltener Hand, was er über den plötzlichen Fortgang von Pater Stephan gehört hatte. Das Gerücht

erhielt Flügel und wanderte mit deftigen Zusätzen durch die Reihen. Nun wussten auch andere so manches über die lieben Schwestern aus Königshoven zu verkünden. Bruder Armin erhob sich feierlich, stieg auf einen Stuhl und fragte die Brüder: „Verratet mir einmal, was geschieht, wenn eine Schwester aus Königshoven in den Himmel kommt?“ Sie schauten ihn erwartungsvoll an. „Ich sage es euch: dann hat der Himmel einen Engel mehr! Was geschieht nun, wenn zehn von ihnen in den Himmel kommen?“ Die Brüder schüttelten die Köpfe und meinten, das sei ganz undenkbar. „Nun“, meinte er, „dann hat der Himmel zehn Engel mehr! Und jetzt verratet mir noch, was geschieht, wenn überhaupt alle Frauen in den Himmel kommen?“ „Na, dann ist da oben die Hölle los“, rief ein Bruder vom anderen Tischende. „Nein“, erwiderte Pater Armin, „das dürfen wir so doch nicht denken! Ich aber kündige euch an: dann ist Friede auf Erden!“ Unter kräftigem Beifall und derbem Gelächter sank Pater Armin wieder zurück in die brüderliche Behaglichkeit.

Kein Tag im Kloster konnte vergehen, ohne dass man an den Himmel dachte. Nur eben auch hier suchten die Brüder vergeblich nach einer Erklärung, warum es davon mehrere geben sollte, gar einen siebten Himmel – jedoch nur für Päpste, Priester und Äbte. Lautstark nun wurden die Anwesenden wieder einmal auf die verschiedenen Himmel verteilt. Frater Zachäus drohte Pater Armin, er werde dort mit seinem ständigen Widersacher Stephan zusammen gesteckt. Schadenfroh leerten die Patres ihre Becher. Der Jüngste in der Runde, Pater Christoph, wagte besorgt zu fragen, ob sich denn solch ungebührlicher Lärm im Kloster noch ziemte. „Ei Brüderchen“, legte ihm Frater Zachäus beschwichtigend die Hand auf die Schulter, verdrehte die glasigen Augen und verkündete mit schwerer Zunge: „glaubst du denn, der Schöpfer hätte wirklich Freude an menschlichen Trauergestalten? Er wird ganz sicher sein Vergnügen haben an der rheinisch-katholischen Lebensfreude.“ „Nein danke“, wehrte sich Christoph, „solchen

Lärm will ich aber nicht auch noch im Himmel – und ich ahne jetzt eine tiefe Weisheit des Herrn um seine Raumaufteilung; Platz hat er ja genug."

Nun stand Pater Winfried auf, hob seine Urkunde wie eine Monstranz zur Höhe des Kopfes und schwankte laut lesend durch die Reihen. Bruder Christian schnappte ihm die Urkunde übermütig aus der Hand. Dabei kippte sein Stuhl nach hinten und Pater Winfried fiel so unglücklich darüber zu Boden, dass er sich eine Platzwunde am Kopf zuzog. .... Da ward Stille! Zwei Brüder brachten ihn eilig hinüber in den Krankentrakt. Mit dem Schrecken kehrte die Besinnung zurück. Prior Hugo beendete das abendliche Treiben mit strengem Tadel. „Zurecht gebietet doch die vierzigste Regel des Sankt Benedikt, täglich nicht mehr als eine halbe Maß zu trinken: ‚Keiner', lehrte er, ‚soll trinken bis zur Sättigkeit, denn der Wein macht auch den Weisesten abtrünnig vom Pfade der Weisheit'. Ich verlasse euch in Bitterkeit und untersage euch jetzt auch jeden weiteren Zechgesang." Die Brüder räumten schweigend den Saal und schlichen hinauf ins Dormitorium.

Nicht nur mit heftigen Kopfschmerzen lag Pater Winfried in der Krankenstation danieder – ihn plagten auch wieder Traumgestalten. Sie lockten ihn aus den Klostermauern hinter die Berge. Zeuge sollte er sein zu Mephirs Ermahnungen an die dunklen Gesellen. Da saßen sie fröstelnd und hörten des himmlischen Störenfrieds zornige Worte: „Zur Arbeit seid ihr hier, nicht zum vergnüglichen Spiel!" Der Zorn sollte das schlechte Gewissen überdecken, dass sich durch Verführungen auch bei Mephir selbst eingestellt hatte. Nur eben davon wussten sie ja alle und antworteten mit höhnischem Gelächter. Der Entsandte hob drohend die Hand; ein eiskalter Windzug fuhr in die Runde und zwang sie, zu schweigen. „Einige von euch achten meine Anweisungen nicht", wiederholte er mit Grimm: „So entwickeln die Menschen die Fähigkeiten nicht, die sie später brauchen. Ihr sollt ihnen die Arbeit hier auch nicht abnehmen, damit sie etwa schneller fertig würden. Nichts wird hier je fertig! Das bleibt ein Lernbetrieb für

Anfänger, eine fordernde Schulung für die späteren, anspruchsvollen Aufgaben ihres eigentlichen Lebens. Ich erwarte deshalb von euch, jeden dieser irdischen Lerngänge zu stören, sie in immer neue Versuchungen zu leiten, damit sie sich zu der angestrebten Eigenständigkeit auch durchringen. Jede Schwäche ist auszunutzen. Wer schon im Geringsten unrecht tut, der tut es allemal im Großen. Wartet also nicht erst auf die großen Taten, nutzt zur Prägung die kleinen. Versucht sie in ihrer Zuverlässigkeit, in ihrem gegebenen Wort, in ihrem Umgang mit anvertrauten Menschen und überlassenen Gütern. Verleitet sie zur Habgier, zum Betrug, zur Untreue, zur Lüge, zur Dieberei, Verschwendung und Zerstörung – auf dass sie bereuen und umkehren. Auf diese Umkehr, auf diese Prägung der eigenen Willensentscheidung für eine höhere Ebene des Lebens habt ihr hinzuwirken. Ich weiß, wie schwer es für euch sein wird, ausdrücklich nicht einzugreifen. Wir sind aber Diener des Erhabenen. Für uns gilt sein Wille. Ihr sollt sie beflüstern und kneten, bis sie in ihrer Haltung nicht mehr umfallen. Ihr werdet ihren Zorn kennen lernen, ihre Klagen und das Abwälzen jeder zugewiesenen Schuld. Einige Erdlinge ahnen noch, dass wir unsichtbar in ihrer Nähe sind. Wir werden es also in ihren Augen sein, die Schaden anrichten. Unsere Versuchungen verstehen sie nicht zur Entwicklung der eigenen Widerstandsfähigkeit. Ihr werdet Ernten vernichten, Stürme, Trockenheit und Fluten senden – damit sie sich darin üben, schwerste Aufgaben zu meistern. Das also, Gesellen, ist Euer Arbeitsinhalt! Ich werde Euch auf die Finger schauen, und jetzt kommt flink wieder auf die Beine!"

Über den Bergen brach die Nacht herein. Die Versammelten blickten schweigend nach oben: Neue Lichter funkelten schon wieder in dem Raum des Lebens, der hergerichtet wird für die künftigen Diener. Mephir hielt inne, ja er ärgerte sich über das Hohngelächter seiner Gesellen. Entlassen aus der Harmonie des Himmels war er noch nicht geübt genug in der Durchsetzung abgründiger Verführungen; die Gesellen spürten das trotz seiner

strengen Worte. Die Erdlinge mussten versucht werden; vor ihm lag sehr viel schmutzige Arbeit.
Pater Winfried fuhr der Schrecken in die Glieder. Hilfesuchend tastete er über sein feuchtnasses Nachtkleid zum Kopfverband und bat den Herrn um freundlichere Gedanken. Gnadenlos aber zerrten ihn die Gesellen im Halbschlaf zurück in ihre Mitte und flehten den artigen Klosterbruder – er fürchtete nun um seinen Verstand – um Rat und Hilfe an: Zu ihrem Ausflug auf die Erde, schloss er aus herzzerreißendem Wehklagen, sei das Ende nahe herbeigekommen. Ob ihrer eigensüchtigen Ausschweifungen würde ihnen die Heimkehr in den Himmel versagt. Auf der Erde sollten sie sich Höhlen suchen. Damit hatten sie nicht gerechnet. Heiß war es dort und wegen der fehlenden Frischluft voller schlechter Gerüche. War die himmlische Vollkommenheit auch langweilig gewesen, die Zukunft in stickigen Höhlen war bedrückender. Niemand wusste einen überzeugenden Rat, wie man das eigene Fell noch retten könne. Mephir, der Auserwählte, wollte sich da oben nicht blicken lassen. Verlebt sah er inzwischen aus, mit hinterlistigem Blick, Hautgeschwüren und üblem Schwefelgeruch. Der fromme Pater sollte es richten. Die Runde flehte um Fürbitte. Wieder war Pater Winfried um den Schlaf gebracht.

XXXIII

Mit Bangen erschienen die Mönche am nächsten Tag zur Kapitelversammlung. Abt Thomas – sonst stets freundlich lächelnd und augenzwinkernd um sich schauend – betrat den Saal mit versteinertem Gesicht. Er sparte sich auch die vertraute Begrüßung; das Wort ‚liebe Brüder' kam ihm nicht über die Lippen.
„Wie mir berichtet wurde“, sprach er mit erkennbarer Verbitterung, „habt ihr gestern Abend die Feier für unsere langjährigen Mitbrüder in erheblicher Trunkenheit entwürdigt. Es durfte doch erwartet werden, dass ihr den Rückzug in die klösterliche Stille

auch als bewusste Absage an Geschwätzigkeit, Maßlosigkeit, Hochmut und Intrigen beherzigt. Ihr hattet euch einmal verpflichtet, in Demut und Sanftmut vor Gott und den Mitmenschen leben zu wollen – unde nulla redemtio. Gestern aber habt ihr euch aufgebläht wie weltliche Trunkenbolde in einer gewöhnlichen Gaststube. Einige Becher Wein schon haben genügt – da zeigte sich die ganze innere Verankerung wie in den Wind geschrieben. Und Pater Winfried liegt zu allem Überfluss mit einem Kopfverband im Krankentrakt. Einsicht und Umkehr erwarte ich von euch! Die weiteren Punkte der heutigen Besprechung vertage ich, bis wir uns wieder in die Augen sehen können. Der Herr in seiner unermesslichen Geduld möge uns wieder einmal gnädig sein! Ich schließe die Versammlung." Lautlos leerte sich der Saal. In den Gärten verloren sich gebeugte Gestalten.

Graf von Landsberg hatte Gäste aus Frankreich. Zu einem Abendessen bat er auch Abt Thomas auf die Burg. Mit dem sinkenden Tag saßen die Herren gemeinhin im Salon und die Damen nebenan beim Spinnen; die Spindel tanzte in weiten Kreisen über den Boden. Danach kam man bei einem Glas Wein am wärmenden Kaminfeuer zusammen und sprach über das Weltgeschehen. Madame und Monsieur de Chavigny waren tags zuvor aus dem südfranzösischen Städtchen Salon angereist. Sie berichteten vom Tode eines guten Bekannten, des Arztes Nostradamus; ihr Sohn Jean-Aymes war dessen Sekretär gewesen und nun auch der Nachlassverwalter. Zeitlebens sei dieser Nostradamus ein frommer Katholik gewesen und habe auch die Hugenotten öffentlich verurteilt. Aber die Bürger der Stadt trauten ihm nicht über den Weg. Dieser Mann war unheimlich, durchwachte er doch die Nächte mit Sterndeutungen und Weissagungen. Verwundert hörte die Runde, dass die Witwe darauf bestanden hat, ihm seinen letzten Willen zu erfüllen: sein Sarg nämlich wurde in der Minoritenkirche von Salon aufrecht in die Wand eingemauert, damit nicht etwa nachträglich noch irgendjemand auf sein Grab trampeln konnte. Er hatte auch eine großmächtige Verehrerin, die Königin Katharina von Medici. Sie werde, so hoffte Madame Chavigny beschwörend, in einer Allianz mit den Spaniern schon dafür sorgen, dass die katholische Kirche sich gegen die Verunsicherungen Luthers und Calvins behauptet.

Der Kirchenstreit aber war nur eine Sorge unter Gebildeten. Die Völker quälten sich mit der Pest und Hungersnöten, mit täglichen Raubüberfällen, Mord und Betrug. Machtvoll wirkten stets die Gerüchte – und in der Runde nun wieder die alttestamentliche Prophezeiung vom Untergang der Welt, „wenn das letzte Weltreich auf der Erde erlöscht" – hier doch ganz offenkundig das römische. Graf Landsberg beruhigte die Gemüter: „Unsere Fürsten wirken unter göttlichem Beistand", erklärte er. „Das Reich besteht fort! Mit der Kaiserkrönung Karls des Großen wurde es zum Schutz der ganzen Christenheit auch um deutsche Lande erweitert zum Römischen Reich teutscher Nation. Das Reich also lebt durch die translatio imperii!"

Gräfin Landsberg wandte sich Abt Thomas zu und sprach die Hoffnung aus, dass es gleichwohl erkennbar besser werden müsse im menschlichen Umgang. Und die Runde schwieg. „Erwartet von mir kein Wort zum Sonntag", wehrte sich der Abt und schaute abweisend ins Kaminfeuer. „Sind denn nicht wenigstens Anzeichen vorhanden, dass sich die Lebensverhältnisse allmählich zum Guten wenden?", fasste die Gräfin nach – „weniger Not und Habgier, weniger Hass und Mord, ja irgendwann doch der Sieg der Kräfte des Lichts über die der Finsternis?" „Das hätten wir Nostradamus fragen sollen!", unterbrach Madame Chavigny die allgemeine Nachdenklichkeit erregt. Im Kamin züngelten Flammen um das letzte Holzscheit. „Viele dunkle Wolken verdecken das Licht", erwiderte Abt Thomas nicht sonderlich tröstlich. „Ich weiß, worauf Sie Ihre Erwartung gründen, verehrte Gräfin, auf die Weissagung von der Herrschaft eines kommenden Kaisers Friderich, der Frieden und Einigkeit in aller Welt herstellen werde, von diesem ‚einen Hirten und einen Schafstall'. Das hören wir ja nun seit vierzig Jahren. Christus aber sagte, Friede sei nur ‚unter den Menschen guten Willens'. Ich sehe die Möglichkeiten der geistigen Entwicklung also nur im einzelnen Menschen, keine solche der Menschheit. Ich sehe vielmehr in jeder Generation eine Wiederkehr gleicher Herausforderungen – das Ziel der Persönlichkeitsentwicklung der Einzelnen, nicht eine der Völker. Wir erkennen natürliche und örtlich unterschiedliche Prägungen der Einzelnen, die man nicht sprengen kann und nach christlicher Überzeugung auch nicht ändern sollte – aber eben auch Bedingungen für das verträgliche Zusammenleben, wie die Achtung der Mitmenschen, die Hilfsbereitschaft, die Rücksichtnahme. Jeder ist, wenn ich das so sagen darf, in ein Verhängnis hineingeboren – mit einer Verheißung gleichwohl der Erlösung daraus. Die Finsternis können wir nicht beseitigen. Wir können aber Lichter anzünden und Wärme ausstrahlen." „Jetzt hat er uns doch noch das Wort zum Sonntag gesprochen", meinte lachend der Hausherr. „Dann will ich auch meinen Anteil leisten, Wärme auszustrahlen." Er legte im Kamin Holz nach und schenkte neuen Wein ein. Abt Thomas gönnte sich noch einen Scheidetrunk. Gräfin Landsberg verabschiedete ihn schließlich mit einem minniglichen Kuss. Spät in der Nacht brachte ihn eine Kalesche des Grafen zum Kloster zurück – beglückt über die anregenden Gespräche und die charmanten französischen Gäste.

Sorge bereitete die Auflösung von Klöstern durch die Reformation. Annähernd einhundert der mehr als siebenhundert Klöster des Ordens wurden inzwischen säkularisiert. Die Mönche verlegten in andere Häuser, jene etwa von Maulbronn hatten bereits mehrere Ortswechsel hinter sich. Auch Heisterbach erreichten Anfragen zur Aufnahme aus Sachsen und Thüringen, zuletzt aus dem Erzbistum Magdeburg. Man rückte nun in den Gemeinschaftsräumen enger zusammen und beruhigte die zugewanderten Brüder, wenn sie fragten, wie es denn um die katholische Glaubensfestigkeit im Rheinland bestellt sei. Abt Thomas freute sich auch über mancherlei kluge Anregungen und sah die Gelegenheit zu geistlicher Erneuerung seiner Herde – einem der Wesenszüge des Ordens der Zisterzienser.

Im Laufe der Jahre hatten sich in den Unterrichten der Novizen die Fragestellungen geändert. Ging es zuvor um das Gottesverständnis und die Dreieinigkeit, um die Bedeutung des Todes, der Sünde, des Teufels und des Jüngsten Gerichts, fragten sie nunmehr nach dem Sinn des Lebens, nach der Wahrheit, nach der Gerechtigkeit im Blick auf Reichtum und Armut oder nach einem wertenden Vergleich der verschiedenen Weltreligionen. Als Abt Thomas sich wieder in den Unterrichtsraum der Novizen begab, diskutierten sie über die Vorstellung der leibhaftigen Auferstehung. „Mit dem Wort Auferstehung“, erklärte Pater Gregor, „ist zunächst gesagt, dass das irdische Leben seine Fortsetzung hat. Im Korintherbrief heißt es: ‚es wird gesäet verweslich und wird auferstehen unverweslich!‘ Diesen Brief hatte Paulus von Philippi aus an die Korinther gesandt. Die Griechen hatten ja schon immer eine solche Vorstellung von Körper und Seele – hatten das auch schlicht erklärt, wenn sie etwa eine leblose Katze mit einer lebendigen verglichen. Was diese unterscheidet, das eben kennzeichnete die Seele. Die Energie also, die den Körper lebendig hält – sagen uns die Propheten – soll zusammengefügt sein aus den seelischen Substanzen vormaliger Tiere und Pflanzen. So erkläre sich das unterschiedliche Temperament der Menschen; der eine habe das eines Lamms, der andere das eines Raubtiers. Diese Seele also belebt den Körper in allen seinen Gliedern und Winkeln, hat deshalb auch die gleiche Form wie der Körper. Wenn der Mensch stirbt, betrifft das nur den Körper. Die Seele bleibt, nunmehr in diesem persönlich geformten Leib. Und darum sprechen wir von leibhaftiger Auferstehung – nach einem Lehrentscheid Papst Benedikts XII. Es gibt auch eine andere Denkrichtung – die die großen Propheten des Alten Testaments vertreten haben – dass auch

die Körper der Verstorbenen wieder auferstehen. Schaut nach bei Jesaja im 26. Kapitel, bei Hesekiel im 37. Kapitel oder bei dem Propheten Daniel im 12. Kapitel. Die Toten werden leben und die Leichname auferstehen, heißt es da: ‚Wacht auf und rühmet, die ihr liegt unter der Erde'. ... Ich selbst aber halte die Darstellung der Propheten für überholt."
Die Novizen nahmen die Auffassung ihres Meisters schweigend hin, wollten nunmehr aber wissen, wo denn der Geist des Menschen seinen Ort habe. Pater Gregor lächelte und meinte, für den Geist wie für die Wahrheit sei der Abt zuständig. In dem allgemeinen Gelächter hatte Thomas keine Wahl. Er erhob sich, drohte dem Novizenmeister mit dem Zeigefinger und versuchte eine Antwort: „Wir wagen uns wieder hinter den himmlischen Vorhang des Unbegreiflichen. Das Folgende ist Glaubensgewissheit: alles ist Geist, auch die Materie: geistige Substanz in für uns Menschen fassbarer Verdichtung. Wir erfahren sie denkend, vorstellend und erscheinend. Wo Geist irdische Gestalt annimmt, gewinnt er in engen Grenzen Eigenheit, will er sich selbstbewusst behaupten, entfremdet er sich aber zugleich. Wo sich der entfremdete Geist um Weltverständnis bemüht, macht er sich sein Bild des Ganzen – das gelingt ihm zwangsläufig nur im Rahmen seiner Erfahrungen, also wiederum eingeschränkt. Sein Selbstbewusstsein bleibt ein gebundenes Sein und sein Wissen um den Geist ein vorgestelltes – allenthalben ohne festen Ort. Wenn der Körper schließlich verfällt, nimmt die Seele alle Spuren mit – unruhig getriebene des Körpers, nachdenklich gebildete des Geistes – und lebt als entsprechend geprägtes, geist-seelisches Wesen fort: leibhaftiges Wesen im Weltgeist. Und nun noch ein Wort zur Wahrheit; die möchtet ihr natürlich gerne deutlich erkennen. Sie zeigt sich aber den Augen nicht und versagt sich den Ohren. Die Welt redet von ihr wie von einer Quelle oder einem Leuchtschein; sie will die reine, die ganze, die ewige, die eigentliche Wahrheit – die kennt nur Gott. Für uns Menschen gilt sie schlichter, nämlich als ein Freisein

von Widersprüchen des Denkens und Verhaltens! Der wird sie erfahren, der sich von seinen eigenen Widersprüchen und Leidenschaften reinigt. Vor zweihundert Jahren lehrte drüben in Köln der Dominikanermönch Meister Eckhart, auf dieses Innesein besonders zu achten und sich in solcher Geistes-Gegenwart zu üben. Dann geschieht es auch: euch erfüllt bald eine tiefe spirituelle Strahlkraft! Dieses Auskehren der eigenen Widersprüche und Leidenschaften bereitet schließlich – wie es die Schrift sagt – den ‚neuen' Menschen, der mit sich selbst im Frieden lebt, der zur Ruhe gekommen ist. So ist auch der Hinweis auf die ‚ewige Ruhe' gemeint, nicht etwa als ein dauerhaftes Nichtstun. Gefühle und Gedanken sind im Einklang; keine Rede wird mehr täuschen. Solch Wesen leuchtet."

Ein freundliches Handzeichen ermunterte die Schüler nun wieder zum nachdenklichen Gang durch die Gärten und den Wald. Unter freiem Himmel sollte das Gesagte verinnerlicht werden. Wie aber sollte dieses „Innesein" des Meisters Eckhart aussehen? Jeder hatte nach außen wohl ein unverwechselbares Gesicht – nach innen jedoch nicht den erwünschten Gleichklang seines Wesens. Da spielte man vor Lehrern den Wissbegierigen, vor Frauen den Verliebten, vor dem Priester den Gläubigen, vor den Kindern den Beschützer, im Freundeskreis den geselligen Trinkgenossen, in der Geschäftswelt den Erfolgreichen. Je nach Rolle und eigener Erregung färbte man sich wie ein Chamäleon. Wie viele Lebensjahre sollte der Herr den Menschen denn gewähren, damit sie sich von allen Widersprüchen lösen, den Gleichklang ihres Wesens gewinnen konnten?

Der Wald und die Gärten gaben keine Antwort. Wohl horchten die Gottesdiener dort wieder auf Mitteilungen der Unsichtbaren aus Himmel und Unterwelt; unmerklich drängten diese sich zwischen die eigenen Überlegungen. Im großen Schweigen war für Mönche nie Ruhe; sie übten deshalb stets, von den hereindrängenden Gedanken nur die erhebenden in sich zu dulden. In solcher Kontrolle erst weicht das Fremde, entwickelt sich die eigene Persönlichkeit, dürfen sie schließlich sagen: ich bin, wie ich denke.

XXXIV

Der Glaubenskrieg zwischen Katholiken und Protestanten hatte schwerwiegende Folgen nicht nur für Frankreich, sondern für das Machtgefüge in ganz Europa. An vielen Orten gab es Aufstände der Bauern gegen die Grundherren, von diesen wiederum gegen die Reichsfürsten, vom Hochadel gegen den König. Die Zeitumstände waren günstig, Sonderrechte gegen jede Obrigkeit zu erkämpfen. Spott gab es gegen den überkommenen Glauben, Staat und Herrscher seien von Gott eingesetzt. Das gemeine Volk wurde nicht gefragt. Es verneigte sich gleichwohl lieber vor einem Herrscher aus Geblüt und Gottes Gnade als vor einem Wahlkönig. Allenthalben diskutierte man nun Vorschläge zu einem Widerstandsrecht gegenüber der Obrigkeit; den Anstoß dazu gaben die schlechten Erfahrungen mit der Thronbesteigung Minderjähriger. Dem Gerichtshof der Reichsfürsten unter Vorsitz des Pfalzgrafen stand schon seit dem 13. Jahrhundert das Recht zur Absetzung eines selbstherrlichen, misslich regierenden Königs zu. Beispielhaft waren die ‚Regeln zu gerechter Herrschaft', die in England König Johann ohne Land mit seinen Baronen vereinbart hatte. Der Herrscher durfte suspendiert werden, wenn er gegen die Regeln verstieß. Gehorsam durfte er wieder verlangen, wenn er Sühne leistete und sich an die Regeln hielt.

Konnte man noch denken, das Ganze habe mit dem Klosterleben in Heisterbach nichts zu tun – da standen nach dem Blutbad von Vassy und der Bartholomäusnacht die ersten Hugenotten an der Pforte. Und Woche für Woche kamen weitere fliehende Familien aus Frankreich. Unvorstellbar: Protestanten suchten Schutz in einem katholischen Kloster.

Abt Thomas saß mit Prior Hugo in seinem Arbeitszimmer und rang um hilfreiche Eingebung des Himmels. Was galt doch die Empörung Luthers und Calvins über den Reichtum der katholischen Kirche und über den Ablasshandel, wenn man nun die Folgen betrachtete – Kriege und Flucht, Verwüstungen und brennende Menschen auf Scheiterhaufen, ja einen erschreckenden Glaubensverfall der Völker und die kalte Berechnung der Herrschenden um Machtgewinn. Mehr als zehntausend Hugenotten wurden in der Bartholomäusnacht in Frankreich ermordet, auch ihr Anführer, Admiral Gaspard de Coligny.
Aus den Augen der Flüchtlinge schaute die Angst. Einige der Mönche versuchten, ihnen mit kärglichen Schulkenntnissen der französischen Sprache wieder Mut zuzusprechen und ihre Aufnahme und vorläufige Unterbringung zu regeln. Unerwartet hoch war die Hilfsbereitschaft der Bauern und vieler Familien aus Oberdollendorf, Honnef, Königswinter und Heisterbacherrott. Bis in den späten November hinein sah man auf den Wegen immer neue Fuhrwerke mit Flüchtlingsfamilien.
In dieser Lage sagte Abt Thomas seine Reise zur Jahrestagung des Generalkapitels ab. Zum ersten Mal beschäftigten ihn auch die von der katholischen Kirche abweichenden Glaubensüberzeugungen der Protestanten. So mancher Einwand der Reformatoren schien bedenkenswert. Nun hatte aber Christus doch zu Petrus gesagt, er wolle auf ihn seine Kirche bauen. Christus hatte nicht von mehreren Kirchen gesprochen. Und in dieser römischen Kirche verkündete Papst Innozenz IV. Lehrmeinungen wie auch ein Recht auf Widerstand, die sein Vorgänger noch entschieden abgelehnt hatte. Der gläubige Thomas zweifelte als Abt an den obersten Repräsentanten seiner eigenen Kirche. Auch die Prophezeiungen der Erscheinung des Antichristen, das Kommen eines gesalbten Erlösers, ja der angesagte Beginn des Zeitalters des Heiligen Geistes gaben den Menschen nur Rätsel auf, waren keine Lebenshilfen.

Und die Novizen wollten gerne wissen, warum Gott nicht eingriff, als in Frankreich tausende Christen ermordet wurden. Drei Antworten hätte Abt Thomas anbieten können: „Es sind die Menschen zu ihrer Persönlichkeitsentwicklung vor Aufgaben und verantwortbare Entscheidungen gestellt, nicht Gott; dazu haben sie eine uneingeschränkte Freiheit ihres Handelns!“. Die andere: „Getötet wurden die Körper, die Seelen aber leben; die bleibende Heimat des Lebens ist das geistige Reich!“ und die dritte: „Wer weiß um die großen Zusammenhänge und ihre Folgen? – habt Vertrauen in die göttliche Lenkung allen Geschehens!“ Keine der drei Antworten wäre falsch gewesen, aber keine war vermittelbar. Der Abt also schwieg.
Thomas suchte Abstand. Es drängte ihn, wieder einmal durch den Wald hinauf nach Heisterbacherrott zu wandern und zu den altvertrauten Höfen auf der dahinter liegenden Höhe. Er griff sich einen Wanderstock und verließ das Kloster nach Osten durch die hintere Pforte. Der Wald war seine Kirche – die hohen, mächtigen Buchenstämme, das Lichtspiel in den Laubfenstern, die himmlische Ruhe, der Atem der Natur, die Nähe zum Geist. Vom Weilberg aus schaute er hinüber auf die Dächer des Dorfes. Irgendwo dort lebte jetzt Hövels Tochter Anna Dominica. Er hätte sie gerne wieder einmal gesehen. Was mochte sie jetzt wohl denken und fühlen, im Wirtshaus ‚Zum Goldenen Krug‘?
Am Waldrand hörte er Stimmen. Eine Gruppe von Schülern sah er bald auf dem Feldweg; sie scharten sich um einen Lehrer, der gestikulierte und erklärte, von Busch zu Busch. Wollte Thomas noch einmal Schüler sein, mit anderen Träumen vom Leben? Eigentlich hätte er ja die Uhrenwerkstatt vom Vater in Rommersdorf übernommen – und im uhrengleichen Kreislauf der Tage und Jahre gelebt. Wer weiß, was ihm vergönnt gewesen oder auch erspart geblieben wäre? Schauspieler wollte er früher einmal werden – mal in der Rolle des Dorfrichters, mal des Wahrsagers, eines Gauklers oder eines Liebhabers. Aber er hätte stets Andere dargestellt, wäre nicht zu sich selbst gekommen. Nun verhielt es

sich umgekehrt: das Kleid der Demut hatte er übergezogen und die Erwartungen der anderen zu erfüllen. Er war in diese Aufgabe hineingewachsen und frei von Begehrlichkeiten und bunten Träumen – nun schlichtweg auch zufrieden. Der Abend an der Planchette fiel ihm wieder ein und der Hinweis an ihn: „Dein Weg ist vorgezeichnet!". Lenkten himmlische Kräfte zu bestimmten Aufgaben? Thomas erhielt dazu keinen Hinweis; unmerklich nur verging die Zeit.
Am Tor zu Bauer Hövels Haus stritten sich Kinder in französischer Sprache. Hövels freuten sich über den unerwarteten Gast und alten Freund. Bei einem Krug Bier plauderten sie über jüngste Ereignisse. Sie waren Großeltern geworden. Tochter Anna hatte einen Sohn zur Welt gebracht. In ihrer leeren Kammer war eine französische Familie untergebracht worden. „Sehr liebe Menschen", meinte die Hövelin. Er sei Arzt – und man war zuversichtlich, dass er in der Krankenstation in Stieldorf eine Anstellung und dort auch eine Bleibe für die Familie finden werde. Schneiders hatten einen Plantagenbesitzer aus Vignecourt bei sich aufgenommen, mit wertvollen Kenntnissen über Obstanbau. Sie empfanden die Flüchtlinge gar als glücklichen Gewinn – auch wenn für die Familie aus Vignecourt mit vier Kindern und den alten Eltern der Frau nur noch Platz in der Kornscheune war. Abt Thomas schritt zufrieden wieder hinunter ins Tal und nahm sich vor, nun täglich im Pilger- und Armenhaus mehr Zeit für die Betreuung der Flüchtlinge zu haben.

XXXV

Der Strom der Hugenotten in die deutschen Lande verstärkte nun auch am Rhein den Glaubensstreit. Priester und viele Dorfgemeinschaften wollten sich mit den sogenannten Erneuerungen der Protestanten und ihrer intellektuellen Nüchternheit nicht abfinden. Der Rat der Stadt Köln beschloss am 6. Oktober 1582 die Ausweisung aller ‚unkatholischen Fremden' aus der Stadt.

Nur heimlich noch wagten sich die Protestanten zu Versammlungen.

Der Kölner Erzbischof Gebhard Truchsess von Waldburg sah es mit kaum verhohlenem Grimm, hatte er doch auch ein weltliches Amt als Kurfürst von Köln – und insgeheim längst Pläne zur Umwandlung seines Landes in ein erbliches protestantisches Herzogtum geschmiedet. Gegen den Kölner Ratsbeschluss erhob er Einspruch, wechselte die Konfession und heiratete die protestantische Gräfin Agnes von Mansfeld.

Das Entsetzen des Kölner Domkapitels und der Gläubigen war mit Händen zu greifen. Der Landtag erklärte seinen Widerstand. Papst Gregor XIII. exkommunizierte den Truchsess und setzte auf den Kölner Bischofsstuhl im Frühjahr 1583 einen Nachfolger aus dem ihm ergebenen Hause Wittelsbach. Von Kölschem Frohsinn war nichts mehr zu spüren. Während alle Welt nach Wien zum großen Hexenprozess blickte, schlugen sich im Namen der katholischen Sache Truppen aus Bayern und aus Spanien nach Norden. Finstere Drohungen eilten ihnen voraus. Kämmerer Pater Ludwig erinnerte sich wiederholter Warnungen bei den Abendsitzungen an der Planchette. Vorsichtshalber brachte er seine Krüge mit den Münzen und die wertvollsten Kelche und Schalen aus der Sakristei in ein Versteck. Die Burggrafen stritten sich untereinander, ob sie die katholischen Truppen nun bekämpfen oder unterstützen sollten. Plündernd rückten die Söldner näher und nahmen sich, was immer sie zu ihrem wilden Leben für nötig und vergnüglich hielten. Aber sie waren wenigstens katholisch. Den treulosen Truchsess wollten sie sich greifen. Fliehende Protestanten verbreiteten das Gerücht, dieser habe sich mit seinen nächsten Angehörigen in einem Kloster versteckt. Ein reitender Bote des Kölner Erzstifts bemühte sich noch, die umliegenden Klöster zu warnen – aber Heisterbach erreichte er nicht mehr.

In einer Spätsommernacht näherten sich die Krieger – wohl eine Hundertschaft – vom Petersberg her dem Kloster. Noch vor Ta-

gesanbruch stürmten sie mit Gebrüll und Angst verbreitendem Getöse auf die westliche Umfriedung zu, warfen Strickleitern über die Mauer und stiegen zuhauf darüber. Seitlich des Wirtschaftshofs sammelten sie sich und rückten dann mit vorgehaltenen Waffen auf die Klausur zu. Unterhalb des Hauses des Kämmerers und vor der Abteikirche erschienen verschlafene Mönche in ihren Nachtgewändern mit erhobenen Händen. Einer der Anführer verlangte, den Abt herbeizurufen. Er sprach mit bayerischem Dialekt; war also kein Spanier. Nur mühsam war die Truppe aufzuhalten – da erschien Abt Thomas und ging völlig ungeschützt auf den Anführer zu.
„Das ist hier ein Kloster und kein Marktplatz; hier ist nichts zu holen!", rief er ihm zu. „Ob hier was zu holen ist", antwortete der Eindringling gereizt, „das werden wir selbst bestimmen! Erklärt Euch! Habt Ihr hier den Truchsess von Waldburg im Kloster?" „Das ist ein katholisches Gotteshaus. Der Truchsess hat unseren Glauben nicht mehr! Hier ist er nicht!", erwiderte Abt Thomas. „Männer", brüllte der Führer, „durchsuchen!".
Darauf hatten die ungestümen Fußknechte nur gewartet. Auf allen Seiten stürmten sie die Häuser, drängten mit Gewalt in die Kirche und alle Räume der Klausur. Wo Türen nicht geöffnet waren, bahnten sie sich mit Äxten und Spitzhacken den Weg. In der Abteikirche zerstörten sie Tabernakel und Hausaltar, griffen sich die schweren Leuchter, einige Schalen aus Siegener Silber und allen Wein in der Sakristei. Lärm kam aus der Küche neben dem Refektorium. Regale wurden umgestürzt. Becher und Schalen zerschellten. Schreie hörte man vom Wirtschaftshof; dort trieben sie Frauen und Kinder aus dem Haupthaus. Im ersten Morgenlicht entlud sich ein Gewitter mit Wolkenbruch. Die verschreckten Mönche hielten es nach inbrünstigen Gebeten für ein Gottesurteil: Hornsignale ertönten – die Horden zogen ab. Der Platzregen spülte sie zurück in die Wälder zum Rhein.
Am Brunnen sammelten sich nach und nach die Klosterbrüder und die Novizen. Der Abt stand reglos im Kreuzgang, tropfnass

sein Gewand. „Bruder Ludwig", verteilte er im Ton eines Hochmeisters dann die Aufgaben, „du schaust mit Bruder Markus und drei Novizen nach dem Rechten im Wirtschaftshof. Prior Hugo, dich bitte ich um Überprüfung der Kirche, des Pilger- und Armenhauses sowie der Krankenstation. Ich sehe Pater Christian nicht; dann sollen dir Bruder Armin und ebenfalls drei Novizen helfen. Bruder Winfried – wo ist Bruder Winfried? Nun, dann Pater Joachim – du kontrollierst den Mönchsflügel, die Säle und Lagerräume sowie die Bibliothek. Alle anderen beginnen mit Aufräumarbeiten – zunächst hier um den Kreuzgarten. Wir wollen Gott danken, dass es nirgendwo brennt. Ich bleibe hier am Refektorium und warte auf eure Berichte. Und nun, mit Gottes Hilfe, an die Arbeit!"

Im Kreuzgang erschien Pater Christian. Er sah erschöpft aus. Abt Thomas aber war glücklich, ihn zu sehen. Ohne Wissen des Almosenmeisters hatten die untergebrachten Flüchtlinge bereits seit ihrem Eintreffen nächtliche Wachen vereinbart und jeweils zwei Männer gleichzeitig zu Horchposten eingeteilt – oben am Fenster des Pilgerhauses, wie Türmer auf der Burg. Die Hugenotten waren vorsichtig geblieben. Noch vor dem Ansturm der bayerischen Söldner hatten sie nun vom Wald her Lichter gesehen und die eigenen Familien geweckt. Im Augenblick des Kriegsgeschreis verließen sie leise das Haus nach Norden zum Steinbruch; dort halten sie sich, wie Christian berichtete, immer noch versteckt. Erleichtert umarmten sich die beiden Freunde und Christian machte sich auf den Weg, die Franzosen zurückzuholen.

Pater Markus kam vom Wirtschaftshof, weil sich Pater Ludwig noch um den Hofmeister kümmerte. Die Familien dort waren mit dem Schrecken davon gekommen; die Eindringlinge suchten nach möglichen Verstecken und Wertsachen. Bei den Handwerkern und Lohnarbeitern aber fanden sie nichts. Dafür hatten sie jedoch die Stalltüren geöffnet; Schweine, Schafe und Hühner liefen nun frei herum – in den Gärten, aber auch im Kloster. Die Pferde konnten eingefangen werden. Verwüstet wurde der Wein-

keller. Sorge machte Hofmeister Berthold. Er wurde niedergeschlagen und Pater Ludwig versorgte seine Kopfwunde.
Prior Hugo wollte zunächst vom völlig verwaisten Pilger- und Armenhaus berichten, wurde aber von Abt Thomas beruhigt. Auch die Krankenstation hatte kein Fremder betreten. Bedrückend hingegen waren die Verwüstungen in der Kirche und in der Sakristei. Pater Joachim erschien bleich und verwirrt – der Prior unterbrach seinen Bericht. „Bruder Winfried ist tot! Bruder Winfried ist tot!“ ... hob Joachim hilflos die Arme und klagte: „im Haus der Bibliothek hörten wir hinter der Treppe ein Schluchzen. Frater Engelbert saß dort zusammengekauert und schaute uns nur angstvoll an ... als ob wir Fremde wären. Wortlos zeigte er zur Treppe. Ich bin sofort nach oben gelaufen – und sah Bruder Winfried blutüberströmt dort liegen. Sie haben ihn erstochen! Und die Bibliothek ist verwüstet – auf dem Boden liegen überall aus den Regalen geworfene Bände und Schriften.“
Beide eilten mit Pater Joachim zur Bibliothek. Abt Thomas kniete neben seinem alten Meister Winfried nieder. Lange schwiegen alle. Der Abt erhob sich schließlich mit dem Zeichen des Kreuzes, berührte Prior Hugo am Unterarm und wies ihn an, Pater Winfried fortzutragen in die Kirche.
Die Tage blieben grau und kalt. Flüchtig nur war jede Begegnung. In den Häusern wurde gekehrt, gereinigt, gezimmert. Berthold lag mit Kopfverband in der Krankenstation und Abt Thomas nahm Frater Engelbert lange und fest in die Arme. Nur wenige Töpfe und Schalen waren in der Küche heil geblieben; die Mönche aßen nacheinander. Wein gab es im Kloster nicht mehr; aber klares Wasser schenkte weiterhin der Bach.
Erstmals trafen sie sich wieder geschlossen zum Abschied von Pater Winfried. Auf dem blanken Steinboden vor dem Altar umstanden Kerzen den Bruder; am Kopfende lag ein schlichtes Holzkreuz. Keine Glocke wurde geläutet. Die Brüder sangen die Totenvesper, beteten für seine Seele und trugen ihn still hinaus zum Grabfeld. Pater Thomas besuchte nun täglich die Familien

im Wirtschaftshof und im Pilger- und Armenhaus. Ihm lag daran, die Hoffnung und das alte Vertrauen wieder zu festigen, und gemeinsam Pläne für die Zukunft zu erarbeiten.

XXXVI

Zwei Brüder aus dem Kloster Bottenbroich waren eingetroffen und baten um Aufnahme. Sie hatten noch nichts von dem kriegerischen Überfall in Heisterbach gehört, berichteten vielmehr davon, dass in den Wirren des Truchsessischen Krieges nun auch ihr Kloster geplündert und vollständig verwüstet worden sei. Alle Mönche waren nach einer Warnung des Erzstifts Köln rechtzeitig geflohen – mehrheitlich in die Abtei Kamp.
Abt Thomas rief seine Mönche zur Kapitelversammlung. Der Saal war wieder gereinigt. Für den zerstörten Abtsessel stand dort ein schlichter Holzstuhl; der Abt hatte es so bestimmt. Zunächst hieß er die Brüder aus dem Kloster Bottenbroich in Heisterbach willkommen. Nach den Berichten aus den verschiedenen Arbeitsbereichen beriet der Konvent dann ausführlich über einen besseren Schutz der Klosteranlage. Alle denkbaren Möglichkeiten sollten ohne Vorgaben des Abtes geprüft und beraten werden. Die Beiträge der Mönche waren entsprechend zahlreich – von der Erhöhung der Klostermauer über eine den Ordensrittern vergleichbare Bewaffnung, Ausrüstung und Schulung bis zum genauen Gegenteil, der Ergebung ohne Widerstand.
Zu allen Vorschlägen verlangte Abt Thomas nun die Abwägung der aufgezählten Vor- und Nachteile. Aus dem klostereigenen Steinbruch hätte sich zur Erhöhung der Mauer wohl eine günstige Lösung angeboten. Gleichwohl blieben Einbruchstellen an den leichten Toren ein Problem. Die Beschaffung und der Gebrauch von Waffen widersprachen dem zisterziensischen Gebot zur Sanftmut in jeder Lebenslage. Hier nun entbrannte ein lebhafter Disput. Das Gebot könne nicht bedeuten, Mitmenschen ohne Schutz und Wehr zu lassen. Pater Armin zitierte nun gar den

Mönch Luther: *„denn wo das Schwert nicht wehrete und Friede hielte, so müsste es alles durch Unfriede verderben*“, fügte jedoch hinzu, dass es darauf ankomme, ein Schwert wenigstens zu haben. Man müsse Böswilligen damit drohen können, so dass sie den Überfall gar nicht erst versuchen. Pater Christian hielt mit dem Satz aus der Bergpredigt dagegen: *„Ich aber sage euch, dass ihr nicht widerstehen sollt dem Übel.*“

Abt Thomas gab zu bedenken, dass die Wehrlosigkeit gegenüber den bayerischen Söldnern größeren Schaden verhindert habe. Pater Winfried hatte den Kriegern vor der Bibliothek offenkundig den Zugang verwehren wollen und so sein Leben riskiert. Ähnlich sei der Fall bei Hofmeister Berthold. „Ein Kloster ist kein Staat, der auf das Schwert nicht verzichten kann“, sagte er eindringlich, „bei uns gibt es keine Reichtümer, kein persönliches Eigentum, nur eine Dienstleistung. Unsere Brüder aus Bottenbroich haben mir berichtet, dass das Kloster wohl verwüstet wurde – aber alle Mönche sind heil davon gekommen. Auch hier hat sich die Verwüstung in Grenzen gehalten. Man stelle sich das Blutbad vor, Ihr hättet Euch mit diesen Berufskriegern auf einen Kampf eingelassen. Ein Staatsvolk kann nicht fliehen oder zur Seite treten. Aber eine kleine Gemeinschaft von Mönchen kann das. Als Waffe bleibt uns allen nur die List. Heute noch habe ich ein Gespräch mit den Burggrafen, um über die eben angesprochenen Fragen und eine Schutzleistung zu beraten.“

Abt Thomas schloss die Kapitelversammlung mit einem Gebet für den verstorbenen Pater Winfried und für die baldige Genesung des Hofmeisters Berthold.

Auch die Novizen wollten sich den Schrecken des kriegerischen Überfalls von der Seele reden. Sie hatten der verlockenden Seite des Lebens noch nicht den Rücken gekehrt, wie ihre alten Brüder. Sie hatten noch mit sich selbst zu tun, mit ihrer blühenden Entfaltung, nicht mit ihrer Vergänglichkeit. Sie wollten sich behaupten, wollten der Gewalt die Stirn bieten und siegen. Zum Streit also durchaus gewillt, erwarteten sie ihren Novizenmeister. Pater Gregor hatte damit gerechnet. Er trug also nicht seine Überzeugung vor, sondern forderte die Schüler mit Fragen heraus. Er lenkte das Gespräch auf den „Kampf ums Dasein“, auf die Entwicklung in der Natur, auf die Behauptung des Stärkeren und das Prinzip der Weiterentwicklung. Schnell war der Streit bei der Meinung, höhere Intelligenz zeige sich nachweislich weniger auf der Seite der gutwilligen Menschenfreunde, als auf jener der ausgeklügelten Lebensvernichtung. Und wieder war die Frage da nach dem Gott, der dies zuließ – vielleicht selbst im Kampf mit einem Gegengott stand. Eine Einsicht oder Aussicht dorthin blieb allen verwehrt. Jeder sah innerhalb seiner Grenzen. Das Geschaute blieb Stückwerk, ließ sich nicht zu höherer Einsicht zusammenfügen. Pater Gregor blieb in der Gedankenwelt der Theologen und Philosophen: „das Leid“, meinte er, „bleibt der Antrieb zur Nachdenklichkeit, zur Anstrengung und Besserung der Lebensverhältnisse. Wären wir mit dem Zustand der Welt zufrieden, lägen wir nur untätig herum. Ich kann euch nur ermuntern, auf der Seite der Menschenfreundlichkeit zu bleiben und euch in der Klugheit zu üben.“

Die Schatzkammer des Klosters war für die Mönche nicht die Sakristei, sondern die Bibliothek. Aufgeräumt war sie nach wenigen Tagen – aber die Bestandsaufnahme und die Restaurierung der Schriften sollten wohl viele Monate dauern. Gerade hier fehlte nun Pater Winfried mit seinen Erfahrungen. Er hätte bedenken sollen, frühzeitig einen Nachfolger zu benennen und einzuweisen. Das war nicht geschehen. Abt Thomas nahm dies zum Anlass, die Nachfolgeplanung für alle Klosterbereiche in ein System zu bringen. Für das Amt des Bibliothekars bot sich Pater Sebald an, einer der beiden Brüder aus Bottenbroich; er verfügte über Fachwissen im Umgang mit alten Schriften. Ein weiteres Gespräch führte er mit Pater Armin – zunächst einfach deshalb, weil dieser in den vergangenen Jahren die meisten Bücher ausgeliehen hatte. Armin zeigte ebenfalls ernsthaftes Interesse an dieser Aufgabe. Abt Thomas bestimmte Armin nun zum neuen Leiter der Bibliothek und Pater Sebald zu seinem Stellvertreter. Alle Mönche wurden in den folgenden Tagen aufgefordert, dem Abt je drei Verwendungswünsche für die zukünftige Planung vorzulegen – und mit der Zeit sollten dann in den gewünschten Arbeitsbereichen auch entsprechende Schulungen folgen.

Höflich war die Begrüßung des Abtes beim Burggrafen von Drachenfels und seinen Gästen, Graf und Gräfin von Sayn sowie dem gemeinhin schweigsamen Albero von Muffendorf. Man bekundete tiefe Anteilnahme an der Verwüstung im Kloster und drückte die Hoffnung aus, die protestantischen Flausen seien nunmehr endlich in die Schranken gewiesen. Zweimal versuchte Abt Thomas vergeblich, das Gespräch auf denkbare weitere Überfälle und entsprechende Schutzvorkehrungen zu lenken. Der Gastgeber jedoch war geübt in der Abwendung unliebsamer Gedanken und schenkte Wein nach. Gräfin Sayn indes störte die aufkommende Geselligkeit mit dem Hinweis, Truchsess von Waldburg halte sich immer noch verborgen – und bei ihm auch ihre liebe Freundin Agnes von Mansfeld. Der Verdacht schien nicht unbegründet, er habe noch kurz vor seiner Exkommunikation einen beachtlichen Teil des Domschatzes beiseite geschafft und irgendwo im Kölner Raum versteckt. Albero von Muffendorf ging derweil am Kamin auf und ab und bewunderte die aufgehängten Jagdtrophäen. Er ärgerte sich noch immer, dass ihm bei der Lockjagd am Vortage ein Edelhirsch entkommen war. Ein schiefhängendes Hirschgeweih wollte er nur geraderücken – da fiel es von der Wand. „Das ist schon recht so, mein lieber Albi“, hob der Burggraf es wieder auf, „das gute Stück musste ohnehin mal abgestaubt werden“. Dem Gast zum Troste griff er zur Laute und sang ein Lied seines Freundes Herzog Ulrich von Württemberg:

Ich schell mein Horn in Jammers Ton.
Mein Freud ist mir verschwunden.
Ich hab gejagt, muß abelan;
das Wild lauft vor den Hunden.

Ein edel Tier in diesem Feld
hätt ich mir auserkoren,
das schied von mir, als ich wohl spür,
mein Jagen ist verloren.
Fahr hin, Gewild, in Waldes Lust.
Ich will dich nimmer schrecken,
mit Jagen dein schneeweiße Brust.
Ein andrer muß dich wecken
mit Jägersgeschrei und Hundesbiß,
daß du nit magst entrinnen.
Halt dich in Hut, mein Tierle gut.
Mit Leid scheid ich von hinnen.

Abt Thomas wollte dieses rührselige Zusammensein nicht trüben; mit Verweis auf eine weitere abendliche Verpflichtung verabschiedete er sich diesmal früh – bei den Damen mit artiger Verbeugung und sittigem Kuss. Der Türmer brachte das Kutschpferd und verriegelte das Burgtor.

XXXVII

Pater David war damit beschäftigt, die eingereichten Wünsche der Brüder für die längerfristige Verwendungsplanung zu sichten. Vor ihm lag die derzeit gültige Liste mit allen Namen aus den Arbeitsbereichen. Dahinter sollte er mögliche Nachfolger vermerken. Vielleicht hatte Abt Thomas mit seiner Aufforderung unerfüllbare Hoffnungen geweckt. Keiner der Mönche im Küchenbereich etwa wollte Küchenmeister werden. Niemand zeigte Interesse für die Krankenstation, für die Warenlager oder die Feldarbeit und den Obstanbau. Viele aber wünschten sich Verwendungen in der Bibliothek, der Sakristei und im Wirtschaftshof beim Kellermeister oder in der Schreinerei, einige in der Pilger- und Armenbetreuung, einer in der Fischzucht und ein anderer schrieb: Abt. Als der Hausherr das las, musste er doch herzlich

lachen. Ja, meinte er zu David, da müssten natürlich viele Gespräche geführt und Interesse für andere Aufgaben geweckt werden. Im Notfall bliebe es auch beim alten Verfahren: jeder hätte an jedem Platz zu dienen – wie es der Abt bestimmt.
Allein in seinem Arbeitszimmer stand Abt Thomas nun oft am Fenster und schaute nachdenklich hinüber zum Wald. Was wussten seine Brüder von der Last dieses Amtes? Was drohte dem so standfest geprägten katholischen Abendland durch die Reformation? Welche Folgen hatte das für sein Kloster und die ihm anvertrauten Brüder? Die Hoffnung auf Beistand durch die Burggrafen hatte er aufgegeben.

Pater Armin war erst wenige Tage Bibliothekar, da kam er auch schon mit einem Berg von Schriften über Schutz und Waffen in Klöstern. Es war nicht zu leugnen: selbst Bernhard von Clairvaux würdigte in seiner Schrift De milites Christi die Ritter und die Kreuzzüge. Und zugleich mahnte er die Zisterzienser zur Sanftmut. Aufrufe bezeugten die Zustimmung der Päpste Urban II. wie Innozenz IV. zur Verteidigung des Glaubens. Die Johanniter unterhielten in Malta nicht nur ein Hospiz, nein – auch eine Flotte. „Man sollte das nicht einfach verwerfen", meinte Armin. „Machiavelli hat in seiner Geschichte von Florenz Erfahrungen niedergeschrieben, die sich auch die Johanniter zu Herzen nahmen. Die Schrift liegt jetzt auch bei uns gedruckt vor. ‚Wer bisher reich und mächtig geworden ist', schreibt er da, ‚wurde es durch Betrug oder durch Gewalt. Wer auf diese Mittel verzichtet, muss immer arm und ohnmächtig bleiben; er befestigt damit die Fortdauer des Unrechts. Man muss also Gewalt anwenden, wenn es die geschichtliche Lage fordert.' Wir bekennen uns im Kloster sehr wohl zur Armut, aber – wenn ich mir diesen Zusatz erlauben darf – nicht zur Ohnmacht! Gegen Überfälle und Plünderungen sollten wir uns wehren, jedenfalls doch erkennbar schützen!" „Und jetzt erwartest du wohl von mir", meinte der Abt kopfschüttelnd, „dass ich euch alle zu Rittern ernenne. Dann könnt ihr euch einen anderen Abt suchen. Da hat ja schon einer der Brüder sein Interesse angemeldet. Nein, mein Freund, wir haben lange genug darüber beraten: ich billige vielleicht die Anlage eines dornenreichen Strauchgürtels an der Außenmauer, auch Sümpfe – um das Eindringen zu erschweren; das aber sei genug! Die Mauer schon hat immer wieder zu Missverständnissen geführt. Wir dürfen und wir wollen kein weiteres Zeichen der Trennung von den Menschen im Umland. Und dennoch meinen Dank für die Mühe, die du dir hier gemacht hast!“

Der Abt war wieder allein. Es drängte ihn, für die neue Zeit auch neue Klosterregeln zu erdenken. War das etwa Hochmut, sich klüger zu dünken als die Vorväter? Das Buch der Geschichte jedenfalls hatte einige Textseiten mehr zur Verstrickung weltlicher und geistlicher Macht, zur Abkehr auch der Mönche vom monastischen Lebensideal. Thomas fühlte sich auch wegen der klösterlichen Abgeschiedenheit nachdrücklich herausgefordert. Immer neu bedachte er die ihm gestellte Aufgabe. Sein Mittel war das Wort – aber es war in die Jahre gekommen. Wollte er verstanden werden, musste er auch eine zeitgemäße Sprache finden. Er erinnerte sich seines alten Novizenmeisters Aloysius mit dessen Vorliebe für Petrus Abaelard. Beide meinten doch, Worte kennzeichneten Wahrgenommenes nur allgemein. Jeder aber verbindet Worte wie Vater, Haus oder Tisch mit seinen ganz persönlichen Erfahrungen. Das erschwert die allgemeine Verständigung – ohnehin zu jeder Vorstellung des Göttlichen. Eine innere „Gestimmtheit“ müsse Worte von besonderer Bedeutung umgeben – eine spirituelle Strahlkraft. Eben davon sprach zweihundertundfünfzig Jahre zuvor an der Kölner Ordensschule der Dominikaner schon der berühmte Meister Eckhart. Inspirierend sollten Worte wirken und einladend. So hoffte Abt Thomas, seine ihm Anvertrauten aufschließen zu können – lesend und hörend zunächst, denkend und fühlend dann zur eigenen Überzeugung findend, um schließlich vom Geist der Liebe beseelt angemessen und hilfreich handeln zu können.

Im Heisterbachtal hörte man wieder die keckernden Rufe der Graureiher und das Schnarren der Stockenten, in den Dörfern das Ächzen der Fuhrwerke und die Rufe der Händler. Die groben Spuren des kriegerischen Überfalls waren bald beseitigt. Irgendwo aber mussten sie dennoch geblieben sein, die kriegerischen Gesellen. Die Beschaulichkeit schien trügerisch; in den Gassen tuschelten die Weiber.
Der Truchsess hielt sich weiterhin versteckt – und mit ihm der Domschatz. Die Protestanten ließen nicht von ihren Plänen der Weltverbesserung. Kaiserliche Sendboten im Rheintal verlangten schnellen Durchlass. In den Dörfern trafen sich die Männer täglich im Wirtshaus und hatten so ihre Gerüchte. Die Dorfpfarrer zeigten warnend zum Himmel; es lag Bedeutsames in der Luft. Mit Gegensätzen hatte man zu leben gelernt, nicht aber mit Widersprüchen. Das eine lag in der Natur, das andere in menschlicher Irreführung. Die Wahrheit kannte doch die Römische Kirche, was sollte die Besserwisserei der Protestanten? Der Truchsess musste gefasst und gerichtet werden – der heilige Domschatz zurück in die Kirche.

XXXVIII

In Frankreich, so hörte man Gerüchte, sei der Aufstand der Hugenotten niedergeschlagen. Nun näherten sich katholische Truppen erneut dem Rhein. Friede konnte erst sein, wenn die Wahrheit allenthalben wieder aus einer Kirche leuchtete – aus der römisch-katholischen.
Im Kloster Heisterbach war man gleichwohl besorgt: die katholischen Söldner aus Bayern hatten ja auch keine Scheu gehabt, ein Kloster ihrer eigenen Kirche zu überfallen – und jetzt war die Kunde von der Annäherung katholischer Truppen aus Spanien. Mochten sich ihre Anführer, die Prinzen von Chimay und von Chroy, auch der Sache des Glaubens verschrieben haben, die Fußknechte suchten nur ihren persönlichen Kriegsgewinn und

ihr tägliches Vergnügen. Den Domschatz wollten sie mehr als den Truchsess – und der war, wie man sich zuflüsterte, in einem der Klöster um Köln herum versteckt.
Im Mai setzten die Spanier bei Bonn auch über den Rhein. Vor der Nachtruhe, zum Komplet, hielt Abt Thomas die Mönche länger im Gebet. Ob der Himmel sie erhörte – das konnten sie nur hoffen. Vorsichtshalber hatten sie einige Laienbrüder zu Nachtwachen eingeteilt und zwei Fluchtwege erkundet und festgelegt. Für die Handwerker und ihre Familien war im Wald ein weiterer Erdunterstand ausgehoben und mit Laubzweigen abgedeckt worden. Der Kämmerer hatte vor Tagen schon ein neues Versteck für seine Münzkrüge und das Altargerät gefunden und alle Schätze dort vergraben. Die Novizen bezogen jeden Abend ihr Nachtlager auf Strohmatten in der Kirche. Für den Fall eines Angriffs auf das Kloster waren je zwei von ihnen eingeteilt, zur Warnung der Klosterbrüder und zur Verwirrung der Angreifer mächtig die Glocke zu läuten.
Weitere Tage vergingen ohne Anzeichen einer Bedrohung. Aber auch die Pilger und die Almosenempfänger blieben aus. Kein Fuhrwerk kam des Weges. Die umliegenden Dörfer wirkten verlassen. Vorsichtig keimte die Hoffnung, das Kloster bliebe diesmal verschont.
Zur Vesper dann läutete unerwartet und heftig die Glocke. Erschrocken hielt jeder inne, wo er gerade war. Der Lärm von Sprengungen und greller Feuerschein im Norden drängte die Klosterbrüder zu sofortiger Flucht nach Süden und Osten. Zwei Mönche aus der Küche öffneten eilig die kleine Pforte an der Südmauer. Dahinter aber lauerten schon Krieger mit Lanzen; beide Brüder wurden sofort erstochen. Wer hinaus wollte, floh nun durch den Garten und vorbei an den Fischteichen weiter nach Osten. Wieder schreckten Sprengungen und schwarzer Rauch – nunmehr schon an der Kirche. Wie ein Hilferuf schallte noch das Glockengeläut über Tal und Wälder, als die Nacht hereinbrach. Mit Fackeln drängten fremde Gestalten zum Abtshaus.

Nun hörte man auch spanische Kommandos. Jäh dann schwieg die Glocke. Aus dem Dormitorium schlugen die Flammen. Die Eindringlinge eilten lärmend von Bau zu Bau und rafften, was sie gebrauchen konnten. Danach steckten sie die Räume in Brand – die Bibliothek, die Klausurbauten, ja auch die Kirche. Um Mitternacht wütete das Feuer überall im Kloster und in Teilen des Wirtschaftshofes. Brennende Papiere und Stoffreste trieb der beißende Rauch wie irrlichternde Drachenvögel in den Nachthimmel. Aus den Ställen drängte röchelnd und stampfend das Vieh, über die Gräberstätte am Wald fliehendes Wild. Der Feuerschein loderte über dem ganzen Tal bis zum Morgengrauen. Fünf Tage und Nächte lang fraßen sich die Flammen durch das Flechtwerk der Wände und Balken. Nach und nach brachen Decken und Dächer ein. Rußgeschwärzte Wolken wanden sich in Schüben himmelwärts. Ein Regen schließlich löschte das letzte Zischeln und Glimmen. Die Klostermauer hatte geschützt – nur eben nach außen: die Flammen erreichten den umliegenden Buchenwald nicht und nicht die versteckten Krüge mit Goldgulden und Talern. Kein weiteres Zeichen mehr von Leben in Heisterbach sah der Flurschütze der Vogtei, als er sich nach acht Tagen in die Nähe der verkohlten Mauerreste wagte und zum amtlichen Schadensbericht über die „Cöllnische Empörung“ vermerkte:

„umb das jahr Christi 1583 in welcher das Cloister nicht allein feindlich geplündert, sondern auch unchristlich verwuestet und verdorben, wie dann auch gleich darauff im jahr 1587 in der zweyder Bönnischer Belägerung als offtbesagtes Cloister durch das Hispanische Kriegsvolck abermahls gantz devastiert, verbrant und in den grund ruiniert worden.“

Im Tal hielt sich über viele Wochen beißender Brandgeruch. Weit oben, auf dem Giebel der Chorruine, hockten reglos die Raben.

Zuweilen – raunen manche Großeltern bei Abendgeschichten am Kamin den Enkeln zu – in hellen Mondnächten, könne man ihn auch heute noch antreffen, den Abt von Heisterbach, wenn er wieder zu den Höfen auf der Höhe unterwegs ist. Sein Geist ruht

nicht und hat keinen bleibenden Ort. Eine Weile nur war er hier zu Gast. Sollte Abt Thomas einmal einem Bauernjungen mit reinem Herzen begegnen – sagt man in den Dörfern – werde er ihn zu dem vergrabenen Geldschatz führen.
Dem Bergrücken oberhalb von Heisterbacherrott gaben die Bauern in respektvoller Zuneigung bald einen neuen Namen: er heißt nun Thomasberg.

Worterklärungen

Abbatiat	Amtszeit des Vorstehers eines Klosters
Cellerar	Kämmerer
Codex (pl. Codices)	Buchband zusammengefasster Handschriften
Dormitorium	Schlafsaal (-trakt) im Kloster
Kapitelversammlung	Zusammenkunft der Vollmitglieder einer Klostergemeinschaft
Klausur	umschlossener (zumeist ummauerter) Klosterbereich
Konvent	Gemeinschaft der Mönche
Konverse	Laie in einer Klostergemeinschaft
Kopist	Abschreiber von Handschriften
Kukulle	Mönchsgewand mit Kapuze
Memoria	Verzeichnis der Gebetszusagen für Verstorbene
Novize	Anwärter auf Ordensmitglied schaft, Klosterschüler
Noviziat	Vorbereitungszeit vor Gelübde und Vollmitgliedschaft
Prior	Stellvertreter des Abtes
Profess	Ablegen des Ordensgelübdes
Refektorium	Speisesaal im Kloster
Scriptor	Schreiber
Skapulier	Schürze über dem Mönchsgewand
Tonsur	ausrasierte Stelle der Kopfhaut
Tunika	ärmelloses Untergewand
unde nulla redemtio	von wo keine Umkehr
in suspenso	in der Schwebe
usque ad cineres	bis zum Tode
oppropria et oboedientia	Erniedrigungen und Gehorsam

simul iustus et peccator	zugleich Gerechtigkeit übend wie Sünder
pulchrum dicit dispositionem	das Schöne ist die Beschaffenheit des Guten
boni nulla sit discordia actibus nostris	keine Zwiespältigkeit sei in unserem Tun
invocatio nominis divini in testem veritatis	Anrufung Gottes zum Zeugen der Wahrheit
Domine – libera nos a peste, fame et bello	Herr – erlöse uns von Pestilenz, Hunger und Krieg
Nemo ante obitum beatus est	Niemand ist vor seinem Tode glücklich

Literatur

Schmitz, Ferdinand (Hrsg.): Urkundenbuch der Abtei Heisterbach, Verlag P.Hanstein, Bonn 1908

Brunsch, Swen Holger: Das Zisterzienserkloster Heisterbach von seiner Gründung bis zum Anfang des 16.Jahrhunderts, Verlag Franz Schmitt, Siegburg 1998

Niaussat, Michel: L'ordre Cistercien, Édilarge, Éditions Ouest-France, Rennes 2001

Gleba, Gudrun: Klosterleben im Mittelalter, Wissenschaftliche Buchgesellschaft, Darmstadt 2004

Otten, Thomas und Wiemer, Karl Peter (Hrsg.): Ora et labora – Quellen und Elemente der Nachhaltigkeit zisterziensischen Lebens, Schrift des Rheinischen Vereins für Denkmalpflege und Landschaftsschutz, Band 5, Köln 2002

Klosterlandschaft Heisterbacher Tal, Schrift des Rheinischen Vereins für Denkmalpflege und Landschaftsschutz, Heft 49, Köln 2001

Keller, Christoph: Kloster Heisterbach in Königswinter, Schrift des Rheinischen Vereins für Denkmalpflege und Landschaftsschutz, Heft 554, Köln 2015

Stiftung Marienborn der Cellitinnen: Klosterlandschaft Heisterbach – Die Geschichte des Klosters, Königswinter (o.D.)

Kalckert, Georg: „Die Idee vom Ganzen – Leben und Wirken der Zisterzienser", Schrift der Stiftung Abtei Heisterbach, Königswinter 2011

Buchert, Margitta: Caesarius von Heisterbach – 1180-1240, Schrift des Heimatvereins Siebengebirge e.V., Königswinter 1980

Söder, Joachim R.: Das Menschenbild des Mittelalters, Vortrag vom 18.10.2004, Schrift der Stiftung Abtei Heisterbach, Königswinter (o.D.)

Hübscher, Arthur: Die große Weissagung, Heimeran Verlag 1952